七叶集

普慧 著

巴蜀书社

圖書在版編目（CIP）數據

七葉集 / 普慧著. -- 成都 : 巴蜀書社, 2023.4
ISBN 978-7-5531-1940-3

Ⅰ. ①七… Ⅱ. ①普… Ⅲ. ①中國文學－當代文學－作品综合集 Ⅳ. ①I217.2

中國國家版本館CIP數據核字（2023）第047071號

七 葉 集
QI YE JI

普 慧 著

責任編輯　李 蓓
出　　版　巴蜀書社
　　　　　四川省成都市錦江區三色路238號新華之星A座36樓　郵編：610023
　　　　　總編室電話：（028）86361843
網　　址　www.bsbook.com
發　　行　巴蜀書社
　　　　　發行科電話：（028）86361847
經　　銷　新華書店
印　　刷　成都蜀通印務有限責任公司　（028）64715762
版　　次　2023年7月第1版
印　　次　2023年7月第1次印刷
成品尺寸　148mm×210mm
印　　張　10.5
字　　數　240千
書　　號　ISBN 978-7-5531-1940-3
定　　價　42.00圓

目錄

上編

中　編

下　編

上編

壹

《白居易與佛禪》[1]後記

當敲完本書的最後一個字時，我的心情是極不平靜的。

首先，是爲白居易這位一代大詩人一生多姿多彩的人生經歷和他那豐富複雜的思想感情而感歎。喜歡中國古代文學的人，都熟悉白居易的詩歌，常常爲他那充滿激憤的諷喻詩而欽佩，爲那纏綿悱惻的愛情詩而激動，爲那恬淡自得的閒適詩而玩味，但是對白居易的人生歷程，卻知道得并不多，特别是白居易與佛教密切的關係，更是爲廣大讀者所鮮知。白居易與唐代許多文人相比，可以說一生是較爲順暢的。在政治上，除了遭貶江州的四年外，白居易一直處於上昇的過程之中，儘管這種上昇有時顯得非常緩慢，令他等待不急。在他擔任朝中要職的時候，他也曾多次猛烈抨擊過時政，強烈主張抑制豪強和宦官、削弱藩鎮勢力、改革朝政等，但是在朝廷三方（進上改革

① 普慧（張弘）:《迷路心回因嚮佛：白居易與佛禪》，鄭州：河南人民出版社，2001年。

派、舊貴族集團、宦官集團）激烈的、拉鋸式的政治鬥爭的幾次重大的人事變故中，均未受到牽連。在後來的二李（李宗閔、李德裕）和牛、李（牛僧孺、李德裕）激烈的黨爭中，他也能超然其外，保持中立，與兩黨的成員均有過從。這就使他免於黨爭之禍而從容自得。白居易就是這樣在政治上能夠始終保持着清醒的頭腦，而立於不敗。白居易的早期生活是拮据的，但是到了後來，官職的昇高，俸祿的增加，使得他也過上了較爲奢侈的生活，如裝飾住宅、養妓歌舞、酒宴醉生、遊山玩水等。唐代貴族們過的生活，他也都享受了。但是，作爲一位朝廷命官，白居易走到哪裏，都能爲老百姓做實事：他在忠州、杭州、蘇州任刺史時，都是踏踏實實、勤勤懇懇地工作，甚至都累出病來。這也是三州老百姓爲什麼那麼擁戴他的主要原因。在思想上，白居易與中國多數傳統文人士大夫一樣，奉行着“達則兼濟天下，窮則獨善其身”的原則，但是，他與别人不同的是，在“達”的時候仍能夠“獨善”，而在“窮”的時候，亦能想着“兼濟”。這樣，白居易就比一般士人的心態更沉穩，更平和，因而也就更有韌勁。在宗教信仰上，白居易是儒、釋、道三教皆奉，但與佛教最爲親近。他信佛，從不分什麼門派，他師從的佛教大德有屬於密宗的，禪宗洪州禪的、牛頭宗的，華嚴宗的，淨土宗的等等。他學佛，并不把佛教思想寫成理論著作，而是把它融化在詩歌的情感之中。據我的初步統計，在白居易創作的一千餘首詩中，就有四百餘首詩與佛教有關，它們或宣揚佛教思想，或描繪佛教寺院，或引用佛教術語，或寫與僧人的交往，幾乎寫了佛教的各個方面。正是由於信佛虔誠，白居易纔能在世間與出世間自由如常。他不是把廟堂與山林對立起來，非此即彼，也不是把二者統一起來，亦此亦彼，而是採用大乘中道思維方式，把二者皆予超越，非此非彼。這樣，他就比一般崇佛文人要高出一籌。人們常說盛唐詩人王維是“詩佛”，其實，稱白居易爲“詩佛”，一點兒都不過分。

其次，是爲本書的完成而長長地鬆了一口氣。這本書最早是應我的朋友、中國社會科學院世界宗教研究所雜誌社社長黃夏年先生之約，於去歲暮春開始寫作的。此前，資料準備工作做了很多。白居易的作品集子，我過去通讀過，也有許多想法，一直想撰文談談他與佛教的關係，可是，由於别的寫作任務，拖了下來。這次寫《白居易與佛禪》，又促使我把《白居易全集》通讀了三遍，并把其中與佛教有關係的作品一一摘錄下來，這就使得我對白居易與佛教的關係更加明晰。在具體的寫作過程中，由於繁忙的教學、繁重的科研和繁瑣的行政事務的干擾，本書的寫作不得不經常中斷。書稿最後的完成，拖到了21世紀到來的前幾天。就是這篇短小的後記的寫作，也跨越了一個世紀。

第三，是我研習佛學近20年的一個小結。從20世紀80年代初起，我就特别喜歡佛學，但因當時出版的佛教書籍非常少，涉獵範圍并不大，偶爾能看到一兩部佛教典籍，便會如饑似渴地去讀。然而，結果常常是如入雲裏霧裏。直到1987年，我在陝西師範大學從高起學先生攻讀碩士學位時，纔系統研讀了《中華大藏經》(其時僅出了20餘冊）和日本人編的《大正新修大藏經》。佛家講慧根、悟性，而我卻愚鈍、癡迷，在佛學上下了不少死功夫。我的碩士學位論文寫的是《從佛教哲學到中國古代文學理論的審美範疇》，大約有13萬字，但在答辯的時候，僅提交了其中的一章（3萬多字）。碩士畢業後，我到了海濱小城威海的山東大學分校任教，在那兒有幸拜識了著名佛教哲學家杜繼文先生，從此，便得到了杜先生的悉心指導。杜先生又約我爲任繼愈先生主編的《佛教大辭典》撰寫辭條，并和任繼愈先生一起對我撰寫的辭條給予了充分的肯定。這對我來說是一種莫大的鼓舞。後來，我又得到了中國社會科學院世界宗教研究所黃夏年先生的多方幫助和提攜。那一段時間，我把自己多年來研習佛教的心得寫成了多篇文章，發表在一些比較著名的學術刊物上，在學界產生了較大的反響，從此更加堅定了我在佛學的道路上走下去的信心和決心。我在山東大學攻讀博士學位時，依然把佛教作爲研究的重點對象，以《南朝佛教與文學》爲題，作了25萬字的博士學位論文。杜繼文先生依舊熱情鼓勵，并對論文的提綱提出了寶貴的修改意見。在論文的撰寫過程中，我遇到佛教方面的難題，經常向他請教。而杜先生總是不厭其煩，耐心指點迷津。我的導師張可禮先生，雖不是專門研究佛教的，但爲了指導我，也讀了大量的佛教文獻，并在我的論文上圈圈點點，勾勾畫畫，使我對每一個問題做到認眞思攷，爲論文的最後修改提供了依據。論文在最後的答辯中，受到了專家們的高度評價和讚譽。這說明，我在佛教研究上每前進一步，都得到了前輩學者的指點和幫助。佛教講“緣起”，認爲每一事物的產生都是依他事物的產生而產生，而我學佛的歷程，正說明了這個道理。

我寫文章，幾乎沒有用過我的本名張弘，所以，學界的很多朋友以爲我信佛，取了個法號。其實不然，“普慧”這個名字僅僅是筆名而已，與我研習佛教沒有絲毫關係。我小時候，長在陝北塞上古城榆林城。這榆林城裏有一眼泉水叫“普惠泉”。此泉水量大，水質好，甘甜淳美，含有豐富的礦物質和微量元素，全城四五萬人都吃這眼泉水。我上初中二年級時，隨父母到了神木縣，在神木中學讀書。神木縣城處在兩山中的一個狹長的川道中，西面的山叫“二郎山”，東面的山叫“東山”。東山的半腰上的石窟裏有一眼泉叫“慧泉”，水量很小，水質卻極高。那時，我酷愛體育運動，幾乎每天早上都去爬東山，而每次上到“慧泉”石窟時，總要到裏面喝幾口“慧泉”水。高中畢業後，我插隊到了陝、蒙交界處的一個偏僻的小山村。在那裏度過了近三年十分艱苦的生活。我在榆林、神木兩地生活了近二十年，感情篤深。後來，我離開了陝北，卻總忘不了那裏。爲了表示我對榆林、神木兩地養育之情的感謝，我便把兩眼泉水的名字的頭一個字連成一個名字，作爲我的筆名。或許這兩眼泉水名字的由來受到了佛教的深刻影響，這我没有做過攷證，反正在我起筆名的時候，并未攷慮佛教的因素。也許是一種巧合，甚或是一種緣分，我也成了研習佛教的工作者。這便造成朋友們的一種誤解，所以有必要在這兒解釋一下。

人類已經進入了新的世紀，在這個新的世紀裏，科學技術的迅猛發展，不僅改變着社會的意識形態、上層建築，還將改變人類自身的生物機體，這是以往任何變革都無法相比的。克隆技術、納米技術等高新科技，將把人類自身帶到一個新的階段。如何面對這一重大、甚或是本質改變的挑戰，是我們每一個人文學科工作者都必須認眞思攷的。宗教在這一變革過程中，能否起到一定的穩定社會的作用，也是人文工作者應該着重思攷的問題。《白居易與佛禪》這本書如果能使廣大讀者認識文人士大夫與佛教的複雜關係的話，并能由此對高速發展的現代社會有所思攷的話，我心足矣。

辛巳年一月八日於西京長安通濟坊·昧軒

貳

《南朝佛教與文學》[①] 前言

甲

“南朝”是中國歷史上中古[②]階段的一個歷史時期，一般是從宋武帝劉裕代東晉稱帝的永初元年（420）算起，至隋文帝楊堅開皇九年（陳後主叔寶禎明三年，589）止，歷經宋、齊、梁、陳四個朝代，共170年。南朝又是一個地域概念，它所經的四個朝代皆定都於江南的建康，與北方的北魏、西魏、東魏、北齊、北周、隋等相對，專指南方的四朝。

在整個魏晉南北朝時期，與北方戰火連年、兼併頻繁、災疫不絕的社會狀況相比，南朝相對來説要穩定得多，儘管其間有劉宋、蕭齊皇室内部的殘酷殺戮和蕭梁後期的侯景之亂。西

① 普慧:《南朝佛教與文學》，北京：中華書局，2002年。

② 歷史學上以東漢魏晉南北朝隋唐爲中古，文學史上多指漢末魏晉南北朝爲中古。

晉的永嘉之亂和北方少數民族的入侵中原，迫使晉王室和世家望族南渡。東晉政權的建立和大批北方漢族民衆的過江，加速了南方經濟的開發與發展。至南朝，整個南方的經濟呈現出欣欣向榮的景象。宋元嘉（424~453）、齊永明（483~493）、梁天監至大同（502~545）都出現過“盛世”①。這樣較長時間出現的政治上的穩定和經濟上的繁榮，爲南朝上層建築的意識形態諸如哲學、宗教、藝術、文學等活動創造了良好的社會環境，提供了從事精神活動所需的豐厚物質基礎。有了這兩方面的保障，南朝文化纔得以保證其世族階層特有的較高品味。

在思想文化領域，南朝繼續保持着漢末魏晉以來的思想大開放的優良傳統。漢末的社會動盪，使西漢建立的儒家經學的思想體系獨霸天下的局面被徹底打破，各種思想異彩紛呈，不斷湧現。有本土固有的、新出現的，還有外來的。魏晉之際，儒、道嫁接而新生的一種思想潮流——玄學，成爲社會思想文化的主流。然而，玄學的影響力和主宰力并不很長久，從它的產生、流行到鼎盛期，衹有40年左右，至東晉南朝，雖仍在

① 〔南朝梁〕沈約《宋書》卷九二《良吏序》：“（元嘉時）家給人足，……凡百戶之鄉，有市之邑，歌謠舞蹈，觸處成群，蓋宋世之極盛也。”（北京：中華書局，1974年，第2261頁）〔南朝梁〕蕭子顯《南齊書》卷五三《良政序》：“永明之世，十許年中，百姓無雞鳴犬吠之警，都邑之盛，士女富逸，歌聲舞節，袨服華妝，桃花綠水之間，秋月春風之下，蓋以數百。”（北京：中華書局，1972年，第913頁）〔唐〕姚思廉《梁書》卷五三《良吏序》：“梁臺建，……四海之內，始得息肩。”（北京：中華書局，1973年，第765頁）這三個“盛世”加起來約有80年左右，將近佔整個南朝170年的二分之一。

思想文化界產生影響，但已是“微波尚傳”[1]，并逐漸走向衰退、萎縮。南朝的儒家經學雖說失去了原有的霸主地位，但在維護封建的宗法制度方面仍發揮着重要的作用，仍然受到統治者和世族文士們的高度重視，尊經、徵聖、治國、平天下仍然是廣大文士們所熱衷奉行的。不過，此時的儒家經學與兩漢相比已有了很大的變化，這就是在“忠”與“孝”這兩個宗法一體化社會的兩大思想支柱的體系中，把“孝”抬高到了第一位，而“忠”被降到了第二位。這就意味着門閥世族隨時可以不受最高統治者的擺佈，反映出南朝門閥世族在社會秩序中的獨特地位和特權。道教是中國土生的宗教，它的產生是與民眾的武裝造反連在一起的。從漢魏到晉宋，統治者對道教一直心有餘悸，故而採取了不予扶植的政策。直到蕭梁，道教的一些重要人士纔受到了帝王的禮遇，道教也因此有了較大的發展。但其影響在思想文化界始終是居於次要地位的。

兩漢之際傳入中國的佛教，經過魏晉的長期傳播，由先前方術、神仙的附屬品到魏晉玄學的附屬品，忍辱負重，一步步地走出外來文化不易被理解、被接納的困境，而成爲中華民族可以認同和接受的宗教。至東晉，佛教便從玄學的附庸地位一躍而起，成爲與玄學分庭抗禮的重要的社會思潮。不僅高品味的帝王、名士需要它、青睞它，就連廣大的下層百姓也對它的教義和神通頂禮膜拜，深信不疑。佛教已不被視爲外國人的宗

① 〔南朝梁〕锺嶸:《詩品序》，陳延傑注:《詩品注》，北京：人民文學出版社，1980年，第1頁。

教，而被看成中華民族自己的宗教。南朝是佛教急速發展的時期，也是它成爲社會思想主流的時期[①]。翻開南朝五史，隨處可以找到以佛教術語“法”、“僧”、“慧”、“惠”、“曇”、“藏”、“智”等取名的人士[②]。佛教三藏（trīṇi piṭakāni）的翻譯有了空前的繁榮，漢譯佛典總量達564部1100卷[③]。與北朝佛教重實踐不同，義理的研究成了南朝佛教的主要特質，毗曇學、禪數學、俱舍學、般若學、涅槃學、成實學、地論學、攝論學、四論學、淨土信仰等佛教大、小乘（Hīnayāna）及大乘（Mahāyāna）空、有的各學派紛紛登臺亮相，競展風姿。特別是南朝熱烈探討的“佛性論”，不僅是南朝佛教貫穿始終的基本論題，也是南朝社會密切關注的熱點。這是因爲它是世俗人性論的屈光折射。南朝佛教出現的學派林立和義理研究的大量成果，爲唐代佛教的全面繁榮和鼎盛，奠定了厚實的基礎，也爲佛教的進一步中國化鋪平了道路。與儒家經學相比，佛教經學顯得異常活躍、富有生氣。而儒家經學，則要沉寂一些。與儒家經學相同的是，佛教經學不再被視爲一種單純的出世宗教，它同樣被官方肯定爲維護宗法社會體系的工具。儒、佛由原來的對立而走向了融合：一治世，一煉心；一立法，一養性。

佛教作爲一種宗教文化，是不甘心畫地爲牢的，它總要千

---

① 參見任繼愈主編:《中國哲學發展史》（魏晉南北朝卷），北京：人民出版社，1988年，第16頁。

② 呂叔湘:《南北朝人名與佛教》,《中國語文》1988年第4期；朱慶之編:《佛教漢語研究》，北京：商務印書館，2009年，第503~514頁。

③ 〔唐〕圓照:《貞元新定釋教目錄》卷七、八、九,《大正新修大藏經》（以下簡稱“《大正藏》”）第55冊。

方百計地滲透到意識形態的方方面面，甚至是人們的生活細節中。尤其是在儒家經學相對沉寂、佛教經學異常活躍的南朝，佛教就更容易滲透到其他文化領域，特别是廣大文士和帝王熱愛并耕耘的文學園地，從而在很大的程度上産生了影響。

乙

中國文學發展到兩漢，無論是文學的觀念，還是創作的經驗以及文體的成熟，特别是作家隊伍的形成，都已邁上了一個新的臺階。就文學自身而言，其自覺性的序幕已漸漸拉開。漢末魏晉，隨着思想上“人的覺醒”[①]、“文的自覺”[②]得以形成，但仍屬於初級階段。漢末魏晉的文學創作出現過兩次高潮，一次是漢末的建安（196~219）文學，一次是西晉的太康（280~289）文學。太康以後至東晉隆安（397~401），文學創作較爲沉寂，優秀成果就更少了。帝王從事文學創作的，除了建安三曹之外，其餘很少。文人的地位也衹是在建安時期得到帝王的高抬，其他時間均不甚高。南朝，則是文學自覺的成熟期和高潮期。南朝各代帝王對文學表現出了極大的興趣和熱情，許多帝王積極投身於文學創作之中，并廣納文士，形成了一個又一個以帝王爲中心和盟主的龐大的文學集團。其中著名者有：

① 李澤厚:《美的歷程》，北京：中國社會科學出版社，1984年，第108頁。

② 魯迅說：“曹丕的時代可說是‘文學的自覺時代’。”（《魏晉風度及文章與藥及酒之關係》，《魯迅全集》第3卷，北京：人民文學出版社，1981年，第504頁）

劉宋時臨川王劉義慶門下的文學集團，蕭齊時文惠太子蕭長懋和竟陵王蕭子良門下的東宮西邸文學集團，蕭梁時梁武帝蕭衍、昭明太子蕭統門下的文學集團，晉安王蕭綱、湘東王蕭繹門下的文學集團，陳時後主陳叔寶門下的文學集團等①。這些文學集團網羅的文士之多，產生的文學作品之富，是前所未有的。在這些文學集團當中，文學和文人的地位有了前所未有的提高，漢代作家所慨歎的“倡優畜之”②、“見視如倡”③的尷尬處境已不復存在，文人不但在文學上可以毫無拘束地與帝王唱和，并切磋和交流文學創作的技巧和經驗，而且在政治上又成爲盟主的堅定的支持者和擁戴者，如梁武帝蕭衍文學集團中的沈約、范雲，不但是蕭衍知己的文友，又擔當蕭衍政府的尚書左右僕射，成爲蕭衍治國的左右臂④。除此而外，還有大大小小的家族

① 胡大雷：《中古文學集團》第6~9章，桂林：廣西師範大學出版社，1996年。

② 〔東漢〕班固《漢書》卷六十二《司馬遷傳》：“僕之先人，非有剖符丹書之功，文史、星曆，近乎卜祝之間，固主上所戲弄，倡優畜之，流俗之所輕也。”（北京：中華書局，1962年，第2732頁）

③ 〔東漢〕班固《漢書》卷五十一《枚皋傳》：“皋不通經術，詼笑類俳倡，爲賦頌好嫚戲，以故得媟黷貴幸，……皋賦辭中自言爲賦不如相如，又言爲賦乃俳，見視如倡，自悔類倡也。”（第2366頁）

④ 普慧：《齊梁三大文學集團的構成及其盟主的作用》，《社會科學戰線》1998年第2期。

文學圈和名士文學圈，如“蘭臺聚”[①]、“高齋學士”[②]等。南朝時期形成的文學集團之多，產生的影響之大，是其他歷史階段所沒有的。

文人和文學地位的提高，爲南朝文學的大繁榮創造了必然條件。儒家經學的衰微、玄學說理的“告退”[③]，使文學從政治倫理的附庸和玄學哲理的說辭中解放出來，走上了獨立發展的道路。於是，吟詠、抒發、讚美人的“情性”、“性靈”成爲文學最爲基本的要求。無論是詠物（自然山水），還是寫人（社會活動），主客體的審美成爲第一性。聲律論的提出和文學創作技巧的日益嫺熟，使得南朝詩文的結構日趨模式化。在強調抒發“情性”、“性靈”的同時，美的詩文形式也越來越受到文人們的喜愛，并成爲文人們片面追求的對象。南朝詩文創作因此走上了重形式、求唯美的極端道路。然而，南朝文學所付出的這種代價，卻換來了唐代文學的高度繁榮。從文學史的角度看，這是值得的。文學在南朝的特殊地位和巨大的影響力，使它不能偏寓一隅，它必然要深入到各個領域，特別是社會文化

① 〔唐〕李延壽《南史》卷二五《到彥之傳》：“時有彭城劉孝綽、劉苞、劉孺，吴郡陸倕、張率，陳郡殷芸，沛國劉顯及溉、洽，車軌日至，號曰‘蘭臺聚’。”（北京：中華書局，1975年，第678頁）

② 《南史》卷五〇《庾肩吾傳》：“（庾肩吾）與劉孝威、江伯搖、孔敬通、申子悅、徐防、徐摛、王囿、孔鑠、鮑至等十人，抄撰眾籍，豐其果饌，號‘高齋學士’。”（第1246頁）

③ 〔南朝梁〕劉勰《文心雕龍·明詩》：“宋初文詠，體有因革。莊老告退，而山水方滋，儷采百字之偶，爭價一句之奇，情必極貌以寫物，辭必窮力而追新，此近世之所競也。”（范文瀾：《文心雕龍注》，北京：人民文學出版社，1978年，第67頁）

的大背景。而佛教在南朝成爲社會文化大背景的主流思潮，文學自然不能不去匯合。這樣，南朝的佛教與文學這兩大文化潮流便交匯於一起，給各自的發展增添了新的契機、新的路徑、新的樣態和新的特色。

丙

人類社會是一個充滿矛盾而又互相聯繫着的大文化系統。在這個文化系統中，各種子文化在不斷地進行着對話和滲透。作爲文化系統中最爲活躍的精神文化的各個領域，其相互間的碰撞與融合又十分突出。而精神活動中的宗教與藝術的聯繫又表現得異常活躍與密切。一般說來，宗教與藝術是兩種不同的精神文化的現象，是兩種不同的意識形態，它們各自按照自己的方式和經驗來解釋人類生存的目的和意義。但是，二者在社會功能和反映形式上有許多共同或相似之處，在人類精神文明發展的歷程中，二者的積極對話和相互影響、相互利用，給人類的思維、思想與生活方式帶來了極爲重要的變化。

佛教作爲中國歷史上最爲龐大和最有影響力的宗教與中國藝術中最大的部類——文學的對話和聯繫，又是非常積極的。佛教從它誕生起，就包含了相當豐富的文學材料。佛教的創造者與傳播者十分清楚文學感染人心的魅力，他們在擴大佛教影響力的時候，積極利用文學手段爲其服務。因此，當佛教進入中國後，一個很重要的工作就是拉攏從事文學活動的士人入夥。而中國文學在發展過程中，也需要一定的宗教精神，需要一定的非理性的思維方式，以此開拓視野，深化蘊含，提高品味。當中國固有的宗教不能滿足中國文學的這種需求時，中國文學就會以極大的熱情去迎接外來的佛教。佛教與文學的共同需求，使二者一拍即合，密不可分。於是，產生了“佛教—文學”的文化系統結構。在這個系統中，有三個分支系統：一是佛教文學，主要指佛教典籍中的文學作品（如史詩、詩偈、韻文、譬喻、寓言、變文、講唱等）、佛教文化體系中的某些文學思想（包括佛典翻譯中的原則、標準、傾嚮等）和佛教僧侶的文學審美活動（包括理論與實踐）等；二是佛教與文學之間的相互關係，主要指佛教的思想文化體系中的諸多方面對文學的影響以及文學的諸多方面對佛教的影響；三是世俗文學家們的佛教活動（包括文人們的崇佛文學創作），包括他們與僧人的交往、他們的佛學思想和佛教實踐等。在這三個分支系統中，佛教與文學的關係是“佛教—文學”的文化系統結構中最爲豐富、最爲活躍、最爲複雜的方面。弄清楚它，就能使佛教與文學各自發展的規律和特色更加明晰。同時，瞭解文人的佛教活動，更有助於把握佛教與文學相互滲透的特點，從而進一步準確地認識中國文學和佛教各自發展的軌跡和特點。而這兩方面是專門的中國佛教史和中國文學史所較少涉及的，這就是我們以此爲題進行研究的意義。

丁

我們所要討論的即是“佛教—文學”文化系統結構中的佛

教與文學的關係及文人的佛教活動。時間上爲南朝的170年，空間上以南方的活動爲主，但在討論具體問題或現象時，并不受上述時空的限制。佛教與文學在經過漢魏兩晉的對話與滲透後，至南朝已達到了水乳交融的境地。二者的興起與繁榮是同步的，它們共同爲唐代佛教與文學發展的鼎盛期的到來奠定了雄厚的基礎。

攷察文學家的世界觀、人生觀及其文學以外的一些宗教、哲學等的活動是文學研究的一個比較重要的側面。這對於瞭解文學家的創作心理機制的構成，是有相當作用的。南朝文人的佛教活動①，比起漢魏兩晉是越來越頻繁，以至於他們的思想、行爲都深受佛教的影響。一些虔誠的崇佛文人甚至把佛教奉爲思想行動的指南。南朝文人崇佛的程度，恐怕連唐代文人也是望塵莫及的。這是我們系統攷察這一情況之前所難以想象得到的。不瞭解這些情況，恐怕就難以理解文人們的崇佛文學創作和他們爲何主動把佛教裏的一些觀念、方法、術語等引入文學領域。因此，本書在第一章和第三章討論文人的佛教活動，包括他們與僧人的交往，參加的譯經、法會等活動，以及他們奉行佛教戒律的行爲，特别是文人參與的佛學問題的大討論，由此來瞭解他們的世界觀、人生觀、道德觀和價值觀。這是從文學的外部來攷察的。

文學創作雖然有其自身的相對獨立性，但文學家一定的思

---

① 這裏的文人指具有從事文學活動（理論和創作）能力的人，包括帝王在內。

想觀念總是在很大的程度上反映到文學作品之中。對於崇佛文人來説，他們的佛教信仰、佛教情感和佛教的人生觀更是要在文學作品中得到集中的反映。此類作品在南朝文學作品中佔有一定數量。有一些作品能有機地融合佛教與文學，讀來清新，具有一定的審美效果。故而本書於第四章分析這些崇佛文學作品。

在中國文學史上，第一個以自然山水作爲審美對象的文學流派首先興起於南朝初期，它的代表人物同時又是此時思想文化界最爲活躍的大乘涅槃佛性學説的宣導者。這二者不可能是孤立的、互不相關的，而是存在着必然的聯繫。對此，本書第二章專門攷察這個問題。

南朝文學尤其是詩文的一個顯著特徵就是特别注重形式美，而聲律的諧調和暢，是詩文形式美的重要組成部分。南朝文學聲律論的提出，標誌着詩歌創作，尤其是五言詩追求聲音美由自然而到自覺。南朝聲律論的重要内容是有關漢語文字四聲的發現與四聲説的形成。而這一系列的工作又是由一些崇佛文人來完成的。這就使得這一理論與佛教有了一定的聯繫。本書在第五章中着重攷察這一聯繫。

南朝文學中出現的另一個大的流派是主要以宫廷女性爲描寫對象的文學派别——宫體文學。這個流派從初發到興盛到結束，持續了齊、梁、陳三朝。作家衆多，上有帝王，下有一般文人，影響遍及朝野。而宣導并實踐宫體文學者，偏偏是一些滿腦子佛教思想、行爲上又十分檢點的君王。這就構成了他們的世界觀、道德觀與文學觀的矛盾。宫體文學的作家、詩人是如何解决這一矛盾的，本書在第六章中力圖深入探討之。

在中國文學史上，抒情文學一直是作爲主流文學的，而敘事文學一直被視爲正統抒情文學的補充。西漢以前，中國文學很少有敘事的傳統，雖有“小說”其名，卻無其實。至東晉南朝，突然出現了較爲完整的敘事文學——小說，而且這些小說中很多是宣揚佛教教義的，是“釋氏輔教之書”①。這就與佛教結下了不解之緣。本書於最後一章沿波討源、尋根究柢，探索佛教對這一時期敘事文學的影響以及敘事文學爲佛教的服務。

南朝佛教與文學的關係不僅反映在文學現象和創作實踐方面，同時也表現在文學理論批評方面，且更爲複雜、深刻。這一時期，文學理論批評提出的許多範疇，都深受佛教影響，有些甚至是從佛教哲學中引進的。而中國先秦以來就有的範疇，也作了一些改造，注入了佛教的内涵。這方面的内容牽涉面大，理論性強，我們將立專書予以探討。本書收錄《慧遠的禪智論與東晉南朝的審美虛靜說》一文作爲附錄一，以此一斑而窺佛教哲學與文學理論範疇之全豹。《文心雕龍》是南朝文學理論批評中最爲輝煌的專著，而作者劉勰卻是一個虔誠的佛教信徒。《文心雕龍》與佛教有着怎樣的關係？本書收錄了《〈文心雕龍〉的成書與佛教成實學》一文作爲附錄二，希望以此成爲全面深入攷察《文心雕龍》與佛教的新的視角。

佛教與文學的關係是密切的，二者的滲透是雙嚮的。然而，這種雙嚮式的滲透并不是等量的。從現存的文獻來看，佛教對

---

① 魯迅:《中國小說史略》，北京：東方出版社，1996年，第37頁。

文學的滲透遠遠大於文學對佛教的滲透。因此，本書在探討佛教與文學的關係時，着眼點更多地放到了佛教對文學的影響和啟迪方面。本書無意於過分誇大佛教對中國文學的巨大影響。然而，當我們客觀地面對中國文學發展的諸多現象時，不能不感歎佛教在其中的巨大作用。

研究佛教與文學的關係可以從佛教的角度和文學的角度兩方面進行。從不同的角度出發，論述同一內容的詳略是不一樣的。本書基本上側重於從文學角度出發，但在許多具體問題上，有時也偏於從佛教角度入手。因此，在闡釋某些問題或現象時，佛教與文學所佔的比重并不是等量的。

佛教與文學的關係是極爲複雜的精神文化現象。而在這個精神文化系統中，各種意識形態都在積極地相互作用着，佛教與文學的關係也不是孤立的，它們還要受到其他文化的影響，特別是反映或體現社會時代的思想文化的制約。因此，本書在探討南朝佛教與文學時，盡可能把它們置放於大的思想文化的背景中。同時，我們在充分注意佛教與中國文學二者本身關係的同時，還把古老的原始宗教、天竺文化、漢語言文字、地方固有的風俗文化等同佛教與文學的關係聯繫起來，作了一些嘗試性的探討，旨在揭示佛教與中國文學關係的複雜性。

方法論，是學術研究的基本條件，運用不同的方法可以得出不同的結論。本書在方法論上堅持辯證唯物主義和歷史唯物主義的基本原則。但在對具體問題或現象的分析、闡釋之時，本文吸收和運用了多種方法，諸如現象學的方法、原型批評的方法、宗教學的方法、文化人類學的方法、義理分析的方法、攷據學的方法、敘事學的方法、創造解釋學的方法等。這些有效的方法，給本書的研究增添了翱翔藍天的翅膀。

佛教緣起（pratītya-samutpāda）理論認爲，每一事物的存在都是依賴於事物彼此間的存在而存在，孤立的事物是不存在的。學術研究也是如此。學術研究的結果表面上看起來是個體行爲，但實際上是集體智慧的結晶。任何一項課題，無論是開創領域，還是填補空白，都是在已有的研究成果的基礎上進行的。本書從選題、構思到寫作、修改，每一環節都參攷或吸收了他人的成果，絲毫不敢有貪天之功爲己有的做法，凡引用他人成果之處，盡可能在書中注明。參攷他人成果而未能在書中注明者，也將其書目列入正文之後的《參攷文獻》之中，以致謝意。

1998年5月於山東威海西海岸邊之昧軒

叁

《南朝佛教與文學》後記

這本書是在我的博士論文的基礎上修改而成的，現在就要付梓了，而且是由國内最權威的出版社之一的中華書局來出，心裏總是有一種抑制不住的激動和喜悦。本書的出版，可謂是我在學術研究道路上立起的一座里程碑。

回想起我讀書和成長的經歷，頗有些感慨。我的小學、中學時代是與“文化大革命”的開始和結束相同步的。在那樣一個充滿階級鬥爭和知識越多越反動的動亂年代裏，我幾乎沒有學什麽科學文化知識。不過，那時的大批判經常逼得我們去抄報紙。抄過來，抄過去，倒也練出了一種綜合能力。幾份報紙、雜誌拿來，拼湊得竟是天衣無縫，如同出自一人手筆。另外，那時整天學講馬列、毛著，雖是學了一些教條、僵化了的理論思想，但也讓我實實在在地讀了一些馬列和毛澤東的原著，這對我日後的理論思維顯然是有一定作用的。高中畢業後，我插隊到了陝、蒙交界處一個偏僻的小山村。在那兒，我度過了一生當中最爲艱辛的歲月。高攷招生制度恢復後，我連攷了三年，由於基礎太差，成績上不去，最後上了陝西師範大學榆林專修科。那時的專修科，名雖掛着陝西師範大學，但實際上并不受其領導，而是一個獨立辦學的實體。學校設備簡陋，師資匱乏，圖書短缺。儘管這樣，我還是決心儘快補上以前的虧空。我想，好學校裏有差學生，而差學校裏也會有好學生。這樣，我便全身心地投入到了學習之中。兩年後，我以優異的成績被留校任教。之後，我於1982年和1984年先後赴重慶的西南師範學院中文系和長春的東北師範大學中文系進修。在這兩所學校裏，我不僅獲得了大量的知識，還熱愛上了學術研究，并且領略到了南北不同的學風。1987年，我考進了陝西師範大學中文系，師事高起學教授，攻讀文藝學碩士學位。高先生爲人篤厚，對學生特别關愛。他帶學生，十分注重思維空間的拓展和思想觀念的提煉，并放手讓學生自己制定學習計劃，確定研究方嚮。他給我們課堂式的教學雖然很少，但讓我們學到了比課堂教學内容更爲豐富多彩的東西。更爲重要的是，我們從先生身上學到了一種淡泊、寧静、無争的生活態度。1990年獲得碩士學位後，我被分配到了坐落於風光旖旎、迷人的海濱小城威海的山東大學分校中文系任教。1995年，我考入山東大學文學院，在職師事張可禮教授，攻讀中國古代文學博士學位。三年的時間，先生給了我諸多的教誨。我以前是學理論出身的，寫文章往往在文獻資料的徵引上不夠嚴密，經常用二手、三手資料，大多不去與原文核對。張先生帶學生，要求從閱讀原始文獻開始。他認爲，理論觀點的提出，必須要有充分的文獻作爲依據；有一份材料説一份話，絕對不能想當然。先生嚴謹的治學作風，使我耳濡目染。於是，當我確定好博士論文題目後，便從原始文獻入手，一點一滴地搜集、積累資料。論文初稿拿出後，先生又在上面圈圈點點，從文獻的出處、資料的引用、觀點的提出到論證的方法等，都作了細緻的批改。這讓我深受感動。論文不祇是我個人的成果，其中也凝結着先生的大量心血。所以，我在畢業論文的《後記》裏這樣寫道："本文從選題、提綱的設計、寫作、修改到定稿的每一環節，都得到了我的導師張可禮先生的精心指導。先生於學問的勤奮、嚴謹、善思，於做人的正直、善良、無私，都給我留下了不可磨滅的印象。這是我由衷要感謝的。"

本書的多一半内容涉及佛教，所以，還有必要回顧一下我學佛的歷程。我最初十分喜歡中國歷史和哲學思想，對於文學并不很喜歡。所以，看歷史和哲學方面的書比文學的還多。而中國歷史和哲學有很多地方與佛教有關，因而我又特想學習佛教。但其時有關佛教方面的書少得可憐。1981年，任繼愈、杜繼文、楊曾文撰著的《中國佛教史》第一卷出版，我立即買得一本，一看便愛不釋手，雖然很多地方看不明白，但仍然不肯罢休。我在西南師範學院進修時開始學習中國古代文學理論，發現許多著名的文學理論批評家，或是在家的佛教信徒，或是出家的僧人。前者如劉勰、白居易、柳宗元、司空圖、蘇軾、黃庭堅、嚴羽、袁宏道、王夫之等；後者如遍照金剛、釋皎然、釋惠洪等。他們的審美觀念、文藝思想在很大程度上受到了佛教思想的影響。此外，中國古代文學理論中的許多審美範疇或是直接從佛教中引進，或是本土固有，但經過加工、改造，注入了佛教的内容。前者如境界、性靈、眞實、現量；後者如虛靜、神韻、言意等。我感到，如果不瞭解佛教，就很難理解這些文論家的思想，很難弄清這些範疇的深刻含義。於是，我就下决心學佛，衹要出版一本佛教經典或研究的書，我都第一時間郵購，然後認眞學習。我讀碩士時，便把佛教確定爲研讀的主攻方嚮，系統地閱讀了《中華大藏經》(其時僅出了20餘冊)和《大正新脩大藏經》。雖然佛教中的很多東西令人費解，讀之如入雲中霧裹，但我還是堅持了下來。我的碩士論文題目是《從佛教哲學到中國古代文論的審美範疇》，大約寫了13萬字。這算是我正式研究佛教的開始。碩士畢業後，我有幸拜識了著名佛學家、中國社會科學院世界宗教研究所第二任所長、博士生導師杜繼文先生。他得知我喜歡佛學，非常高興，熱情鼓勵我繼續鑽研，并具體地指導我重點讀哪些書，還把他的著作惠贈與我。那時杜先生正在協助任繼愈先生編寫《佛教大辭典》，他不嫌我是個初涉佛學的野狐外道，熱情地邀我爲這部大辭典編選與撰寫"佛教與文學"方面的辭條。對於這意外的邀請，我眞是受寵若驚，但同時又如坐針氈。我知道這部大辭典的撰寫人都是國内佛教研究界的一流學者，而自己能夠承擔得起這個重擔嗎？初稿寫成後，寄給了杜先生，但我的心忐忑不安，着實沒底。一個月後，杜先生來信，熱情肯定了我撰寫的辭條，并讓我再選編一些辭條，還邀請我去北京參加這部大辭典的編寫研討會。這對我來說是莫大的獎掖和提攜。從此，我便成了杜先生的室外弟子，一有難題，就向杜先生請教，而杜先生總是不厭其煩地爲我解疑答惑。杜師母張英也不把我當外人看，每次見面或打電話，總是關心我的學習、工作和生活，還要詢問我妻子和女兒的情況。我的博士論文的最初提綱，首先是請杜先生審閱的。在具體的寫作過程中，佛學上的很多問題我都請教過杜先生。論文定稿後，杜先生又給我寫了《同行專家評閱書》，充分肯定了論文的學術價值和意義。此次，當杜先生得知本書要出版的時候，又爽快地答應爲本書作序，并在序中對我多有褒獎之詞。我知道，這實際上是對我的一種鼓勵和鞭策。多年來，杜先生對我的關心、教誨、扶植，是我永遠難以忘懷的。令我十分難過和遺憾的是，杜師母不能看到本書的出版。她於新世紀到來後的一個月，因病離開了這個世界。這本書的出版，也算是我對杜師母生前關愛我的一種回報吧。

在我研習佛教的歷程中，還應提到的一位，是我的朋友、中國社會科學院世界宗教研究所雜誌社社長黄夏年研究員。自從我向夏年先生投去第一篇文稿後，我們就成了書信之友。夏年先生十分關心我的研究，積極爲我審編文章，不僅他那兒刊用我的文章，有時還把我的稿子推薦到别的刊物。就是本書的出版，也得益於夏年先生的牽線搭橋。沒有他的力薦，本書也不會如此之快地被出版社接受。所以，多年來，我對於夏年先生的幫助和提攜，實在是感激不盡。

長期以來，我在學習和研究的歷程中，還得到過一些師友的教誨和幫助，他們是陝西榆林師專霍雄珠、梁金壽等先生，西南師大劉健芬教授，東北師大李景隆教授，中國青年政治學院王東成教授，武漢大學文學院尚永亮教授，山東大學文學院梁一孺教授和夫人，山東大學寇養厚教授，山東大學威海分校馮永江夫婦、孟曉維夫婦、李和慶夫婦，中國社會科學院文學研究所戶曉輝博士，中華書局冷衛國博士等，此處一併致謝。

我的家人和親戚多年來大力支持我的學業，爲我提供了重要的後勤保證。我的父親長年有病，母親把本該由我向父親盡孝道的責任全部承擔起來，十幾年如一日，支持我外出求學。妻子申麗霞是我事業上的最有力的支持者，儘管她也不時地發個脾氣，喊怨叫屈，但實際上，她還是放棄了自己深造的機會和做學問的大量時間，長期承擔着繁瑣的家務及帶孩子的任務，使我有更多的時間，全力專心做學問。在我讀博期間，我的岳父、岳母在我家特別困難的時候，數次千里迢迢來到我家，幫我料理家務，保證了我的學業得以順利完成。這些都是我銘記不忘的。

本書的許多章節曾以單篇論文的形式發表在《文藝研究》、《佛學研究》、《文史哲》、《復旦學報》、《江海學刊》、《人文雜誌》、《陝西師大學報》、《中國文化研究》等刊上，得到了《新華文摘》、《高等學校文科學報文摘》和人民大學《中國古代近代文學研究》的摘要或全文轉載，引起了學界的關注，受到了同行專家的好評。本來，南朝佛教與文學關係複雜，内容繁多，還有很多東西可以加進去。譬如，南朝的諸文體與佛教、佛教翻譯與南朝文風、佛教與南朝文學理論範疇、南朝文學對佛教僧傳寫作的影響，等等。然而，這又不是在短時間内就能完成的，所以，就以現在這個樣子定稿了。其中的遺憾總是免不了的。我始終覺得，學術研究其實也是一種遺憾的藝術，因爲每一研究成果的出現，祇要放上一段時間，就會讓人感到有這樣或那樣的不足或疏漏，特別是隨着研究者學術研究的不斷深入，這種感覺便會越來越強烈。我的博士論文對我來説，就是這樣的。儘管當初完成它的時候頗爲自負，但是，畢業後兩年過去了，相關的東西看得更多了，就感覺到論文的許多地方是不能令人滿意的。不過，任何一項學術成果都不可能盡善盡美，所以，本書也就衹能帶着一些遺憾來面世，希望得到專家和讀者的批評指正。

本書的出版還得到了責編毛雙民先生的鼎力襄助，陝西師大康德出版基金和陝西師大文科教學與科研基地給予了必要的經費資助，此處謹致謝忱。

2001年3月20日

識於西安·陝西師範大學·昧軒

肆

《南朝佛教與文學》[1]（增訂本）後記

2017年6月的一天，接到了一個陌生的電話和一封電郵，起初并未理會，因爲現在電訊詐騙實在是太多，防不勝防，自然也就不把它當回事。接下來的幾天，連續接到了同樣的電話和電郵，意邀我赴寧參加江蘇省的“文脈工程”會議。我諮詢了南京大學的友人，答曰確有其事。於是，應約趕赴南京，方知拙著《南朝佛教與文學》出版15年後被江蘇省委宣傳部和社會科學工作辦選入《江蘇省文脈工程：研究篇》叢書，這讓我欣喜不已。眞沒想到，15年前出版的小書，居然還被讀者們惦記，還能留下點學術影響，這也是值得欣慰的一件事。根據“文脈工程”的要求，需要對拙著進行脩正、增訂，這也正是我多年的願望。拙著初版後，隨着研究不斷深入和擴展，我陸陸續續地發現了一些錯訛，一直有改訂的願望，但因手頭的事情實在是太多，總也沒有時間和機會。感謝江蘇“文脈工程”

① 普慧：《南朝佛教與文學》（增訂本），南京：江蘇人民出版社，2019年。

編輯委員會，給了我這樣一個機緣。

南朝是佛教傳入中國四百年後①達到的第一個高潮時期，是佛教作爲外來宗教走向中國化的開始，也是中國內地一步步佛教化的開始。這個“化”（sādhya）的過程幾乎是雙嚮、同步的。一方面，佛教在漢地傳播之初，就把自己裝扮成方士或道士之一種，混跡於其中。經過魏晉時期大量的佛典漢譯，佛教又依附於玄學，不斷尋求佛、玄合一，以求得生存的地位。如兩晉時期的佛教六家七宗即是一例。佛教又將“叢林七僧”比附“竹林七賢”②，更是有攀附之意。在晉末南朝的幾次重大的佛教與本土儒、道二教的論爭中，佛教也盡可能避其鋒芒，調和三方之見。譬如，關於孝道，儒家和道教都攻擊佛教出家行爲是“破身”、“破家”、“破國”，而佛教則從人生和國家層面，宣說佛教出家乃是“大孝”。在脩行實踐中，佛教又把“五戒”（不殺生、不淫欲、不偷盜、不誑語、不飲酒）比附於儒家的“五常”（仁、義、禮、智、信）。特别是在理想目標的

---

① 一般認爲佛教入華最早的時間是西漢哀帝元壽元年（前2）。〔西晉〕陳壽《三國志》卷三〇《魏書》三〇裴松之注引魚豢《魏略·西戎傳》：“昔漢哀帝元壽元年，博士弟子景盧受大月氏王使伊存口受浮屠經曰復立者其人也。浮屠所載臨蒲塞、桑門、伯聞、疏問、白疏間、比丘、晨門，皆弟子號也。”（北京：中華書局，1982年，第859頁）

② 見〔東晉〕孫綽：《道賢論》。（〔清〕嚴可均輯：《全上古三代秦漢三國六朝文》，《全晉文》卷六二，北京：中華書局，1958年，第3624–3625頁）

追求上，儒家“成聖”[①]、佛教“成佛”[②]、道教“成仙”[③]成爲三教的最高理想。而“聖”、“佛”、“仙”是人的最高境界，它是可以通過學人的努力脩學而達到和實現的。這一點與基督宗教有根本的不同。基督宗教無論是上帝還是耶穌基督，本具神性[④]，是其子民的拯救者（the Savior）或救贖者（Soul Redeemer），絕非凡人所能企及。而儒、釋、道三教，以人爲師，以師爲高，極具共通性。也就是說，中國化的佛教與古代印度佛教此時已呈現出很大的差異。而這一差異的形成，正是在南朝時期開始的。還有，在義理上，“佛教‘中國化’的一個重要內容是揚棄大乘‘般若空’對於解脫、出離的追求而回歸到現世，即實踐

① 儒家認爲堯舜聖人可學。《論語·雍也》：“子貢曰：‘如有博施於民而能濟眾，何如？可謂仁乎？’子曰：‘何事於仁！必也聖乎？堯舜其猶病諸！夫仁者，己欲立而立人，己欲達而達人。能近取譬，可謂仁之方也已。’”（〔南宋〕朱熹：《四書章句集注》，北京：中華書局，1983年，第91頁）同篇：“子曰：‘若聖與仁，則吾豈敢？抑爲之不厭，誨人不倦，則可謂云爾已矣。’”（《四書章句集注》，第101頁）

② 大乘佛教提出“一切眾生皆有佛性”（〔北涼〕曇無讖譯：《大般涅槃經》卷九，《大正藏》第12冊，第419頁上），中國僧人道生則提出“一闡提人皆得成佛”（〔南朝梁〕慧皎：《高僧傳》卷六《竺道生傳》，湯用彤校注，北京：中華書局，1992年，第256頁）。

③ 葛洪《抱朴子·內篇》卷十四《勤求》：“仙之可學致，如黍稷之可播種得，甚炳然耳。然未有不耕而獲嘉禾，未有不勤而獲長生度世也。”（王明：《抱朴子內篇校釋》，北京：中華書局，2002年，第260頁）這是葛洪經教道教的著名論斷，與嵇康的“神仙可信論”和向秀的“仙人無驗說”有根本的不同。

④ 基督教認爲聖父、聖子、聖靈三位一體（the Holy Trinity）。

僧肇所謂‘立處即眞’，後來終於形成明心見性的禪宗”[①]。至北宋，佛教完全走完了中國化的歷程，儼然成爲地道的漢地、本土式的宗教，并躍居爲中國本土三大主流思想文化之一，對精英思想和民間文化發揮了至深、至廣、至遠的影響。

另一方面，自東漢明帝劉莊開始引進佛教到桓帝劉志時的安世高、支婁迦讖批量漢譯佛典，佛教在漢地傳播，如雨後春筍，如大地泉湧，其迅猛之勢難以名狀。起初官府是不准漢地民眾出家爲僧、爲尼的。但是，隨着漢末三國以及西晉後期政治上的混亂，狼煙四起，烽火連天，金戈鐵馬，刀光劍影，“白骨露於野，千里無雞鳴”[②]。時局的動蕩、社會的無序、生存的慘狀、生命的無落，迫使大量的百姓衝破政府的阻力而出家，進入山林，躲入寺廟，致使佛教僧團急劇膨脹。借着玄、佛合流之機，佛教迅速從民眾擴張至精英文人和上層政治集團。在三教論衡初期，佛教尚能忍辱負重，但隨着佛教地位的日益凸顯，至劉宋文帝劉義隆時期，便彰顯本來面目，登堂入室了。什麼世界是緣起的，人生是苦的，生命是無常的，時間（前世、今世、來世的三世）是延續輪迴的，空間（天堂、人間、地獄）是立體轉換的，一切皆苦，一切皆空，而一切眾生都是有佛性的，都有成佛的內在根據，祇有努力嚮善、不斷脩持，方可昇入美妙的淨土境界，纔能超離生死，永脫苦海等等，不

---

① 孫昌武:《早期中國佛法與文學裏的“眞實”觀念》,《文學遺產》2011年第4期。

② 〔東漢〕曹操:《蒿里行》,《曹操集》，北京：中華書局，2013年，第4頁。

祇是紙本的譯介，更是直接的、赤裸裸的宣講、說法。而佛教這一切的內容，讓本土漢地之人充滿了好奇感、新鮮感，乃至身受感。特別是不斷經歷着戰亂苦痛的人們（不論是達官顯貴還是販夫走卒；不論是精英文人還是民間百姓），更能體驗和感受到佛教博大精深的教義和縝密威嚴的儀軌的神聖性、神威性，滿足和引導他們那些正感苦悶、空虛的心靈世界。正因爲如此，大詩人謝靈運纔深有感觸地發出驚歎："六經典文，本在濟俗爲治耳。必求性靈眞奧，豈得不以佛經爲指南耶？"[①]既然不能控制外在，那就最好尋找自我心靈的慰藉。佛教帶給了人們一支支清爽澄澈、沁人心脾的麻醉劑：忘記苦難，甘受痛苦，心懷美好，脫離生死，在哀怨中洗悟塵心，復歸平靜。於是，劉宋、蕭齊、蕭梁，帝王將相、文人墨客、黎民百姓、怨婦棄子崇佛信佛，蔚然成風。尤其蕭梁，武帝蕭衍虔信佛法，頒佈法令，以佛教爲國教，致使全國寺廟林立，青煙繚繞，僧尼成群，香客接踵，佛光瑞氣，籠罩寰宇。梁陳之際，一批來華的外僧，如眞諦（499~569），譯述佛典64部、278卷，其中翻譯佛典49部、142卷。更爲重要者，眞諦譯出了印度瑜伽行派（Yogācāra）的《釋大乘論》、《俱舍釋論》、《大乘唯識論》、《三無性論》、《佛性論》等論著，非常及時地把剛剛興起於印度不久的唯識學，系統譯介於華夏，傳播速度之快，着實令人

① 〔南朝宋〕何尚之:《答宋文帝讚揚佛教事》，李小榮:《弘明集校箋》，上海：上海古籍出版社，2016年，第576頁。

驚歎不已[①]。至此，印度大乘佛教“般若”、“涅槃”、“唯識”三大系統基本入駐漢地，儼然成爲人們的精神食糧和行動指南。佈施、持戒、禪脩，以期臻於般若境界；棄惡揚善、成佛得道，成爲人們日常生活的基本準則和理想目標。由此，華夏漢地文化在南朝時期浸潤了太多太多的佛教内容，深深地影響甚至左右着華夏文化和歷史的走嚮和趨勢。因此，説漢地也經歷了一個佛教化的過程，可以説是有理由的。

在這樣一個雙嚮化的歷程中，佛教與漢語文學結下了不解之緣。可以説，南朝的每一個文學現象、每一個文學活動，都離不開佛教的參與，甚或作用（kāritram）、主導（svāmin）。不管是唯美的文學還是通俗的文學（所謂廟堂之上的雅詩大賦以及民間閭里的樂府小説），佛教都做出了巨大貢獻。而精英文人的思想觀念的形成，又在相當大的程度上，取決於佛教的三觀（世界觀、人生觀、價值觀）。這就使得文人的文學創作自覺或不自覺地浸潤了佛教思想，在一定程度上成爲以藝術形象、崇高審美、終極情懷而書寫佛教義理、意趣的宗教文學作品。與此同時，文學豐富的體裁和表現形式，又反作用於佛教，使得佛教文本和佛教活動不再是單純的宗教宣傳單和説教傳聲筒，而成爲具有一定美感、娱悦、抒情的宗教審美活動。於是，本土原有的文學，似乎出現了一個脱胎换骨的新局面——新的語詞、新的思想、新的情懷、新的面貌、新的境界，讓佛教與

① 參見杜繼文：《論南北朝的佛典翻譯》，《中國佛教與中國文化》，北京：宗教文化出版社，2003年。

文學在交流融匯中煥發出絢爛的異彩，更爲唐代文學全面的繁盛，奠定了堅實的基礎，創造了特殊的條件（如格律詩的形成）。因而，南朝佛教與文學，不管怎麼説，都是值得用力研究的一個課題。

原著《南朝佛教與文學》共七章、兩篇附録，所涉及的時間段主要集中於南朝，但個别地方有所逾越；地域上以江南爲主。當時撰寫，因時間倉促，有幾個章節列出了題目，卻未能完成具體内容，留下了諸多遺憾。此次脩訂，增加了第八章，概述南朝的文學集團和文學流派與佛教的關係；又在原來的兩個附録基礎上，增加了性靈説一節，構成了第九章。在本次脩訂的過程中，我對書中的佛教術語全部加注了梵文①。這是因爲佛教名相繁富，一詞多譯、一詞異譯的現象甚爲普遍，如果不對術語加注梵語原文，就會造成對漢譯術語的誤會、曲解。如原本是一個術語，因爲漢譯的多譯，經常會導致人們的多重理解，把問題複雜化了。此外，對原著的諸多錯訛、疏漏，也做了校改；有些章節，幾乎是重寫。故全書篇幅，擴充四成之多。博士生張麗麗、賀雨瀟搜集了深入研究的相關資料；易斌覈校了全部引文、注釋，重新編輯了參攷文獻；梁櫪天審閲了部分章節，在此謹表謝忱。著者孤陋寡聞，才疏學淺，錯訛、疏漏之處仍會存在，懇請方家、大德批評惠正。

在求學、治學旅途中，蒙高起學、杜繼文、張可禮、項楚、

① 梵文的書寫符號有多種，本書採用了國際上通行的拉丁字母轉寫。在此説明。

陳洪、孫昌武等多位恩師（按時間順序）悉心指導和諄諄教誨，又承海內外諸多師友（恕不一一道名）大力支持和提攜，我深感幸莫大矣。一路行走，一路感恩。惟願上天有靈，護祐衆生。還要感謝本書責編李曉爽女史，在她認眞、急切的催促之下，拙著的校樣纔得以按時完成、交付。

2019年8月20日改於

成都雙流區文星花園小區·昧軒

伍

《中古佛教文學研究》[1]自序

去年暑假，老友范子燁先生突然打來電話，說拙著《南朝佛教與文學》出版已10年，可以另找出版社再版。他正在組織編輯一套叢書，欲將拙著《南朝佛教與文學》納入其中。近些年來，因爲雜務太多，我竟然忘了拙著出版的年時了。所幸的是，學界老友們并未忘記它，還把它當作有價值的書籍再次推出。這令我感動不已。値此脩、增訂之際，談點我對改本書書名爲《中古佛教文學研究》的理解和本書脩、增訂的情況。

"中古"，是一個時間概念，具體所指并不統一。《辭源》："今一般以魏晉南北朝隋唐爲我國歷史上的中古時代。"《現代漢語詞典》："在我國歷史分期上多指魏晉南北朝隋唐這個時期。"《漢語大詞典》："今一般以魏晉南北朝至唐宋之間爲中古，亦有把兩漢包括在內者。"《辭海》未收該詞。儘管詞典家們基

① 普慧：《中古佛教文學研究》，西安：世界圖書出版公司（西安），2014年。

本給出了“中古”一詞的基本時間範圍，但是在具體學科的使用上，卻表現出了明顯的差别。譬如，文學界把“中古”的指涉範圍多劃定於魏晉南北朝時期，如劉師培《中國中古文學史講義》、王瑤《中古文學史論集》、曹道衡《中古文學史論文集》、詹福瑞《中古文學理論範疇》、蔣述卓《佛經傳譯與中古文學思潮》、胡大雷《中古文學集團》等。與文學研究界不同的是，史學界則把“中古”的範圍擴展到了漢至唐五代，如榮新江《中國中古史研究十論》、《中古中國與外來文明》、《中國中古史研究》(《中國中古史研究》編委會），胡戟《陳寅恪與中國中古史研究》等。

在英語世界裏，與“中古”一詞有聯繫的有兩個術語：一是 the mediaeval times，一是the middle times。這兩個術語前者一般漢譯爲“中世紀”，後者多譯爲“中古時期”，所指涉的時間範圍都是西羅馬帝國（Western Roman Empire）滅亡到文藝復興（the Renaissance）開始，即公元476年至14 世紀（century）。不過，前者在漢譯中不易產生歧義，而後者雖與中國的“中古”容易混淆，但似乎更容易讓中國讀者接受。因爲修訂本在時間和内容上，已經擴展到了漢與唐，原書名已不能涵蓋，故採用史學界慣用的“中古”含義，在英譯時爲the Middle Ancient Times，使漢文、英文更加接近。

佛教文學是一個有别於佛教的獨立系統，就其所含之範圍而言，雖然横跨兩個學科，但它所指涉的範圍和對象則主要是指佛教經典中具有文學特質的文本（texts）和這些文本的作者及其社會歷史環境，其性質仍然屬於文學。但是由於“文學”

概念的含義極其複雜，其指嚮不斷遊動，以致今日學界也未能給出一個較爲統一的内涵與外延。一般來説，近代以來的文學指嚮，更偏重於抒情的、虛構的、唯美的、象徵的、敘事的特質；而古代的文學指嚮，則比近代以來的文學寬泛了許多，除上述特質外，還包括實用的、説理的、文獻的、材料的特質。這就給我們確指佛教文學的範圍帶來了很大的困難。如果以古代文學觀念衡量，顯然過於寬泛；而以近代以來文學觀念作爲標準，則又偏狹。如賈誼《過秦論》、宗炳《明佛論》、韓愈《原道》等論議文則難以進入文學園地。因此，我在攷慮"文學"時，擬將古代和近代的文學觀念相中和，不偏不倚，不中不邊，一切以分析、論述爲方便。由此而擬構的佛教文學可能與一般文學會有一定的差異。佛教文學同"佛教與文學"既有不同又有聯繫，前者較爲單一，不能囊括後者；後者則完全涉及兩個不同領域，以關係爲紐帶。但是，作爲"佛教文學研究"，則完全可以把"佛教與文學"之關係討論納入其中。其實，這種將"××與文學"的關係研究納入文學史中的做法已經是屢見不鮮了。如中國科學院《中國文學史》，游國恩等《中國文學史》，袁行霈主編《中國文學史》，章培恒、駱玉明《中國文學史》等，都有這樣的例子。這樣，我將原著《南朝佛教與文學》統攝於《中古佛教文學研究》，似也不爲過。

原著《南朝佛教與文學》共七章、兩篇附録，所涉及的時間段集中於南朝，上不過東晉末，下不越隋，地域上也以江南爲主。當時撰寫時，因時間倉促，有幾個章節題目列出，卻未能完成具體内容的撰寫，留下了諸多遺憾。我曾在原著《後記》中說:“南朝佛教與文學，關係複雜，内容繁多，還有很多東西可以加進去。譬如，南朝的諸文體與佛教、佛典翻譯與南朝文風、佛教與南朝文學理論範疇、南朝文學對佛教僧傳寫作的影響，等等。”此次脩訂，我把近10年來撰寫的與上述問題相關的内容重新編成三章，分别爲第九、十、十一章，另加兩篇文章作爲附錄，將原著的兩篇附錄合併爲第八章，這樣就形成了全書十一章加兩篇附錄的格局。時間上，上接兩漢，下連唐五代，可謂是眞正的“中古”了。在篇幅上，也增加了近乎一倍的文字。

中古時期的一千年正是佛教傳入、生根、長枝、開花、結果的時期，也是佛教由初傳走向鼎盛的時期。在此千年中，佛教由一個外來的宗教文化漸浸爲中國本土的宗教文化，并躍居爲三大主流思想文化之一，對精英思想和民間文化發揮了至深至遠的影響。佛教典籍的漢譯，産生了有異於本土文學的漢譯佛典文學。漢譯佛典文學的通俗化，打破了長期以來本土精英文學追求唯美的傾嚮，開啟了通俗的佛教講唱敘事文學的新途徑。精英文人的崇佛、信佛，改變了其原有的思想觀念。精英文人的世界觀、人生觀、死亡觀等，不再狹隘、單一、保守；信仰的力量和思維的拓展，導致了他們在文學創作上胸襟的大氣、視野的開闊；宇宙、社會、人生的合一，成爲文人關注、思考和書寫的對象，想象和聯想的無拘無束、自由馳騁，突破了本土儒教的禁錮；天堂、人間、地獄的立體結構，成爲文學世界的新的空間構架；前世、今世、來世的輪迴聯接，成爲文學世界的新的時間鏈條。善惡報應、佛性本具，使得道德的提昇鑲嵌於文學之中，突顯了道德與藝術的高度統一。中古的文學活動、文學現象、文學流派、文學社團、文學思想、文學精神、文學意象等，大多是在佛教思想指導、佛教原型建模（modeling）甚或直接作用（direct effect）下開展、催化、凝練、形成的。中古佛教文學雖有異於一般文學，但在一般文學的發展中，發揮了巨大作用，有時甚至直接導致了一般文學走嚮軌跡的改變。如，在佛教梵唄、轉讀、唱導、悉曇直接影響下而出現的“四聲、八病”，就導致了唐代格律詩的繁榮。脩、增訂本的第九章、第十章涉及了這些內容。

惠能是中國禪宗史上最爲重要的人物，也是整個中國哲學史、思想史的重要人物。因此，無論是哲學史、思想史，還是一般歷史，都會留出大量的篇幅給予介紹。但是，在中國文學史上，幾乎很少有人言及。其實，惠能不衹是哲學史、思想史，也是文學史的一個重要人物。據說，惠能本人目不識丁，但他的詩歌卻寫得非常精美和精深。因爲他的那兩首膾炙人口的詩偈（gāthā）“菩提本無樹，明鏡亦非臺，佛性常清淨，何處惹塵埃”、“心是菩提樹，身爲明鏡臺，明鏡本清淨，何處惹塵埃”[①]，使他贏得了一代開創宗派的祖師地位，改變了佛教在中國的歷史走嚮。他的禪思想，成爲盛唐以後詩歌創作的思想源泉；他的故事細節，則成爲後代小說的素材。如，家喻戶曉的《西遊記》第二回《悟徹菩提眞妙理　斷魔歸本合元神》，說孫

① 此出敦煌本。元代宗寶本已改爲“菩提本無樹，明鏡亦非臺，本來無一物，何處惹塵埃”（《大正藏》第48冊，第349頁上）。

悟空至菩提祖師處學藝，祖師擬教他本領，結果孫猴很是挑剔。“祖師聞言，咄的一聲，跳下高臺，手持戒尺，指定悟空道：‘你這猢猻，這般不學，那般不學，卻待怎麼？’走上前，將悟空頭上打了三下，倒背着手，走入裏面，將中門關了，撇下大衆而去。唬得那一班聽講的，人人驚懼，皆怨悟空道：‘你這潑猴，十分無狀！師父傳你道法，如何不學，卻與師父頂嘴！這番衝撞了他，不知幾時纔出來呵！’此時俱甚報怨他，又鄙賤嫌惡他。悟空一些兒也不惱，衹是滿臉陪笑。原來那猴王已打破盤中之謎，暗暗在心。所以不與衆人爭競，衹是忍耐無言。祖師打他三下者，教他三更時分存心；倒背着手走入裏面，將中門關上者，教他從後門進步，秘處傳他道也。”“三更學藝”一“事”，顯然出典於《六祖壇經》。元宗寶本說，惠能“書此偈已，徒衆總驚，無不嗟訝，各相謂言：‘奇哉！不得以貌取人，何得多時，使他肉身菩薩。’祖見衆人驚怪，恐人損害，遂將鞋擦了偈，曰：‘亦未見性。’衆以爲然。次日，祖潛至碓坊，見能腰石舂米，語曰：‘求道之人，爲法忘軀，當如是乎！’乃問曰：‘米熟也未？’能曰：‘米熟久矣，猶欠篩在。’祖以杖擊碓三下而去。惠能即會祖意，三鼓入室；祖以袈裟遮圍，不令人見，爲說《金剛經》。至‘應無所住而生其心’，惠能言下大悟，一切萬法，不離自性。……三更受法，人盡不知，便傳頓教及衣缽，云：‘汝爲第六代祖，善自護念，廣度有情，流佈將來，無令斷絕。’”[①]從這些情況來看，將惠能納入文學視野來

---

① 《大正藏》第48冊，第349頁上。

加以研究，似乎也不爲越界或擴界或攙雜。因此，增訂本的第十一章較爲集中地討論了禪宗六祖惠能的有關情況。從時間點上而言，惠能涉及了唐五代的佛教文學。

據現有資料，佛教最早是通過陸地絲路（the Silk Route）傳入中原的。兩漢時期的西域（Serindia）龜茲（Kucīna）國既是陸地絲路北道的一個軍事重鎮，也是佛教傳入内地的重要驛站。龜茲國民約秦漢時接受佛教，并且全民信仰。在整個中古時期，龜茲盛產佛教學者，如白延、佛圖澄、鳩摩羅什等。在佛典漢譯的過程中，諸多術語是通過龜茲語直接音譯過來的，而不是源於梵語音譯。如："沙門"，梵語爲śramaṇa，龜茲語爲 samāne；"波逸提"，梵語爲 pāyattika，龜茲語爲 pāyti 等。就意譯而言，如"外道"，梵語爲 mithyādṛṣṭi，意爲"謬見"；龜茲語爲 parnaññe，意爲"外"。所以，佛典中一些術語的漢譯并非由梵語原本直譯而來，而是由譯自梵語原本的龜茲語等中亞土著語轉譯而來，甚或直接由此類土著語譯出。由此可見龜茲佛教文化的興盛狀況。據學者研究，龜茲國民爲吐火羅人（Tocharian），是公元前2000年左右從南俄大草原，即烏克蘭（Ukraine）、黑海（Karadeniz）、里海（Caspian）遷徙而來的一支遊牧民族，屬高加索人種（Caucasian）。他們定居於沙漠綠洲（desert oasis），建城市，開農田，脩水利，通商貿，至西漢時，已蔚爲西域之大國。從漢武帝開始，帝國強盛，周邊民族不斷内附，政府設置五大屬國，以安置歸附邊民。其中，上郡龜茲屬國即是其一。宣帝、元帝時，龜茲人不斷長途遷徙至安置點上郡龜茲屬國。他們的到來，在人種和文化上都留下了不少痕跡。特別是在語言上，上郡龜茲人的佛教文化遺存更加突出。同時，以“三國”歷史爲題材的諸多敘事文學中的貂蟬這一人物，疑似爲吐火羅的對音，爲吐火羅人。關於這一內容，我將其作爲附錄之一。我研習佛教文化30餘年，從未用我的本名發表過文章，皆用筆名“普慧”。學界諸多友人不解，坊間也有諸多猜測。此處藉脩訂之際，將我筆名來歷的解釋文字作爲附錄之二，以釋其然。

這裏要説明的是，後三章的內容或某些表述與前七章有重合之處，有些材料也有重複使用的情況，但就總的方面而言，每一章都有各自的重點問題，範圍也有別，所以，還可以説是渾然一體的。在脩訂過程中，一個在我看來十分有意義的工作就是對本書的佛教術語全部加注了梵語原文[①]。這是因爲佛教名相繁盛，一詞多譯、一詞異譯的現象甚爲普遍，如果不對術語加注梵語原文，就會造成對漢譯術語的誤會、曲解。如原本是一個術語，因爲漢譯的多譯，經常會導致人們的多重理解，把問題複雜化了。另外，對原著的諸多錯訛、疏漏，做了訂改。但由於本人學識淺薄，加之時間倉促，錯訛之處仍會存在，懇請方家、大德、善知識批評惠正。

佛教文學研究雖然已歷百餘年，論著也有不少，但畢竟是冰山一角、滄海一粟。佛教文學領域之廣袤遼遠，內容之深湛精奧，亟待有志者闢墾、拓展。我希望有更多的年輕學者走向

① 梵文的書寫符號有多種，因爲排版的原因，我採用了國際上通行的拉丁字母轉寫。

這一領域，願本書能成爲有志者通向佛教文學彼岸的一筏，也懇望勇猛精進者捨筏登岸，得意忘言，終成覺悟。

2013年8月初於

西安·西北大學新村·昧軒

陸

《中古佛教文學研究》跋

《中古佛教文學研究》增訂歷時兩個月終於要畫上句號了。如爐似火的炎夏也在這兩個月中陪伴着我漸漸結束。在這兩月中，赤膊上陣，汗流浹背，已不是什麼羞於言表的事了。隨着脩訂版的完成，一絲涼爽的秋意也走近了身邊，讓焦躁的心情有了幾分沉意。

我習研佛教文學已30餘年，學業上的不斷追求幾乎伴我走過了人生的多半里程。在原著《南朝佛教與文學》出版之際，我又不甘心衹做一個教書匠，再次身背行囊，走入了四川大學，師從著名敦煌學家、佛教文獻學家項楚教授從事中國古代文獻學（佛教文獻）的博士後研究。其時，我已43歲，已經超過國家人事部對博士後入站規定的年齡限制。感謝項楚先生和四川大學人事處博士後管理辦公室的負責人，他們爲我爭取到了破格的機會，使我能再次實現求學的夢想和追求。由於是在職做博士後研究，我不停地在西安、成都兩地跑，秦嶺、巴山、蜀水留下了我頻繁一閃而過的身影。在四川大學三年半的時間裏，我直接聆聽項先生的教誨并不多，但是每次見面，在簡短的談話中，總讓我感受和領悟到嚮學的精神眞諦。學生跟隨老師的學習，不在於老師講多少，而在於是否用心感悟，如同禪宗師徒教學那樣，“心心相印，以心傳心”。於是，在不知不覺或有意非意之間，我做學問的方法和視野漸漸地向着項先生指引的路徑行進：強調治學的扎實功夫和注重文獻的精細甄別，由此而後的通透解釋。幾年下來，雖未得項先生之神似，卻也有了幾分形似，總算也不枉做一次項門弟子。那幾年，我把研究的重心投向了絲路上的佛教傳播，從知識、信仰、實踐、審美的角度，重點攷察佛教在西域與其他幾種宗教（祆教、基督教、摩尼教等）的相互影響以及傳入中原被本土文化接受、碰撞、融合的過程和特點。因爲興趣所致，選題過大過難，特別是需要瞭解西域的幾種古語，我不得不花大量時間學習梵語（Sanskrit）、巴列維語（Pāhlavī）、粟特語（Sogdian）和突厥語（Türkic）等語言。梵語我曾學習過多年，已經把我折騰得半死不活。再學新的古語，眞是要了命了。幾年下來，雖也瞭解了這幾種古語的一些知識、特點，也能從中發現一些問題，啟發研究的思路和問題的切入點，但那畢竟是皮毛而已，距離通曉差之千里。耗時、費力、損身，眞是得不償失。我不得不深深佩服那些歐美的學者，他們對古語的敏感和掌握的方法實在是令人不可思議。我在想，共和國成長起來的人文學者一個最大的虧空，可能就是不能通曉多種語言，不要說外國語了，就是大中華的幾個重要的民族語言都不能瞭解。這不能不說是一種缺憾。不過，雖說辛苦，但也由此讓我拓展了知識結構，看問題更多地從比較語言學（comparative languages studies）或語文學（philology）入手，後來我發表的幾篇被認爲有分量的文章大多從語文學切入，也是因禍得福。博士後出站報告《佛教：從印度到中國——對知識、信仰、實踐、審美的攷察》磨蹭了好幾年，最後拿出了一個半成品蒙混過關。雖説得到了著名印度學家黄心川先生和著名佛教哲學家杜繼文先生的肯定，但我自己并不是很滿意。帶着諸多的遺憾，我離開了四川大學，回到了我的工作單位，想着一邊教學，一邊再補充、脩訂這個出站報告。可是就在這期間，一個偶然的機會出現在我的面前：南開大學歷史學院與文學院聯合申請的“985創新工程”項目“中國思想與中國社會”得以立項，常務副校長陳洪先生總負責，下分三個支柱課題：“中國史學思想史”（劉澤華主持）；“中國文學思想史”（羅宗强主持）；“中國宗教思想史”（孫昌武主持）。當時，“中國宗教思想史”課題的研究人員匱乏，陳洪先生、孫昌武先生鑒於我在宗教文學研究領域的基礎，認爲我可以承擔宗教思想史的研究任務。而當時加盟該課題的最好辦法就是讓我以博士後的身份進入南開大學，這樣既解決了經費又提供了住房。於是，在陳洪先生的精心策劃下，經過人事部的特批，我以46歲的“高齡”進入南開大學，隨從著名小説理論家陳洪和著名宗教文學家孫昌武先生從事博士後第二站的研究工作。據説，我是全國當時進站最老的一位博士後，終於有了一個中國之最。中國宗教思想史對我來説雖不是全新的領域，但還是需要閲讀大量的文獻，攷察諸多的宗教問題。譬如，道教文獻，我的閲讀量就明顯不夠；還有關於“儒”的問題，是

“教”是“學”，大家爭論不休，各有立場，各有觀點，要持論公允，必須要下大工夫，以文獻爲依據，全面吃透宗教的性質和一般特徵，由此衡量“儒”的問題，大概不會太偏頗了。從思想史的角度討論中國歷史上的各種宗教的共性特徵和個性差異，遠遠比單一的宗教思想史研究要難。顯然，我又啃了一塊硬骨頭。原來計劃完成的《佛教：印度到中國——對知識、信仰、實踐、審美的攷察》被迫中斷，束之高閣。孫先生是研究佛教、道教文學的大家，我在南開的時候，他正完成他的國家社會科學基金重點項目《中國佛教文化研究》五卷本的最後寫作。顯然，他的視野由佛教文學拓展到了佛教文化，再至整個宗教思想史的領域，不僅觀點鮮活，理路清晰，材料上也有諸多的突破，域外材料以及少數民族材料都在他的涉獵範圍。這就給了我很大的啟示，促使我在研究宗教思想史的過程中，不得不廣搜文獻，多方攝取，特別是對中國宗教思想史的性質、特徵以及寫法有了較爲明確的認識。因爲我是在職做第二站博士後，不能全身心地做出站報告，所以，在南開遲遲出不了站，算起來在站竟花了四年半的時間。從南開博士後流動站出來時，我已經是51歲的人了。妻子給我約法，以後不許再上學了，否則被人笑話。我嘴上答應，心裏想，就是我再想上學，國家也沒設立再學習的形式了。上學做研究，對我來說已經成了一種習慣。2010年，我申請到了歐盟Erasmus Mundus項目學者，有幸成爲該項目中國唯一的一位人文學者，應邀赴中部歐洲研究、講學三個月。我給捷克查理大學、馬薩里克大學與奧地利維也納大學、德國漢堡大學等大學的同行和學生lecture或talk，讓他們分享我的研究成果，受到了很好的評價。同時，我也感受到了中部歐洲地區學者的嚴謹治學作風和多種語言能力是我們難以企及的。此後的幾年，我連續應邀赴美國參加會議、訪問講學，遊走了十幾所大學，將中國佛教文學研究情況介紹給了美國朋友。所以，我理解的國際化，不祇是與國際學術方法和規範的接軌，更重要的是將中國文化介紹出去，讓更多的“老外”關注、喜愛、探究、評判中國文化。祇有將中國文化置放於世界文化的大坐標中，方能看出中國文化在人類文化史上到底有多少價值和意義。

儘管原著《南朝佛教與文學》出版後的10年中，我的研究重點移向了佛教傳播及宗教思想史，但佛教文學的研究始終沒有中斷。增訂本中的第九章、第十章就是這期間應劉躍進先生之約爲《中國古代文學通論》（第2卷）[①]和《中國文學史》（上冊）[②]撰寫的。此外，這期間，我還發表了佛教文學研究的論文近20篇，獨立完成了國家社會科學基金課題《佛教與漢魏六朝文學思想研究》（免於鑒定）和中國博士後基金兩個課題的寫作。可以說，佛教文學研究是我畢生的工作和習慣。

回想起來，我的人生就是在這“讀書、教書、寫書”的“三書主義”生活中漸漸度過了一大半。我從不覺得學術研究是什麼喜好、高尚和享受，祇是覺得它是我的一種習慣了的簡單、平淡、模式化的生活方式，如同吃喝拉撒睡，所謂“習慣

① 沈陽：遼寧人民出版社，2004年。

② 北京：高等教育出版社，2013年。

成自然”。

深深地感謝我的妻子，她經常在吵鬧和否定我的同時卻又始終如一地支持我的求學，同時在外語上不斷地幫我進步。感謝我的父母，他們能健康地活着就是對我精神上的最大鼓勵。還有我的岳父母，他們總是在我家困難的情況下，任勞任怨地幫忙料理家務，給我騰出時間。還要衷心感謝所有關心、愛護、扶持、提攜、獎掖我的師友、同事和學生（恕不一一列舉大名），感謝他們在我的生活、學習、研究、工作等方面給予的慷慨無私的幫助。另有我的數十位老外師友，誠摯地感謝他們讓我有了國際化的視野，并且幫我走向國際學壇。

癸巳年初秋於

西安·西北大學新村·昧軒

柒

《滄浪詩話評注》[1]序

嚴羽，字儀卿，一字丹邱，號滄浪逋客，邵武（今福建）人。生卒年不詳，約活動於宋寧宗（1195~1224）、理宗（1225~1264）時期，是南宋後期的詩歌評論者。據史料載，其先祖爲陝西華縣人。家世頗爲輝煌。其家族開創基業者爲盛唐時有名的中書侍郎嚴挺之。挺之子嚴武，肅宗李亨時，充任劍南節度使，封鄭國公，鎮成都，雄震一方。其家族亦追隨而至，謂之“諸嚴”。其時，大詩人杜甫於成都頗得嚴武賞識，被其奏請爲“節度參謀，檢校尚書工部員外郎”[2]。唐末五代，嚴羽先祖閏遠“避地”徙居“南閔”，家道中落，淪落民間。但其家族依

① 普慧、孫尚勇、楊遇青：《滄浪詩話評注》，北京：中華書局，2014年。

② 〔後晉〕劉昫等《舊唐書》卷一九〇下《文苑傳·杜甫》：“上元二年（761）冬，黃門侍郎、鄭國公嚴武鎮成都，奏爲節度參謀、檢校尚書工部員外郎，賜緋魚袋。武與甫世舊，待遇甚隆。甫性褊躁，無器度，恃恩放恣。嘗憑醉登武之床，瞪視武曰：‘嚴挺之（武父）乃有此兒！’武雖急暴，不以爲忤。”（北京：中華書局，1975年，第1054頁）

舊保持讀書、寫作的文人傳統，這也是嚴羽引以自豪的事情[①]。嚴羽年輕時好學、善思，嘗師從南宋理學家包揚，但其一生似未應舉入仕，而長年隱遊鄉里，除與著名的江湖派詩人戴復古（1167~1248）有忘年之交外，不與文壇名流往來。“與嚴仁、嚴參齊名，世號‘三嚴’。今仁與參詩集無傳，惟羽集在。”[②]其實，嚴羽當時名不見經傳，祇活躍於民間巷陌，影響有限。嚴羽性格狂傲，爲文自負，出言不遜。這從他的《答出繼叔臨安吳景仙書》的話語可看出。例如，他說：“僕之《詩辨》，乃斷千百年公案，誠驚世絕俗之談，至當歸一之論。”而且，他認爲這是他“實證實悟”而得。這樣的自信，顯然不是一般溫文爾雅之文士所具有的。他既有祖先的榮耀，又必須具有充分的底氣，纔能表現出來。嚴羽的論詩見解，至明代，由明代前後七子及性靈派、神韻派引申其意，方名聲鵲起。今人則將其譽爲著名的中國古代詩歌理論批評家。

《滄浪詩話》是嚴羽所著關於詩的評論的理論著作，約寫成於南宋理宗紹定、淳化年間。其系統性、理論性較諸之前的詩話作品，有了進一步提昇，基本上改變了早期“詩話”茶餘飯後，“以資閒談”[③]的特點，是整個兩宋最負盛名、對後世影響最大的一部詩話。《滄浪詩話》共分《詩辨》、《詩體》、《詩

① 〔南宋〕嚴羽《送主簿兄之德化任》：“唐世諸嚴盛西蜀，鄭公勳業開吾族。後來避地居南閔，幾代詩名不乏人。叔孫伯子俱成集，我兄下筆追唐及。”（《嚴滄浪先生吟卷》卷二，《適園叢書》本）

② 〔清〕永瑢等：《四庫全書總目》卷一百六十三《滄浪集二卷》，北京：中華書局，1965年，第1400頁。

③ 〔北宋〕歐陽修：《六一詩話》，北京：人民文學出版社，1962年，第5頁。

法》、《詩評》和《攷證》五篇，合爲一卷。《詩辨》闡述理論觀點，是整個《詩話》的總綱；《詩體》探討詩歌的體制、風格和流派；《詩法》研究詩歌的寫作方法；《詩評》評論歷代詩人詩作，從各個方面展開了基本觀點；《攷證》對一些詩篇的文字、篇章、寫作年代和撰人進行攷辨，比較瑣碎，偶爾也反映了作者的文學思想。五個篇章互有聯繫，相得益彰。另有《答出繼叔吳景仙書》一信，歷代輯錄者都將其收於《滄浪詩話》，作爲附錄，相當於今天的《序》，由此完整地構成詩歌評論體系，在詩話發展史上是空前的。

《滄浪詩話》論詩的主張，一言以蔽之，曰："學詩以識爲主。"在嚴羽看來，"識"的意思是識辨、判斷、分析、選擇。嚴羽認爲它是學詩、作詩、用詩、賞詩者必備的基本素質和前提條件。《滄浪詩話》的"識"，顯然由佛教而來。佛教的"識"（vijñāna），由vi（分析、分割）+jña（知）組成，構成了分析、了别、認知、評判的語意[1]。所以，滄浪認爲，詩人具備了"識"，即可對歷代詩歌瞭然於心，做出明確的判斷，使學

① 〔印〕護法菩薩等造、〔唐〕玄奘譯《成唯識論》卷一："識，謂'了别'。"（《大正藏》第31冊，第1頁上）玄奘弟子窺基《大乘法苑義林章》卷四有同語。除此之意外，大乘瑜伽行派又將"識"視爲"種子"（bīja），即指"識"如同"種子"一樣，具有生發、生長的強大的原創力和原動力。此"種子"即是第八識"阿賴耶識"（意譯"心識"），功能和能量強大無比。《成唯識論》卷七："契經説，'三界唯心'，又説'所緣唯識所現'；又説'諸法皆不離心'，又説'有情隨心垢淨'。"（第39頁上）〔南朝梁〕眞諦譯《大乘起信論》卷一："心生則種種法生，心滅則種種法滅。"（《大正藏》第32冊，第577頁中）

者入門正、起點高、立志遠、方嚮明，由此即會通於“詩道”。應當說，“詩道”是《滄浪詩話》探究和追求的詩歌具有的普遍眞理和原則。《詩辨》說：“天下有可廢之人，無可廢之言，詩道如是也。”在嚴羽看來，表現於人的言論是無有可廢棄的，因此，歷代詩歌，不管其創作成就如何，都是值得學習和借鑒的。但是，這并不是說詩歌沒有高下、優劣之分。所以，《滄浪詩話》將歷代詩歌分爲諸多層次，認爲最好的則是漢魏詩與盛唐詩。因此，它主張學詩者應當從漢魏與盛唐詩學起，因爲漢魏、盛唐詩體現了“第一義”的“詩道”；而當把握了漢魏、盛唐詩後，站在一個很高的判斷基礎上了，再學習其他詩歌，就會融會貫通，取捨自如。應當說，這是一個包容性極強的詩道觀。

爲了形象地說明詩道，《滄浪詩話》將其時盛行的禪道引入詩歌領域，予以比喻。《答出繼叔吳景仙書》說：“以禪喻詩，莫此親切。”《詩辨》說：“定詩之宗旨，且借禪以爲喻。”值得注意的是，《滄浪詩話》論詩，幾乎無涉先秦儒家宣導的“詩教”傳統。而其上者，以《楚辭》、漢魏詩言起。探其原因，似乎與其世界觀有關。《滄浪詩話》論詩，以佛禪爲喻，自然無法論及儒家思想之《詩經》傳統；而於《楚辭》，實則所言甚少，不過二三處。而其偏愛者，則爲漢魏詩。漢魏詩是在佛教傳入中土後而大量出現的，如《古詩十九首》和其他漢魏詩多言人生之“苦”，似乎明顯地受到了佛教“苦諦”（duḥkha satya）觀的影響[1]。所以，以佛禪喻詩，是《滄浪詩話》建立一

① 普慧：《佛教對中古文人思想觀念的影響》，《文學遺產》2005年第5期。

個詩歌評論系統思想的邏輯起點。然而，以禪喻詩的前提必須是禪詩互通，否則風馬牛不相及，何以爲喻。嚴羽的時代，佛教禪宗已經蔚爲大觀，成爲思想界的主流，深深地影響着文人的思想及其生活方式。禪，似乎成了文人不可或缺的精神依賴。空靈澄澈、任運自在、心智啟迪、灑脱自如的“禪”的行爲特徵，構成了與詩歌溝通的内在聯繫。自蘇軾“暫借好詩消永夜，每逢佳處輒參禪”[①]詩句出現後，兩宋文人學詩、參禪已成風氣。“作詩如參禪”[②]的認知幾乎成爲文人們的共識[③]。《滄浪詩話》正是在這樣一種氛圍下，積極地肯定了詩禪互通的思想。《詩辨》説：“論詩如論禪。……大抵禪道惟在妙悟，詩道亦在妙悟。”在滄浪看來，禪道是頓悟而來的，不是學出來的；而詩亦是需要妙悟的，所謂的“熟參”，不過是爲“妙悟”構築基礎，激發“妙悟”的。所以，上乘的詩作一定是不留痕跡、惟在“興趣”的。這樣，《滄浪詩話》的詩歌評論思想將詩禪互通論發揮到了極致，爲禪文學的展開在理論上奠定了堅實的基礎，把一個出世的宗教拉回到了現實的、活潑潑的生活境遇之中，讓詩禪走出了一條異於一般文學的路徑。當然，嚴羽等的詩禪

---

① 〔北宋〕蘇軾：《夜直玉堂攜李之儀端叔詩百餘首讀至夜半書其後》，李之亮：《蘇軾文集編年箋注》卷十七，成都：巴蜀書社，2011年，第319頁。

② 〔南宋〕吳可：《藏海詩話》，丁福保輯：《歷代詩話續編》，北京：中華書局，2006年，第340頁。

③ 〔南宋〕吳可《學詩詩》：“學詩渾似學參禪，自古圓成有幾聯？”〔南宋〕韓駒《贈趙伯魚》：“學詩當如初學禪，未悟且遍參諸方。”〔南宋〕龔相《學詩詩》：“學詩渾似學參禪，悟了方知歲是年。”〔南宋〕趙蕃《學詩詩》：“學詩渾似學參禪，識取初年與暮年。”

論，并不是所有文人都能接受，嚴羽之後的批評者，也有人在。南宋劉克莊《題何秀才詩禪方丈》：“詩家以少陵爲祖，其說曰：語不驚人死不休；禪家以達磨爲祖，其說曰：不立文字。詩之不可爲禪，猶禪之不可爲詩也。……夫至言妙義，固不在於言語文字，然捨眞實而求虛幻，厭切近而慕闊遠，久而忘返，愚恐君之禪進而詩退矣。”[①]清初馮班也不滿嚴羽其說，撰有《嚴氏糾謬》一卷，批評《滄浪詩話》詩禪之論。清前期人李重華《貞一齋詩說》：“詩教自尼父論定，何緣墮入佛事？”清中後期人潘德輿《養一齋詩話》：“詩乃人生日用中事，禪何爲者？”

從歷代收錄、刊刻的文本看，《滄浪詩話》大致有兩個文本系統：一個是南宋末魏慶之編的《詩人玉屑》，最早幾乎收錄了全部嚴羽詩話。但是，魏慶之并未將其置於一起，而是把他們分別編入不同的卷次之中。如，《詩辨》篇在卷一的《詩辨》門中，《詩法》篇在卷一的《詩法》門中，《詩評》篇在卷二的《詩評》門中，《詩體》篇在卷二的《詩體》門中，《攷證》篇在卷十一的《攷證》門中，而《答出繼叔吳景仙書》未錄。嚴羽論詩的各篇，魏慶之或有題名，如《詩辨》下題“滄浪謂當學古人之詩”，《詩法》下題“滄浪詩法”，《詩評》下題“滄浪詩評”，《詩體》篇末題“滄浪編”，《攷證》未提編撰者。這個系統最早并無《滄浪詩話》這一書名。另一個是《滄浪嚴先生吟卷》所錄文本。《滄浪嚴先生吟卷》是嚴羽稍後李

① 辛更儒：《劉克莊集箋校》卷九九《何秀才詩禪方丈》，北京：中華書局，2011年，第4146頁。

南叔所編輯的嚴羽著作集。他將嚴羽的論詩言論列於卷一，目錄爲《詩辨》、《詩體》、《詩法》、《詩評》、《詩證》五篇，附《答出繼叔吳景仙書》。《詩證》在正文中寫爲《攷證》。這個情況是現存最早的元刊本（元至元二十七年〔1290〕）所記錄的。據張健研究，元刊本“不是《滄浪吟卷》的初刊本”①。而初刊本是什麼情況，現在已無法確知。此外還有一個單行本，是從《滄浪吟卷》輯出的，題爲《滄浪詩話》。單行本元代即有流傳，起初并不叫《滄浪詩話》。張健認爲明“正德十一年（1516）序刊本《嚴滄浪詩話》，乃是最早以詩話命名嚴羽論詩著作的刊本”②。此說似有不確。因爲元末陶宗儀（1316~？）《說郛》卷八十三上已有題曰《滄浪詩話》，分别收錄《詩辨》、《詩體》、《詩法》、《詩評》、《攷證》五篇，未錄《答出繼叔吳景仙書》③，比正德十一年序刊本早了近200年。從現存文獻來看，似乎《說郛》本是最早以“詩話”命名的。此後，明代中後期的胡震亨《唐音癸籤》卷三十二、方以智《通雅》卷十、顧炎武《日知錄》卷二十一都載錄《滄浪詩話》一名。《滄浪詩話》單行本於明清兩代廣爲流傳，其思想也頗受詩家重視，但爲其作注者，則要晚至清中晚期或近現代。王瑋慶④（？~1842）

① 張健.《滄浪詩話校箋·前言》，上海：上海古籍出版社，2012年，第3頁。

② 張健:《滄浪詩話校箋·前言》，第6頁。

③ 景印文淵閣《四庫全書》本，上海：上海古籍出版社，1987年。

④ 王瑋慶，生年不詳，卒於清道光二十二年（1842）。

始作《滄浪詩話補注》，胡鑒[①]繼作《滄浪詩話注》。民國胡才甫作《滄浪詩話箋注》[②]，於胡鑒注的基礎上更加詳細，而且能從多家詩話中徵引，爲嚴羽詩論内容作箋釋。當代則有郭紹虞《滄浪詩話校釋》[③]、黄景進《滄浪詩話》[④]和張健《滄浪詩話校箋》[⑤]三部巨著。三者皆繁體豎排，以示厚重。但在體例上，郭、黄以魏慶之《詩人玉屑》本爲准，張以《滄浪吟卷》本爲據，主要反映在《詩辨》的節次排序上差異較大。此外，就點校方面而言，影響較大的還有清人何文煥的《歷代詩話》本和今人陳玉定的《嚴羽集》本。

《滄浪詩話》注釋，由普慧、孫尚勇、楊遇青三人合作撰寫。普慧負責《前言》、《詩辨》、《攷證》，孫尚勇負責《詩體》、《詩評》，楊遇青負責《詩法》和《答出繼叔吳景仙書》。全文由普慧負責統稿。在撰寫過程中，我們得到了責任編輯宋鳳娣博士的精心指導，特此感謝。由於撰寫者的水準有限，加之時間倉促，錯誤、疏漏之處一定不少，懇請讀者批評惠正。

癸巳年仲春於

Northwest Nazarene University

---

① 胡鑒，清咸豐三年（1853）進士。其《滄浪詩話注》有清光緒七年（1881）汪瑔序和胡欽後序，似爲該年刊本。

② 北京：中華書局，1937年。

③ 北京：人民文學出版社，1961年初版，1983年第二版，字數爲177,000字，總印數達54,000冊。

④ 臺北：金楓出版社，1986年初版，1999年重版。

⑤ 上海：上海古籍出版社，2012年，字數爲550,000字，印數達3,100冊。

Nampa, Idaho, USA

癸巳年仲秋修改於

西安・西南城角・昧軒

捌

《歷代書法名家書〈心經〉》[1]序

《心經》是《般若波羅蜜多心經》(*prajñā pāramitā hṛdaya sūtra*)的簡稱，亦稱《般若心經》，是佛教大乘空宗(mahāyāna mādhyamaka)的經典著作，是從般若類經中提煉而來的精髓。全經共260字，言簡義賅，博大深奧，不僅高度概括了卷帙浩繁的600卷般若經的主要思想，就連大藏經的基本要義也被濃縮了進去，可以說是一部微型的大乘般若學著作。該經歷代漢譯有七家，其中以姚秦鳩摩羅什和唐玄奘的譯本最爲著名，而爲之注、疏的版本有百家之多，堪稱佛教一經多本之最。玄奘譯本由玄奘口譯，知仁筆受，於唐太宗李世民貞觀二十三年(649)譯出，旋即受到僧俗青睞。歷代抄寫、書錄不絕。

《般若波羅蜜多心經》是由四個片語組成的：般若｜波羅

---

① 普慧編:《歷代書法名家書〈心經〉》，西安：世界圖書出版公司(西安)，2015年。

蜜多｜心｜經。1）“般若”，是梵文prajñā[①]的音譯，亦譯作“波若”、“鉢羅若”、“般羅若”、“鉢剌若”等，意譯爲“智慧”、“慧”、“明”、“黠慧”等，即指脩習八正道、諸波羅蜜等顯現明見一切事物及道理的高深智慧，也即眞實智慧，又謂大智大慧。意譯在早期譯經時用得多一些，但後來，譯師們普遍感到漢文的“智慧”一詞難以涵蓋“般若”的原意，故均採取了音譯。2）“波羅蜜多”，是梵文pāramitā的音譯，略稱“波羅蜜”，意譯爲“到彼岸”、“度彼岸”、“度無極”、“度”、“事究竟”等，即由生死迷惑的此岸（apāra）渡達涅槃解脫（nirvāṇa vimokṣa）的彼岸（pāra）。般若與佈施（dāna）、持戒（śīla）、忍辱（kṣānti）、精進（vīrya）、禪定（dhyāna）一起合稱爲“六波羅蜜”或“六度”（ṣaṭ pāramitā）。“般若”，在六度中屬於最高或最後一級。般若波羅蜜多的意思就是憑藉大智大慧，體認諸法性自本空，從生死苦惱的此岸到達解脫、斷滅生死諸苦及其根源“煩惱”的涅槃彼岸。3）“心”，是梵文hṛdaya的意譯，或譯作“肉團心”、“眞實心”、“堅實心”，音譯“汗栗馱”、“肝栗大”、“乾栗多”、“乾栗陀多”、“訖利馱耶”、“紇哩陀耶”、“紇哩娜耶”、“紇伐耶”等，指類似心臟的生理結構。但是，《宗教詞典》釋其另有“核心、綱要精華”[②]的意

---

① 梵文的字體有婆羅謎（Brahmi）、佉盧（Kharoṣṭhī）、巽伽（Suṅga）、笈多（Gupta）、悉曇（Siddhāṃ）、天城（Devanāgarī）等體，傳入中國漢地的主要有悉曇、天城二體，或二者的變體。現代印刷品所用的梵文，多爲拉丁字母轉寫，本文亦採用這種轉寫方式，特此說明。

② 任繼愈主編:《宗教詞典》，上海：上海辭書出版社，1985年，第881頁。

思，則說明，這裏的“心”是指人們通過、憑藉般若的大智大慧，使人的肉團心（古人認爲人的思維器官是心臟）從生死苦惱的此岸到達涅槃彼岸，也就是人們通過般若智慧的脩煉，使肉團心昇華爲眞心，這就是般若波羅蜜多的核心、綱要、精華所在。4）“經”，是梵文sūtra的意譯，又譯爲“契經”、“正經”、“貫經”，音譯“修多羅”、“素怛纜”、“蘇怛羅”。修多羅原爲古印度婆羅門教的用語，被佛教吸收後發展了它的“連綴文義不散”的冗長文篇的意義。佛陀寂滅後，佛弟子四次“結集”（saṃgīti），形成了佛典三藏（trīṇi piṭakāni），其中，專用於記錄佛陀演說的教理語本，被稱爲“經”。儘管公元前3世紀始有文字書寫，但佛教經典仍以口傳爲主。綜合以上四個片語，連起來的意思就是，通過般若智慧透悟此岸生死苦海，放下執著我有而渡達涅槃解脫彼岸的精華經典。

《心經》還存在一個經名讀法的問題。由於“般若波羅蜜多”可以略稱爲“般若波羅蜜”，所以引起了斷句上的歧義，出現了兩種讀法：1）｜般若｜波羅蜜多｜心｜經｜；2）｜般若｜波羅蜜｜多心｜經｜。這兩種讀法皆始於唐，而且許多典籍均有記載。如，懷仁和尚集王羲之心經，即寫爲“般若多心經”。但是，按照佛教的基本理論，第一種讀法是正確的，因爲佛教講“一心”不分別，而反對“多心”。若講“多心”，則與其經義相違悖。

《心經》的要義就是強調“般若”。大乘空宗奉“般若”爲“諸佛母”：

諸佛身皆從般若波羅蜜生[①]。

般若波羅蜜是諸佛母[②]。

在大乘空宗看來，“般若”是諸佛之所以成佛的憑藉、依據和指南。他們認爲，這種大智大慧，非世俗常人所擁有，而是成佛所必須的一種特殊的思維方式和認識方法。一般世俗的認識，往往將對象（即一切現象）視爲眞實，用以偏概全的名詞概念來揭示事物，以爲此即能把握事物的本質。其實這是把虛幻不實的現象當作本質而忽略了事物最眞實的屬性。譬如，人們在看花時，“花”（puṣpa）這個概念給人的印象衹是花的形狀、顏色、氣味，而這些僅僅是花的現象，人們無法從“花”這個概念中體認花的生成、花的喜怒哀樂、花的生命活力，而這些纔是花的最爲本質的東西。大乘空宗認爲，衹有用大智大慧，纔能超越花之形狀、色彩、芳香等這些虛幻不實的現象，進而深入地把握花的最爲本質的眞如實際。所以，大乘空宗指出：

般若無所知、無所見[③]。

---

① 〔西晉〕無羅叉（Mokṣala）譯：《放光般若經》（*Pañcaviṃśatisāhasrikā-prajñāpāramitā*）卷七《舍利品》，《大正藏》第8冊，第51頁中。

② 〔後秦〕鳩摩羅什（Kumārajīva）譯：《摩訶般若波羅蜜多經》（*Mahāprajñāpāramitā*）卷十四《問相品》，《大正藏》第8冊，第326頁上。

③ 〔後秦〕僧肇：《肇論·般若無知論》引《道行般若經》（*Daśasahasrika-prajñāpāramitā*），《大正藏》第45冊，第153頁上。

"無所知"、"無所見"并不是指什麼也沒看見，什麼也沒知覺，而是說當物象映入眼簾，聲音進入耳朵時，不起心動念去執著追求，不爲感覺器官的見聞覺知所拘泥、所誘惑。"般若"智能的認識功能，就在於它在觀察諸法實相時，能揭示出世間一切事物均爲因緣所生，無固定不變的自性[①]。傳說釋迦牟尼就是在菩提樹下，以般若智慧，認識到了世界萬有的因緣和合與緣起性空而成佛。故大乘空宗認爲"得般若波羅蜜，故得作佛"[②]。要想成佛，必須修般若智慧。佛教戒、定、慧三學之中，亦往往以智慧爲最高。在佛教看來，定依戒起，慧由定生，戒、定雖甚重要，然僅屬共外道法、世間法，不堪依此而出離生死，唯有證得出世間的般若智慧，方能斷除煩惱無明。可見，般若智慧在佛教中具有突出的地位。當然，此種重慧輕定的觀點祇不過對沉着於世間禪者而言，而在整個佛學思想體系中，依然遵循的是因定生慧、定爲慧本、禪智雙脩、止觀并運的原則。

"般若"雖在佛教中佔居重要地位，但它畢竟是一種認識方法和思維方式，是一種工具而不是目的，它的作用在於幫助

---

① 佛教認爲，一切事物均在因緣聯繫之中，每一事物都依一定條件生成變化。佛教以此來闡釋宇宙、社會、人生之產生變化之根源，說明宇宙萬象彼此間的依賴關係。〔南朝宋〕求那跋陀羅（Guṇabhadra）《雜阿含經》（Saṃyuktāgama）卷十的"此有故彼有，此生故彼生"（asmin satīdaṃ bhavaty asyōtpādād idam utpadyate），即爲"緣起"（pratītya-samutpāda）說的理論基礎。

② 〔印〕龍樹（Nāgārjuna）造、〔後秦〕鳩摩羅什譯：《大智度論》（*Mahāprajñāpāramita-śāstra*）卷二十《釋初品》引《明網菩薩經》，《大正藏》第25冊，第211頁中。

人們認識和解悟佛教的終極目的——“空”。因此，“空”也就成爲《心經》最爲核心的問題，也是600卷般若經最基本的思想。

“空”，是梵文śūnyaḥ的意譯，又譯“空無”、“空虛”、“空寂”、“空淨”、“非有”，音譯“舜若”。它起源於早期佛教（Early Buddhism）對生命和世界的分析。佛教基本經典的《阿含經》，就說明了構成宇宙萬物的四種基本因素，即地（pṛthivī）、水（ab）、火（tejo）、風（vāyu）“四大”（catvāri mahābhūtāni）及其所造色（rūpa）、受（vedanā）、想（saṃjñā）、行（saṃskāra）、識（vijñāna）“五蘊”（pañca skandha）中的任何一種，都沒有一個質的規定性或常住不變的實體，也沒有一個與之相應獨立存在的客體。他們都不是永恆不變的。世界萬有的產生都是因緣和合而成的：因緣聚，則生；因緣散，則滅。作爲聯繫五蘊的“法”（dharma），亦是如此。所謂“因緣合，諸法即生”[①]。因此，“五蘊”都是不眞實的，如幻如化，空無自性[②]。小乘以“人”（mānuṣa）爲“五蘊”

---

① 〔印〕世親（Vasubandhu）造、〔唐〕玄奘譯:《阿毗達摩俱舍論》（*Abhidharmakosa-śāstra*）卷五《分别根品》,《大正藏》第29冊，第28頁中。

② 〔東晉〕僧伽提婆（Saṃghadeva）《增壹阿含經》（*Ekottarikāgama*）卷二七:“色如聚沫，痛（受）如浮泡，想如野馬，行如芭蕉，識爲幻法，最勝所說。思惟此已，盡觀諸行，皆悉空寂，無有眞正，皆由此身，善逝所說。”（《大正藏》第2冊，第701頁下）《雜阿含經》卷十:“觀色如聚沫，受如水上泡，想如春時燄，諸行如芭蕉，諸識法如幻，日種姓尊說。”（《大正藏》第2冊，第69頁上）

的假和合，認爲人不是獨立自存的實體，因而強調“人無我”(pudgala–nairātmya)。其用意在於否定有情生命的眞實性，而不徹底否定包括世界在內的一切事物和現象——即“法無我”(dharma–nairātmya)。大乘不但認爲“人無我”，而且認爲色、受、想、行、識“五蘊”自身亦虛假不實，宣導“法無我”。他們主張，“衆因緣生法，我說即是空”[①]，強調沒有一個事物是獨立存在的，一切都是因緣和合而成，因而是“空”。《心經》正是集中體現了大乘空宗的這一思想。它一開頭就通過觀自在（觀世音）菩薩(Avalokiteśvara)，直截了當地宣稱“五蘊皆空”，即不但個人沒有一個實體，即使天地萬物、山河大川、日月星辰、草木鳥獸，皆無實體，就連構成其因緣的“法”，也是虛幻不實的，不眞則空。由此，般若學所謂的“空”，不是數學上的一無所有，等於零，而是不可用言語描繪、闡述或概念認識的非實體性東西，它是一個容納時間、空間的無形場所，是一種體現諸法聯繫的無質狀態。因此，《心經》云：

> 色不異空，空不異色，色即是空，空即是色，受想行識，亦複如是[②]。

這就是說，一切有形的事物與無形的空比較起來，本質上并無差别，而看上去無形無質的地方未必沒有東西存在，這是

① ［印］龍樹造、［後秦］鳩摩羅什譯：《中論》(*Mūlamadhyamaka-kārikā*)卷四《觀四諦品》，《大正藏》第30冊，第33頁中。

② ［唐］玄奘譯：《般若波羅蜜多心經》，《大正藏》第8冊，第848頁下。

因爲事物（色）本來就是因緣和合而成不眞實的空，而不眞實的空乃是人的自性，色則是眞性的本色。人如果體悟到了“自性空”，即可以明瞭事物的本來面目——眞如妙色。大乘空宗一方面用“空”這個取消一切現象和差别的概念，論證世俗認識及其面對的一切對象皆虛幻不實，而另一方面，又把“空”安置於世界萬有的統一性基礎，并把它說成是超越時間、空間的“眞如”、“佛性”。“色即是空，空即是色”，就是這樣一種辯證的統一。“色”與“空”是這樣，“受”、“想”、“行”、“識”與“空”的關係亦是如此。

“空”不脱離世界的一切，空即一切，一切即空。由於一切皆空，所以，“菩薩”、“佛”、“空”，這些概念、範疇衹不過是假名、虛字，均無實義，不可執著於名號，就連人們希冀追求的成佛根據——佛性，亦是虛幻不實的。所以，“佛”也就“無所有”、“不可得”。既然諸法都不是眞實的，那麼就不能說它有生有滅。基於這樣的認識，《心經》強調指出：

> 是諸法空相，不生不滅，不垢不淨，不增不減，是故空中無色，無受想行識，無眼耳鼻舌身意，無色聲香味觸法，無眼界，乃至無意識界，無老死，亦無老死盡。無苦集滅道，無智亦無得，以無所得故[1]。

既是諸法眞空實相，無相之相，則自然不會落着“有”邊，

① ［唐］玄奘譯：《般若波羅蜜多心經》，《大正藏》第8冊，第848頁下。

落着“空”邊，即既非有，也非空，當然是沒有生死、淨垢、增減等等諸種煩惱。那些美麗莊嚴、吉祥如意的佛國淨土，那些諸塵蒙蔽、扭曲、異化的心靈，僅僅是假相而已。所以，眞空實相中是沒有什麼五蘊、六根、六境、六識，一切好壞、是非、對錯、愛憎、取捨，都是人爲分別出來的，并不眞實存在。所謂十二因緣的無明、行、識、名色、六入、觸、受、愛、取、有、生、死，衹不過是“我執”（ātma-grāha）和“法執”（dharma-grāha）的表現。實際上，就連被佛教崇奉爲眞諦的“苦（duḥkha）、集（samudaya）、滅（nirodha）、道（mārga）”四聖諦（catvary ārya satyāni），也不過是虛幻不實的。本來，早期佛教認爲，“四諦”是佛教的四條基本眞理。按說，依此脩持，即可至解脫。但《心經》卻說了一連串的“無”，否認了五蘊、六根、六塵、六識、十二因緣，而至苦、集、滅、道“四諦”，自然也要予以否認了。在《心經》看來，世界萬有本來就是空的，那麼，自然就無苦可捨，無集可斷，無滅可證，無道可脩。在眞空實相中，空蕩寂靜，自由無礙，超越一切，無所謂前後、左右、上下、時空，無所謂“眞諦”、“俗諦”。衹有執迷不悟的凡夫俗子，纔會有所謂的“聖”與“俗”之別。實際上，作爲洞察佛教眞理的“般若智慧”，也是沒有的，更別想得到它。《心經》的開場白還竭力宣揚“行深般若波羅蜜多”，主張脩持般若智慧，由此來體認佛性。而此處卻一腳踹開了般若智慧，這看起來似有矛盾，其實，這正是《心經》的最終目的：既然一切即空，空即一切，哪裏還有什麼般若智慧，什麼彼岸世界，什麼涅槃境界，什麼佛性呢？這一切不過是隨緣而設。誰若執著追求，誰就會竹籃打水——一場空。這就是叫人們離一切相、滅一切相，越徹底越好。《心經》認爲，菩薩們正是依靠着這一種洞察一切即空、空即一切的般若智慧，證得無上正等正覺的。由此看來，《心經》宣揚的是一種毫無遺漏、徹頭徹尾的空論，它已被作爲一種非實體性的本體而成爲被追求的至高無上的精神境界。

從人類思維發展史的角度看，人們對本質與現象、一般與個別、普遍性與特殊性的認識是漸趨深化的。《心經》在論及這一問題時提出的否認一切又超越一切的"空"論，可謂優劣摻雜。從本體論上講，《心經》發現普遍性、本質、一般是存在於特殊性、現象、個別之中的，它們是不能被人的眼、耳、鼻、舌、身等感覺器官所認知的，因此，要求人們不要被特殊性、現象、個別所迷惑，而應拋開現象、個別、特殊，去發現、揭示、把握本質性、普遍性、一般性的東西。但它在這個認識過程中，又竭力否定個別、現象、特殊等一切有形、可視、可感的事物，從而否定了現實存在的活生生的世界。從認識論上講，《心經》否定名言、概念、判斷、分析、推理、歸納等邏輯理性思維，強調無分別，因而也就否定了人們的一般常理認識，把對現實世界的認知推向了神秘主義。但它在以"空"爲框架的思想下，宣揚的無所謂前後、左右、上下、時空、來去等的思想，在一定程度上拓展了人類的認識由三維思維空間走向高維空間的通道。

《心經》因其文約而義豐，要言而不煩，便於誦習，流傳極廣，影響巨大，不僅僧人喜好，文人雅士更是愛不釋手，歷代書家無不青睞。特別是從佛教信仰的角度講，抄寫《心經》，可成就無上功德。據查，流傳至今天的唐以後書法名家書《心經》作品者，不少於30家，可謂書法史上的一大盛事。爲便於書法愛好者和書法專業人士的臨摹和收藏之喜好，這裏選編了10家，照顧到字體（即楷書、行書、草書、篆書）和朝代的均衡。

需要說明的是，現今市面流行的王羲之書《心經》，并非王羲之本人手書。唐太宗貞觀二十二年（648），皇帝李世民爲表彰玄奘譯經的豐功偉績，撰寫了《大唐三藏聖教序》，太子李治撰《大唐三藏聖教序記》。長安弘福寺寺主圓定等“請鐫二《序文》於金石，藏之寺宇”[①]。今存於西安大慈恩寺的《聖教序記》爲唐永徽四年（653）褚遂良所書。弘福寺碑則爲唐高宗李治咸亨三年（672）弘福寺僧懷仁“等乃鳩集晉右軍將軍王羲之書，勒於碑石焉”[②]。《心經》則是此次集字勒碑的另一作品。不過，從碑文末用“般若多心經”看，似乎懷仁等僧人非學問僧。不然，不能出現“多心經”之誤訛。有鑒於此，本書未予收錄。

甲午晚秋序於

成都←→西安

① 〔唐〕慧立:《大唐慈恩寺三藏法師傳》,《大正藏》第50冊，第257頁下。

② 〔唐〕慧立:《大唐慈恩寺三藏法師傳》,《大正藏》第50冊，第257頁下。

玖

《佛教：從印度到中國——對知識、信仰、實踐、審美的攷察》[1]前言

佛教是世界性三大宗教之一，歷史悠久，影響深遠，在人類（尤其是亞洲人）的精神活動中發揮着極爲重要的作用。佛教從誕生起，經過無數思想家、宗教家的不懈努力，形成了一整套完備的知識體系，無論神學信仰、哲學思辨、行爲實踐、審美心理等都有系統、嚴密的學說。特別是它那繁富浩瀚的文獻典籍細緻詳盡地記錄了其產生、發展、傳播、衍變過程中的每一環節，構成了宗教文化重要的精神財富。

佛教於公元前6世紀後期誕生於古代印度，公元前3世紀阿育王（Aśoka）統一五天竺後，積極支持佛教，并派遣僧侶向外傳播佛教，據說當時受目犍連子帝須（Maudgaliputra-tiśya）長老（sthavira）派遣，十幾位上座和尚兵分九路到鄰國和周邊地區佈教，揭開了佛教走向世界，漸趨成爲世界性宗教的大幕。

① 四川大學中國俗文化研究所博士後出站報告。

佛教向外傳播的線路很多，但在歷史上發揮作用最大的是兩條。一條爲北傳，即由迦濕彌羅（Kāśmīra，今喀什米爾）、犍陀羅（Gandhāra），向大月氏（Kuṣana）、康居（Sogdiana）、大夏（Bactria）、安息（Parthia）、于闐（Khotan; Ku-stana）、龜茲（Kucīna）等地迂迴，并經河西走廊向中國内地延伸。這一路主要以大乘經典爲主，文本也以梵文爲多。一條爲南傳，即由師子國（Siṃhala, 今斯里蘭卡〔Srilanka〕）向東南亞傳播。這一路多傳小乘經典，文本以巴利語爲主。北傳佛教據説於西漢哀帝元壽元年（前2）由大月氏王使伊存給漢帝國的一位博士弟子口授《浮屠經》，這一事件成爲文獻記載的佛教傳入中國内地之始。佛教進入中國内地後，很快得到了中國上層統治者與下層百姓的歡迎和擁護。經過與中國本土固有思想文化的碰撞、交融，佛教已成爲中國傳統三大思想文化（儒、釋、道）的有機組成部分，對中國人的精神活動產生了極其重要的影響。

佛教的產生，對古代印度本土固有的主流文化婆羅門教給予了沉重的打擊，迫使其退出了主流文化的地位。隨着衆多婆羅門的皈依和官方的行政支持，佛教嘗一度成爲古代印度的主流文化（如阿育王時期）。佛教的向外傳播，對所到之地的文化產生不同程度的影響：或與當地文化碰撞後融會其中；或直接被奉爲主導思想；或與當地文化交匯後形成具有當地特色的佛教。總之，在佛教產生和經過的地方，如同鮮花灑落下了片片芬芳四溢、鮮豔絢麗的花瓣一樣，佛教也留下了它那獨特的英姿和足跡。時至今日，佛教在一些國家和地區仍然佔居着主流文化的地位，在人們的精神生活中發揮舉足輕重的作用。

攷察、探討佛教在傳播過程中與各種文化的碰撞、融合、互動，從中發現一些鮮爲人知的事例，對我們總結文化交流的規律和特點，應該説是一件很有學術價值和社會價值的事情。這篇報告主要從知識、信仰、實踐、審美四個方面攷察佛教從印度到中國（主要是北傳）在沿途各地與各種文化交鋒、交流、交融的過程和内在動因。内容涉及宗教學、哲學、語言學、文學、文獻學、藝術學、攷古學等。

知識，是就佛教的知識體系而言的。一般來説，佛教反對愚昧無明，推崇知識，是世界上最富有智慧的宗教。僅其流傳下來的文獻典籍，卷帙浩繁，堪稱世界宗教之最。佛教知識内容繁富，主要爲佛教的發生、發展、衍變、傳播、交流等，具有宗教哲學性質和特點。這篇報告在佛教知識方面主要攷察佛教的起源、性質和特點，認爲原始佛教以反宗教神學發端，并不具備宗教性質。大乘佛教吸收了婆羅門教神學的某些思想，掀起了一場轟轟烈烈的造神運動。大乘的神學思想家們將佛陀神化，賦予了佛陀無限超常的能量和神通（abhijñā）；同時，把佛陀抽象爲神理、神道、神明、“三身”[①]等，成爲充斥於宇宙萬有的本原性和根源性的宗教神學範疇。佛教因此而演變成爲地地道道的宗教。

---

① 三身（trayaḥ kāyāḥ），即佛的法身（dharma-kāya）、報身（saṃbhoga-kāya）、應身（nirmāṇa-kāya）。按《十地經論》的說法，“法身”爲實相眞如之體，無處不在，無處不顯；“報身”爲佛的功德而得的“相”（lakṣaṇa）、“好”（anuvyañjana）之莊嚴殊勝之身；“應身”爲教化眾生而隨機變化顯現之身。

信仰，是就佛教的神學構架而言的。大乘將佛教神化後，形成了豐富多彩的佛教神學信仰。除了信仰主神現世佛釋迦牟尼外，佛教救世主未來佛彌勒和西方淨土極樂世界的教主阿彌陀佛以及觀世音菩薩也成爲整個佛教信仰框架中的重要内容。他們對人生現世和終極的關懷，指導着信仰者丟棄死亡時的恐怖、畏懼而邁向美好、快樂、幸福的淨土，因而是現世佛信仰的重要補充和延伸。本報告將彌勒、阿彌陀信仰作爲重點攷察對象，認爲他們的產生及其終極關懷，受到了多種宗教信仰（如瑣羅亞斯德教、婆羅門教、猶太教、基督教等）的影響，二者的救濟關懷皆以“快樂”爲特點。彌勒的終極關懷呈現出救世主末世普救的特點，而阿彌陀的終極關懷則更多地表現出現時個體的“祂力”（the Divine Power）引導的特性。

審美，是就佛教的藝術理想而言的。佛陀從“初轉法輪”（dharma–cakra–pravartana）時，就開始了口頭佛教文學的創作。從漢譯佛典看，佛陀傳法很注重文學性，善於運用文學的各種修辭手法，以加強感召力。以後的三藏，大多繼承了這一傳統，特別是加入了敘事内容，豐富了故事，增加了魅力。佛教進入中國後，在思想觀念上對中國中古文人產生了重大影響，其宇宙觀、時空觀、人生觀、死亡觀等打開了中國文人長期封閉的思維領域，使其創作煥發出激情和衝動，開創了文學創作的一個新天地。佛教審美以崇高、深遠、凝重爲特點，引導着崇佛文學的方嚮，但也給文學帶來了很大的副作用，那就是爲了信仰，而削弱了世俗的常情。

該報告原設計還有對佛教“實踐”的攷察。我認爲“知識”、“信仰”、“實踐”是一切宗教、也是個體人生過程的三個相互聯結的必然環節，三者缺一不可。佛教的實踐，主要涉及脩行的禪定和對戒律的奉持，概括了佛教“三學”[①]中的二學。這一方面内容龐雜，義理深奧，雖有諸多準備，但還是不能短時間内完成，衹能留待以後補寫。

我是學語言文學出身的，雖涉獵佛學已有20餘年，但注意力主要還是集中於佛教語言文學及佛教與中國文學、詩學、美學的關係方面。在博士後研究期間，我發表了幾篇這方面的論文，收入本報告的附錄，從中可以看出佛教對中國文學、詩學、語言學的影響是極其巨大的。

該報告的撰寫採用了現代學術研究的諸多方法，諸如宗教學、人類學、神話學、現象學、語義學、釋義學、攷據學等等。我以爲不管採用什麼方法，以材料說話、盡量避免純思辨的闡發，則是研究古代文化最爲基本的方法和原則。這樣的方法和原則雖能使研究客觀化，接近歷史的原本，但也給研究者帶來了極大的難度。所以，在資料準備和具體寫作過程中，我閱讀了大量文獻數據（尤其是外文數據的收集，如閱讀牛津《東方聖典》〔*The Sacred Books of the East*〕叢書，讓我吃盡了苦頭）；在使用這些材料時，進行過甄別、審訂，力爭做到材料的可靠。

我於1998年博士畢業後，即把研習的重點轉移至中國佛教

① 三學（tisraḥ śikṣāḥ）：指戒（śīla）、定（samādhi）、慧（adhiprajñā）。戒是防非止惡，定是專注一境，慧爲智慧覺悟。早期佛教認爲三者的關係是：定依戒起，慧由定生；戒爲一切脩持的基礎。大乘佛教則更加強調定慧雙運、止觀并重。

的源頭古代印度和西域上了，同時開始重新學習梵語和巴列維語，目的是想沿波討源，爬梳出印度、西域佛教發生、發展、傳播、衍變的基本理路，把握其思想理論、信仰實踐、審美情趣的特點；然後，再回過頭來反觀佛教與中國文學，可能會從中發現更多的東西。該報告就是在這樣的思想指導下設計并撰寫的。在確定提綱、收集資料到具體寫作的過程中，我一直得到了合作導師項楚教授的悉心指導，在此謹致謝意！原報告設計爲七章，大約四十萬字，而現在僅寫出二十五萬字，餘下的部分衹能等出站後再補上。

我生性疏懶，冥頑不靈，定力不夠，學力不足，完成這樣一個體例龐大、内容龐雜的課題，實在是力不從心，體不配識。雖經努力奮鬥，卻仍然舛訛、疏漏之處百出，衷心地期待各位方家提出寶貴意見，以便最後訂正完善。

2005年3月於成都

四川大學·華西新村14舍

壹拾

《佛教：從印度到中國——對知識、信仰、實踐、審美的攷察》後記

三年前我從古都長安來到美麗的蓉城，走進我曾嚮往的川大校園，投奔我崇敬已久的著名佛教文獻學家、敦煌學家項楚教授門下，進行博士後課題研究。說實在的，無論我當時的年齡和博士畢業的年限都已不符合博士後入站的基本規定，但項先生和四川大學接受了我，讓我本已化爲泡影的夢想變成了現實。三年來，雖與項先生接觸不多，因爲他實在是太忙，而我在原單位也有許多事務，但每次見面都能得到先生畫龍點睛般的指導。更主要的是，與先生坐在一起，總會有一種感覺，讓人感悟，催人奮進，自覺不自覺地向着先生的學術精神和學術作風靠近。我想這就是佛教禪門所講的“世尊拈花，迦葉微笑”的“以心印心”，其深邃意義非親身體會而不能悟出。這是我由衷感謝的。由此，我以爲，老師帶學生（研究生），大可不必去手把手地教這教那，而主要是用其學術人格、精神、風範來感召、鼓舞和激勵學生。

衷心感謝著名佛教哲學家、中國社會科學院世界宗教所杜繼文研究員。他是我二十幾年來研習佛教文化的引路人和指導者，每當我遇到棘手的問題向他諮詢時，都能得到杜先生熱心、精妙的解答。杜先生還時時關心我的學術研究，并處處提攜、獎掖。這是我銘記不忘的。

感謝著名印度學家、中國社會科學院亞太所黃心川研究員及《世界宗教研究》雜誌社黃夏年社長父子。黃先生在我與友人第一次登門拜訪後就不斷支持我、鼓勵我；之後的多次學術會議上得蒙黃先生的開示、教誨，如醍醐灌頂，受益良夥。夏年是我十幾年來的良師益友，總是多方扶持我。我的兩本小書《南朝佛教與文學》（中華書局）、《白居易與佛禪》（河南人民出版社）都是由他聯繫出版的。

感謝著名古代文藝學家、清華大學中文系王小盾教授。我獲批的“第32批中國博士後科學基金會立項課題”的申請，就是由他推薦的。時至今日，我們僅見過一次面，但他對我的提攜是非常令人感動的。

感謝著名宋代文學專家、四川大學中國俗文化所周裕鍇教授。我們於1997年桂林的“古代文論會”上認識，一見如故。我在川大期間經常得到他的關照和指點。

感謝四川大學人事處易崗穎老師、文學與新聞學院劉志遠老師的大力支持。

感謝陝西師範大學文學院邢向東教授和陝西師範大學圖書館館長傅紹良教授。邢向東和我是髮小，一起長大，一起插隊，後又陸續從陝北的黃土高坡上爬滚出來，彼此間的理解和支持，

"如人飲水，冷暖自知"。邢向東是研究語言的，在語言學方面給了我很大的幫助。傅紹良爲我查找數據提供了極大的便利。

感謝中國社會科學院世界宗教所周廣榮副研究員，我們"神交"多年，他無私、無償地寄給我大量資料，給我的研究提供了很大的方便。

感謝同門的師兄弟劉長東、踪訓國、何劍平、張新科、孫尚勇等，我們聚在一起的時候，談文論藝，飲酒品茗，不亦樂乎。

感謝我的博士生劉林魁、碩士生王偉強、賀圓、詹蘇杭等，他們經常爲我查找資料、覈對文獻。

最後要感謝我的家人。我的父母年老體衰，卻盡量不讓我去照顧他們，一心支持我的研究。特别是我的岳父母，長期住在我家，幾乎包攬了全部家務，讓我過着衣來伸手、飯來張口的日子，專心應付工作和撰寫出站報告。我的妻子申麗霞副教授20年來一直不遺餘力地支持我外出求學。她是學英語出身的，又喜歡基督教，本報告涉及的語言哲學和猶太教、基督教的資料，多由她來提供。第二章的第三、四兩節，原是她發表在《宗教學研究》2003年第1期上的文章。現徵得她的同意，將其收入本報告，使第二章形成一個完整的結構。

我的學術研究經歷，印證了佛教的"緣起説"："此有故彼有，……此無故彼無。”[①]正是有了老師、朋友、家人的指導、扶植、關心、支持，纔會有我的今天。作爲一介書生，我無以報答，衹能眞誠地再次說一聲“謝謝”！

2005.2. 26.~3.5. 謹識於

西安·西北大學新村·昧軒

成都·四川大學華西新村14舍

① 《雜阿含經》卷十：“所謂此有故彼有，此生故彼生，謂緣無明有行，乃至生、老、病、死、憂、悲、惱、苦集；所謂此無故彼無，此滅故彼滅，謂無明滅則行滅，乃至生、老、病、死、憂、悲、惱、苦滅。”（《大正藏》第2冊，第67頁上）

壹拾壹

《中國宗教思想史研究（漢唐）》[1]自序

《中國宗教思想史研究》屬於一項拓荒性質的課題。因其難度甚大，截至目前，國内外尚無專門研究這一課題的成果問世。中國宗教思想史屬於歷史學科，但又不同於一般的中國宗教史和中國思想史，更不同於中國具體單一的宗教思想史，如佛教、道教思想史。它所研究的對象是以中國人的宗教意識（consciousness）、宗教觀念（idea）、宗教信仰（faith）、宗教情感（feelings）、宗教實踐（practice）、宗教關懷（care）等構成的宗教思想（thought）的歷史爲主，并以廣泛涉及這些構成宗教的諸多因素賴以產生、存在的社會背景（包括政治、經濟、軍事、文化和普通的社會生活）爲基礎。在歷史進程中，宗教在一定歷史階段，往往構成了民族的或時代的精神，成爲其思想核心價值的體現。宗教思想史的關注焦點，更多地投放到：

◎社會上層和民眾如何理解和認識宗教，如何使宗教成爲

① 南開大學文學院博士後出站報告。

其精神生活的指南，成爲其世界觀、人生觀、價值觀、實踐觀等核心思想的底蘊；

◎自發宗教（spontaneous religion）如何轉型爲人爲宗教（artificially founded religion），自發宗教在人爲宗教作爲主流背景下的生存和衍變；人爲宗教中潛存着的自發宗教因素；

◎歷代國家意識形態中的宗教政策與國家高度開放的諧調；

◎宗教生活在社會生活中的地位和作用；

◎各種具體宗教間的相互碰撞、匯通、影響、共存；

◎各具體宗教中所呈現出的一般的神譜體系，理想追求；

◎外來宗教的傳播和生存的方式；外來宗教與本土思想的衝突與融合；

◎一般思想史中的宗教思想；宗教與無神論的爭辯。

由於宗教思想異常複雜，在一定的歷史時期，宗教思想往往成爲統治者的思想，成爲國家的意識形態。它所囊括的範圍十分廣泛，甚至是無所不包。這樣，無論是從社會上層到社會下層還是從社會下層到社會上層，無論是從四夷邊緣到政治中心還是從文化中心到荒蠻邊緣，宗教都是無處不在的。因此，宗教思想史的研究，遠不止於以上關注的問題。不過，一般而言，政治文化發達的中心地帶，人爲宗教佔據主流地位；而遠離政治中心的蠻夷地區，則是自發宗教盛行。後者有的甚至以自發宗教的形式構成其社會組織形態，維繫着社會生活的秩序。這一特徵是西方宗教思想史上所不明顯的。而前者則經歷了多種人爲宗教的衝突、碰撞、匯通、融和。在這一過程中，有本土的人爲宗教間的論爭，也有域外傳入的人爲宗教與本土宗教的論戰。不過，這種論爭、論戰不管怎麼激烈，也僅僅是表現在思想領域，不像一神論的人爲宗教，内部間或外部間的衝突，往往直接伴隨着激烈、殘酷的軍事戰爭。這也是中國宗教思想的一個顯著特徵。

本報告承擔該課題之漢唐時期，爲整個課題的主體部分。漢唐是中國宗教由自發走向人爲的形成期、成熟期和鼎盛期。侯外廬早在20世紀50年代就指出："中國古代思想由宗教的王官開始。"[①] 這就是説，中國古代思想起始於宗教的王官，而不是起始於一般的原始崇拜。而宗教的王官，顯然是伴隨着國家的出現而形成的，它實質上就是國家的意識形態（Ideology of State）。然而，作爲宗教意識的萌芽（germination）存在於人們頭腦中的這一現象，最早可以追溯到北京周口店的山頂洞人（前50000~前23000）。據攷古學家攷察，其遺骸周圍撒有紅色粉末，似乎表現出了一種"靈魂不死"的原始崇拜。可是，眞正能夠成爲一種宗教的形態，即宗教的王官，則要始於殷商的中後期，也就是文字的出現所記錄的"信史"。據攷察，殷商的"甲骨文獻的相當大部分涉及的是宗教問題。占卜的詢問對象是祖先神靈和自然神祇，而且最爲關注的是祭祀儀式（包括動物祭祀和人祭）。……甲骨文材料肯定指向了'宗教取嚮'

① 侯外廬、趙紀彬、杜國庠:《中國思想通史》第一卷，北京：人民出版社，1995年，第22頁。

（religious orientations）”①。這些文字符號指向的祭祀崇拜完全由王官壟斷和操縱，宗、宰、祝、占、史、士等掌管祭祀的職官不僅在精神生活上享有崇高的威望和地位，而且在政治生活中也擁有極大的權力。而普通百姓則不但沒有獲取知識的途徑，更談不上獲得祭祀神祇的權益（但他們有對異己力量崇拜的自由）。所以，殷商至西周的整個知識、學問全部屬於貴族階層，精神思想則更集中體現於祭祀。天神、地祇等的普遍崇拜與神靈祭祀的結合，使得這一時期的宗教形態依然表現出自發宗教的一些性質和特徵：祭祀發達而神學麤疏，崇拜狂熱而信仰未振。春秋、戰國，“學在王官”的壟斷局面被打破了，民間或下層的“民”也可以擁有知識、學問。隨着祭祀、祝禱、占卜萬能的神話被質疑、挑戰，崇拜和祭祀的神聖、神威、神秘不斷被解構，以“春官”、“天官”爲代表的祭祀職官的地位逐步下滑，大部分被震盪出官僚體系，淪落於民間。而政局的動蕩和理性的提昇，使得“民”的意識逐漸加強，漸趨構成了王官思想的重要内容，所謂“保民而王”、“民爲貴，社稷次之，君爲輕”②的觀念對以“人”（貴族）爲中心的傳統發起了猛烈抨擊。這樣，天帝與人事的關係的天平朝着後者逐漸傾斜。神明、神靈、神祇不再受到人們的迷熱的崇拜，以祭祀、祝禱、占卜爲主的自發宗教退出了思想界的主流。中國的思想由此進入了一

① 〔美〕本傑明·史華茲（Benjamin I. Schwartz）：《古代中國的思想世界》（漢文本），程鋼譯，劉東校，南京：江蘇人民出版社，2004年，第19頁。

② 《孟子·盡心下》。

個嶄新的階段：理性勝於崇拜，迷狂讓位虔敬。

然而，漢初半個世紀，國家大政方針的崇尚黄老“無爲而治”，使得中央權力遭到了來自地方勢力的有力挑戰。爲了鞏固和加強中央政權的權威和實力，特别是天子的威嚴、獨尊，漢武帝任用了董仲舒等一批儒士，由他們將儒家的倫理精神與傳統的天命神學結合起來，把原來中國思想中的自發宗教改造成了人爲宗教——儒學的國家意識形態宗教化，突出了理性與神學、人文與信仰、倫理與禁忌的高度結合。這樣，在中國本土思想文化當中，儒學率先轉型爲人爲宗教——一種有别於“教團宗教”、“傳播性宗教”的入世型“士人宗教”。

兩漢之際，隨着絲路（Silk Road）的暢通，喜馬拉雅山南麓的佛教在滚滚流動的外交使節（diplomatic envoy）、商賈販夫（merchants）和軍旅（militaries）的人群中湧入了中原。東漢明帝、桓帝時期，天竺（Sindhu）、西域（Serindia）諸國的佛教僧侣進入中原、江淮地區傳教，掀起了陣陣波瀾，不但上層信奉，下層民衆也紛紛皈依，一時間，聲勢浩大，不可逆轉。尤其是佛教經典的漢譯，不僅僅把宗教實踐介紹給了中土，更把佛教的教義和智慧推向了中土的士階層。最早的佛教原本是反神的，稱不上宗教，衹是一個强調身心解脱的實踐派别。但在其後的300多年發展中，佛陀不斷被神化、宗教化。進入中國的佛教已經具有了宗教神學的諸多特徵。

在儒教讖緯、佛教神學的刺激、影響下，本土的太極、神僊、陰陽、五行、鬼靈、巫醫、房中等不斷整合，在東漢形成了三股大的自發宗教的勢力——神僊道、黄老道和巫鬼道。至東漢末，這三股勢力在遠離政治文化中心的邊緣地區整合爲道教，藉助民眾的揭竿而起，迅速發展成爲人爲宗教——一種半入世的求生的宗教。

至此，儒、釋、道三教相繼完成了轉型，在兩漢期間登上了中國精神思想的大舞臺，一起構成了漢文化的精神內涵。從此，儒、釋、道三教也就成了中國思想文化的三大支柱。可以説，漢代是漢文化的形成期，而儒、釋、道三教則構成了漢文化的集體無意識，指導着漢民族及以漢語爲語言的其他民族的生活和思維方式，支撐着漢文化的不斷發展和精神追求。

從三國至唐，儒、釋、道三教相互爭辯，也相互融合，一起成爲中國人精神信仰的指南，引導着人們的社會生活。隨着以政權爲主、教權爲輔的政教格局形成和穩定，漢文化的宗教思想走上了一條與西方政教合一模式頗爲不同的道路：多元化的宗教信仰，使得各宗教間的碰撞方式不是流血犧牲，而是爭論和對話，以智慧、眞理爲目標。這樣便有力地遏制了單一宗教的狂熱崇拜，避免了宗教獨立王國的形成。宗教參與社會，影響民眾，成爲一股股活躍的社會精神力量。這也決定了中國宗教思想的世俗化傾嚮。因此，唐代可稱爲中國宗教的成熟期。

漢唐的一千多年，中國的宗教從轉型、定型到成熟，一直伴隨和指導着中國社會的發展。研究中國宗教思想，特别是瞭解中國宗教思想的歷史發展，瞭解自發宗教和人爲宗教、文化中心與蠻夷地區的精神活動，顯然意義重大。

時至今日，我們仍然可以看到某些荒蠻、偏遠的山區潛留着自發宗教的諸多成分；而離政治文化中心較近的地區，人爲宗教則異常活躍。在與社會進程相適應的思想指導下，各具體的人爲宗教也在竭力尋求着新的思想、新的儀軌、新的組織的革新或改良，其前進的軌道正在向着好的方嚮發展，其影響力和號召力日漸有益於社會。但是，也應當充分地注意，不管是自發宗教還是人爲宗教，其自身存在着的神秘主義痼疾、頑瘤，依然蒙蔽、欺騙、戕害着善良的民衆。特别是宗教中的“神通”說和“報應”說，與當今打着科學主義旗號而從事着“僞科學”活動的所謂“科學家”相結合後，其毒害就更爲深廣和嚴重。因此，研究中國宗教思想史，梳理其發展、嬗變的歷史，在描述其現象的同時，深入揭示其本質，總結其經驗和教訓，就更爲緊迫了。這是人文學科工作者義不容辭的責任和宗教思想史研究的重大意義。

2009年12月序於

南開大學·西南村博士後公寓

壹拾貳

《中國宗教思想史（漢唐）》後記

南開大學是我嚮往已久的學校，陳洪先生和孫昌武先生更是我早已仰慕的大家。能到南開師從二位先生從事學術研究，實在是人生的一大幸事。

2005年5月，當我從四川大學中國俗文化研究所出站不久，我就又萌發了做二站博士後的想法。幸運的是，其時南開大學陳洪先生正在爲南開大學“985創新基地”的支柱課題之一“中國宗教思想史研究”尋找合作者。我們一談便成，他策劃我以南開大學博士後的身份協助孫昌武先生做該課題的研究。但麻煩的是，我的年齡早已超過了進站規定的年齡。我的入站申請書被幾道關口卡住，是陳先生一再疏通，終於使我能夠進入南開大學中國語言文學流動站，使我成爲中國在站博士後人員中最老的一位。

在我入站後，陳先生、孫先生不僅在課題研究上給予我熱心精益的指導，還在生活上給予無微不至的關照，眞是讓我感懷至深。我不由感覺到自己從事的科研課題凝結着兩位先生的關愛和厚望。幾年來，我絲毫不敢懈怠，從閱讀文獻到收集、甄别、攷訂材料，再到理解、消化、詮釋材料以及框架理論建構等，盡可能地貫徹二位先生的意圖和精神。其壓力之重，衹能自身扛着，確如禪宗所謂的“如人飲水，冷暖自知”。好在南開有着學術傳統的寬鬆環境，二位先生更是體諒我的雙重身份和繁重的科研、教學、行政事務，一再囑我不要急於求成。這給我的研究增添了信心和定力。眞誠地感謝二位先生。

感謝著名中國文學思想史學家羅宗強先生。他曾在不認識我的情況下多次大力提攜過我，并給予諄諄教誨，令我終身難忘。

感謝張毅、盧盛江、劉俐俐、李瑞山等教授，他們給予我的關照和支持，讓人感動不已。

感謝南開大學人事處博士後辦公室的楊柳老師。她曾在西安上大學，又是陝西的媳婦兒，我們有許多共同的話題。她盡可能地照顧我，爲我提供生活上的便利。感謝南開大學文學院辦公室的諸位老師，尤其是吳娟老師，他們熱情好客，讓我有賓至如歸之感。

感謝《文學評論》編輯部的党聖元、胡明研究員，《文學遺產》編輯部的劉躍進研究員，《文藝研究》編輯部的方寧、趙伯陶編審，《世界宗教研究》編輯部的黄夏年研究員等，他們爲我刊發論文提供了極大的方便。

感謝學界的諸多師友的大力幫助和扶持。杜繼文、黄心川、項楚、曾繁仁、張可禮、詹福瑞、莫礪鋒、党聖元、劉躍進、蔣述卓、吳承學、尚永亮、周裕鍇、彭修銀、張永清、劉紹瑾等教授在不同層面上給予的支持，亦是令人銘刻於心的。

海外的Olga Lomová教授（捷克查理大學）、土屋昌明教授（日本專修大學）、嚴翼相教授（韓國漢陽大學）、洪瑀欽教授（韓國嶺南大學）、全英蘭教授（韓國大邱大學）、朴永煥教授（韓國東國大學）、劉楚華教授（中國香港浸會大學）、鄭阿財教授（中國臺灣中正大學）、朱鳳玉教授（中國臺灣嘉義大學）、王力堅教授（中國臺灣“中央”大學）、丁敏教授（中國臺灣政治大學）、梁麗玲教授（中國臺灣銘傳大學）等在我近幾年的海外學術交流中，提供了熱情的幫助。深致謝意。

感謝同門的師兄弟張培鋒、雷勇、王紅蕾、馮大建等，我們在一起的時候，談文論藝，飲酒品茗，不亦樂乎。

感謝我的博士生儲曉軍、康莊等，他們經常爲我查找資料，覈對文獻。

最後要感謝的是我的家人。我的父母年老體衰，卻盡量不讓我去照顧他們，一心支持我的研究。特别是我的岳父母，經常居住我家，支持我們，幾乎包攬了全部家務，讓我過着衣來伸手、飯來張口的日子，專心應付工作和撰寫出站報告。我的妻子申麗霞副教授20多年來一直不遺餘力地支持我外出求學，雖然也抱怨幾句，但眞正理解我的還是她。

我的學術研究經歷，反復印證了佛教的“緣起說”：“此有故彼有，此無故彼無。”正是有了這麼多老師、朋友、家人的指導、扶植、關心、支持，纔會有我的今天。

作爲“謝辭”的内容，我必須衷心感謝所有關心、愛護、支持、提攜我的人們。

2009.12. 23~27. 謹識於

西安・西北大學新村昧軒

天津・南開大學南村嘉園

壹拾叁

《長安都市文化與朝鮮、日本》[1]後記

本論文集即將付梓，做爲執行主編，我們眞是有了一種如釋重負的感覺。因爲本論文集從2004年暑假的“第二屆中日‘長安都市文化與朝鮮、日本’國際學術研討會”之後，就開始了整理、編輯，迄今歷時兩年半。最初日本學者提交的論文有7篇是用日文寫的，翻譯成漢文本就是一項非常艱辛的任務。西安地區的與會學者基本不懂日語，因此，會議承辦方的西北大學文學院不得不從外國語學院日語系聘請翻譯來進行會議的口譯和論文的筆譯。會議上的交流基本上是成功的，但留下來的日方論文在翻譯方面卻有諸多不盡如人意之處，要達到正式出版，尚有一定距離。這樣一來，二次翻譯和整理，便成爲更加繁瑣的事情了。先是找了幾位博士生對論文疏通語句，訂正文字，然後，再寄往日本，請日方各位作者審訂。這樣來來往

① 普慧、土屋昌明執行主編:《長安都市文化與朝鮮、日本》，西安：三秦出版社，2007年。

往，便耗費了很長的時間。加上兩位執行主編又有許多其他事務亟待處理，本論文集的編輯就在時斷時續中緩慢進行。近三年的時間裏，土屋昌明教授利用來中國出差以及普慧教授利用去日本參加國際會議的時機，多次商討了論文集的編輯出版事宜。從論文集的編輯體例、篇目排列到版式、裝幀等，我們都一一商議過。西安、北京、東京等地都留下了我們愉快合作的記憶。雙方高層領導支持編輯、出版論文集的初衷并未因時間的拉長而改變，這讓我們感到由衷的欣慰，我們的編輯功夫總算沒有白費。

關於本論文集的編輯緣起，兩位主編李浩教授和矢野建一教授已在序文裏做了介紹，兹不贅述。本論文集收錄了中日學者的25篇論文（日本學者8篇，中國學者17篇），内容涉及面相當廣泛，有文學、藝術、宗教、歷史、攷古、中日交通史和文化交流史等。一些文章的内容雖然不是那麽緊扣會議主題，但是對所討論的問題都有一得之見。爲了保留當時會議論文的原貌，我們盡可能地把提交的論文收錄了進來。由於編輯時間拖得太長，多篇文章已在一些學術刊物發表，并在學術界產生了良好的反響。現徵得各位作者的同意，仍然將這些論文收入論文集中，以對當時的會議表示紀念。

在論文集的編輯過程中，西北大學文學院的張文利副教授協助我們做了收集、審閱、整理論文的工作。2006年9月後，張文利副教授赴法國波爾多第三大學訪問，西北大學文學院的孫尚勇副教授接手繼續協助我們審閱了部分稿件。普慧教授的博士生劉林魁、儲曉軍、趙濤等對日方的漢文譯稿做了文字上的校訂。這裏一併感謝。

我們還要感謝三秦出版社的淡懿誠先生和劉璐女士，他們爲論文集的出版付出了辛勤的努力。

最後感謝西北大學“211工程”辦公室，沒有他們的經費支持，論文集是難以面世的。

2006.12. 10於西安西南城角

壹拾肆

《西北大學中文學科110年論文集萃》[①]後記

值此西北大學百十年校慶之際，《西北大學中文學科110年論文集萃》(以下簡稱"《集萃》")經過近一年的策劃、籌備、搜集、編輯，即將出版。這不僅是西北大學中文學科的一件大事，也是中文學界一個頗有意義的重要舉措。西北大學中文學科草創於晚清、民國，經歷了西北聯大時期的鳳凰涅槃、中華人民共和國成立後的薪火相傳，以至新時期以來的再創輝煌。百十年間，名家匯聚，成果薈萃，在中國現代學術史和中文學科教育史上佔有重要的地位。作爲西北大學中文學科的現職人員，不僅有必要瞭解本學科的輝煌歷史，更有必要將百十年的學術研究狀況展示出來。

一年前的一天，我到李浩副校長辦公室彙報完學院工作後，他拿出了武漢大學文學院編輯的《武漢大學中文學科九十年論

① 普慧主編:《西北大學中文學科110年論文集萃》，西安：西北大學出版社，2012年。

文集萃》讓我看，我明白他的意思，竟毫無思攷地主動請纓編輯《集萃》，向西北大學百十年校慶獻禮。然而，當我具體攷慮編輯體例和爬梳、搜羅西北大學中文學科的學者大致情況之後，我卻產生了畏難情緒。因爲，不管以何種體例，都會難以全面、周延地反映本學科的實際狀況。學科歷史悠久，學者眾多，不僅挖掘、攷證、勘對早期歷史文獻存在困難，而且也不可能人人都收。而收誰不收誰，往往會得罪不少人。一天，在校園裏遇到一位理科的老教授，說起文學院要編百十年論文集的事，他善意地問，你們能擺平嗎？一句話，讓我忽然明白了爲什麼以前西北大學中文學科出身的老師幾度醞釀，卻未竟其功的原因。我衹恨自己是個愣老頭，做事不加思攷，僅憑主觀熱情辦事。可是，回頭一想，如果大家都有畏難情緒，都怕挂一漏萬、以偏概全，那誰還來做這些事呢？西大百年時無人做，百十年再無人做，西大中文學科的歷史文獻與發展過程恐怕就要掩埋於歷史的泥土之中，越沉越深。

抱着對學科的熱情和執著，我堅定了信念，虛心接受大家的批評：錯了，改正；遺漏了，補上。我們成立了以李浩副校長爲主任的編委會，聘請了曾經擔任中文學科領導的幾位老教授作爲顧問，參攷、借鑒北京大學、武漢大學相關的收文原則，反復醞釀編輯體例，廣泛徵求意見，最後確立了《集萃》收文的基本原則、對象和範圍：

◎晚清、民國兩個時期任職的學者，不論職稱，盡可能收錄。

◎共和國時期的任職者全爲教授。

◎曾在本學科任職，後調他處任教授者，以知名度盡可能收錄。

顯然，這個基本原則不能盡善盡美，它把一部分學殖深湛、但未能評上教授職稱的先生排除在外了。例如，馬天祥先生，道德學問堪稱楷模；如此者還有一些先生。他們都因當年評職稱時這樣或那樣的問題，留下了遺憾。爲了覈實職稱問題，我們不得不從學校的人事部門搜集確切的數據和資料。儘管如此，我們都應該向這些學養深厚、胸懷坦蕩的老前輩表示誠摯的歉意和崇高的敬意。西北大學中文學科的學術史是全體學人的歷史，教授衹是其中的縮影和代表。我們希望以後能續編《集萃》，收入更多爲本學科做出貢獻的學人，力求全面反映本學科的學術歷程。此外，根據學科歷史發展的狀況以及論文的數量，《集萃》以新時期爲界，厘爲上、下兩卷。由於所收論文時間跨度大，撰文體例與規範不盡相同，我們在編輯時盡可能保存作品的原貌，以便原生態地呈現學術語言與規範的變遷歷程。

感謝李浩副校長，他在百忙之中撥冗賜序，爲讀者提供了一份飽含深情又理趣盎然的讀解。李浩教授1979年進入西北大學中文系，見證了新時期以來30多年西大中文學科的發展歷程。

衷心感謝我們編輯團隊的每一位成員，他們在鑽研自己課題的同時，不辭辛勞，廣泛查找資料，鉤沉索隱，撥雲驅霧，基本上廓清了西大中文學科百十年的人事輪廓，在一定程度上描繪了本學科學人的學術概貌。他們是西北大學中文學科的功臣，凡是與西大中文學科有關的人士都應當記住他們。

文學院黨政領導非常關心《集萃》的編輯和出版事宜，多次開會研究編輯方案。學校人事處、211學科建設辦公室、社會科學研究處、研究生院、教務處、《西北大學學報》編輯部等部門領導也不同程度地指導和支持了我們的工作，此處一併致謝。

《集萃》無論在編輯體例還是收錄範圍上，都存在諸多疏漏、錯誤，我們誠懇歡迎大家批評指正，以便修訂時糾謬補漏。

2012年8月28日

於西北大學新村・昧軒

壹拾伍

《大學語文》[①]序

呈現在讀者面前的《大學語文》，是大學階段（包括本科、專科）以漢語文字爲工具學習語言文學知識課程的教材。它與漢語言文學專業教材不同的是，沒有分門別類地對漢語言文學專業各門課程作深入細緻的描述，而是以宏觀的視野對其主幹課程作概括介紹，目的在於使非漢語言文學專業的學生在學習中學語文的基礎上進一步學習和瞭解以漢語文字爲文本的語言文學知識，培養學生對語言文學的濃厚興趣，尤其是對漢語言的熱情，努力提高駕馭和使用漢語的能力，并具有一定的文學鑒賞能力。

語言是一個民族思維習慣、思想方法的外在表述方式；文學是一個民族審美情感、審美趣味、審美理想的最高表現形式。語言和文學在一定程度上代表了一個民族的文明程度，也反映了該民族的歷史文化蘊含。漢語言文學既體現了漢民族和以漢

① 普慧等主編:《大學語文》，西安：陝西人民出版社，2004年。

語爲母語（native language）的少數民族的思維，又展現了其文明發達的程度和歷史文化的内涵，尤其展示了以漢民族爲主體的中華民族的情感世界和心靈境界。

衆所周知，在世界四大古老文明系統（北非文明、西亞文明、中亞南亞文明、東亞文明）中，衹有以漢語文字爲載體的中國文明一脈相承，歷史最長。北非古文明的代表古埃及是人類文明照耀最早的地方，從公元前3500年左右即進入了城市國家的文明社會。古埃及人使用的語言是閃含語系的閃米特語和含米特語（Semitic and Hamitic），文字是具有表意和一定表音功能的象形文字（hieroglyphic writing）。公元前332年希臘馬其頓帝國和公元前30年羅馬帝國對埃及的先後征服，都在很大程度上改變了古埃及的文明。公元641年，阿拉伯人征服埃及，徹底摧毀了古埃及的文明。以閃米特語和含米特語爲代表的古埃及文明被異族征服後，或化爲灰燼、淹沒無聞；或殘留缺存、土湮沙蓋。西亞古文明的代表、兩河流域的蘇美爾人（Sumerian）也早在約公元前2900年就建立了城邦國家文明。公元前2020年後巴比倫（Babylonia）城邦及其帝國的建立，把西亞文明推向了一個新的高潮。蘇美爾人創立的蘇美爾文字，被稱爲“楔形文字”（arrow-headed character），在蘇美爾至新巴比倫帝國時期，一直被兩河流域的諸城邦及相互替代的巴比倫、亞述（Assyria）、新巴比倫（New Babylonia）等帝國所沿用[①]。波斯、希臘、羅馬等帝國的入侵和統治，使得巴比倫文明在公元前後即煙消雲散。西亞古文明的另一代表猶太（Jewish）文明更多地體現在宗教領域。他們所創立的猶太教（Judaism）綿延不絕，直至今天仍有不少信眾。猶太文明的語言載體是希伯萊（Hebrew）語。但是，由於猶太國家被亞述和新巴比倫侵滅，希伯萊人四處流散，其所用口語漸趨被當地語言所取代，而本民族的希伯萊語則成了宗教經典語言[②]。直到20世紀中葉以色列立國，希伯萊語纔又重新從宗教殿堂走到了世俗生活，實現了口語化。中亞、南亞古文明的代表是波斯（Persia）和印度（India）。二者具有同源性，是雅利安人（Āryan）文明的延伸和發展。波斯帝國的語言主要經歷了阿維斯陀語（Avestā）、古希臘語（Ancient Greek）、帕提亞語（Parthian）、巴列維語（Pahlāvī）、現代波斯語（Farsi）的變化，其文字也經歷過腓尼基（Phoenicia）字母文字、希臘文、阿拉美亞（Aramaeans）字母、缽羅婆（Pahlarl）字母、阿拉伯文等變化。這就是說，波斯人雖一脈傳承，但其語言文學卻沒有統一繼承下來；波斯文學更多地展現了波斯各種神話、宗教的特色，對社會生活的反映也多與宗教聯繫於一起。印度帝國的文明集中地體現在其語言和宗教方面。前者經歷了梵語（Sanskrit）、俗語（Prakrit）和混合梵語（Hybrid Sanskrit）、巴利語（Pāli）、泰米爾語

① 劉文鵬主編:《古代西亞北非文明》，北京：中國社會科學出版社，1999年。

② 潘光、陳超南、余建華:《猶太文明》，北京：中國社會科學出版社，1999年。

（Tamil）、阿拉伯語、波斯語、烏爾都語（Urdu）、印地語（Hindi）等語言併用的過程。古代印度次大陸統一的時間很短，而分爲邦國的時間較長，很少有一種語言和文字能作爲主體文明的載體而被各民族所接受，這就使得古代印度成爲各種語言的博物館。後者也是因爲各城邦國的長期分立，各種宗教競展風姿，婆羅門教（Brahmanism）、耆那教（Jainism）、佛教（Buddhism）、印度教（Hinduism）、伊斯蘭教（Islam）、錫克教（Sikhism）、祆教（Zoroastrianism）、基督教（Christianity）等長期并存於古代印度宗教聖殿之上，構成了印度歷史上的多元文明。印度文學基本上反映了印度各種宗教發展的狀況，因而具有宗教文學的性質[①]。由此可見，在北非、西亞、中亞南亞三大古代文明中，沒有一個國家的語言和文字能夠一以貫之地擔當起承載本國主體文明的責任。

與上述三大古老文明不同的是，東亞古文明的代表——中華文明自肇始以來，就一直以漢語和漢字[②]爲主要載體。雖然中華帝國歷史上也曾有過數次少數族統治全國的時侯，雖然其主體文明經歷過儒、釋、道三教思想鼎立與融合的階段，但是漢語和漢字作爲統一的主體文明的承載者的地位始終沒有動搖過。就是說，漢語和漢字作爲華夏民族文明的主要載體，至少已經有了近4000年的歷史。而漢語文學經歷代詩人、作家（包

① A. L. 巴沙姆主編：《印度文化史》（漢文本），閔光沛、陶笑虹、莊萬友、周柏青等譯，北京：商務印書館，1999年。

② 漢語和漢字雖然是漢代及以後的稱謂，但這種語言和文字直接承接和改進了之前的華夏文明的語言和文字。

括民間作家）的辛勤創作，結出了豐碩的果實——詩經、楚辭、漢賦、唐詩、宋詞、元曲、明清小說等，還有無數的民間文學作品，宛如萬里長空的顆顆明星，無不閃爍着耀眼的光芒。它們是中華民族文明智慧的結晶，也是情感世界和心靈境界的展示：那寤寐相思、輾轉反側的愛情追求；那獨上高樓、憑欄遠眺的淚眼盼歸；那人生短暫、時節易逝的無奈喟歎；那寄人籬下、不堪回首的亡國哀思；那情意繾綣、曲折動人的悲歡離合；那上天入地、變幻莫測的奇思玄想；那建功立業、青史留名的豪邁誓言……可以說，漢語文學在世界文學之林，可謂是一棵茂密的參天大樹，佔有重要的地位。擁有這樣歷史悠久、蘊含無窮的漢語文學，是我們民族的驕傲和自豪。

悠久的歷史、燦爛的文明畢竟屬於過去。而今天，中國卻落後於歐美發達國家。但是，這并不意味着漢語文字和漢語文學就是過時的、落後的，語言和文學與物質經濟的發展往往是不成正比例的。隨着科學技術的迅猛發展，漢語文字的缺陷不斷得到彌補，漢字資訊處理軟件的開發和研製大大提高了漢字書寫的速度，加速了漢語文字辦公的自動化。漢語文字正日臻成熟，日益走向現代化。漢語文學越來越受到國際社會的重視。每年來華學習漢語言文學的外國留學生，望風遙集，絡繹不絕。有學者曾預言，“21世紀在世界上東西文化繼續交流和融合的基礎上必以東方文化爲主”[1]。這個預言能否實現，有待於實踐

① 季羨林：《比較文學原理新編・序》，樂黛雲、陳躍紅等：《比較文學原理新編》，北京：北京大學出版社，1998年。

證明。但是，按照現在發展的情況，中國在21世紀躋身世界經濟、科技強國是完全有可能的。因此，作爲當代中國青年，沒有理由不學好漢語；而作爲當代大學生，就更沒有理由不學好漢語文學。我們試想一下，一個連母語都不能熟練運用的人，他能在競爭激烈的社會中立足多久？一個缺少文學修養、情感冷漠的人，他能給社會和家庭帶來多少溫馨？

陝西省教育廳和陝西人民出版社把《大學語文》列入“高校21世紀師範類規劃教材”，再次强調了“大學語文”在高等教育中的重要地位，給我們提出了更新、更高的要求。這實在是高瞻遠矚之舉。多年來，作爲非漢語言文學專業開設的“大學語文”課程，許多高校早就開設了，但收效并不很大。究其原因是多方面的，而其中一條重要的原因就是教材問題。長期以來，“大學語文”的教材一直是“中學語文”的延續，衹有“文選”，而沒有給學生介紹應該瞭解的漢語言文學知識和背景，不能把重點放在培養學生的興趣上來。幾次課後，學生就會膩味、厭煩。因此，編寫一部適應新時代要求，能重新審視漢語言文學發展的道路，又能使學生產生興趣的《大學語文》教材，是一項刻不容緩的艱巨任務。本着這樣的思路，編寫組在接到任務後，由主編普慧教授（陝西師範大學文學院博士生導師）提出編寫目的、要求、體例、計劃，并與董新祥（執行主編）、王炳社兩位主編反復討論，擬定大綱，最後交所有編寫人員集體討論確定。參加撰稿的有：咸陽師範學院景建軍、陝西理工學院劉昌安、安康師範專科學校劉連德、商洛師範專科學校黃元英（中國古代文學、文選），寶雞文理學院李湧泉、商洛師範專科學校楊軍（中國現當代文學、文選），咸陽師範學院董新祥、陝西理工學院張沁文（外國文學、文選），渭南師範學院王炳社（文學理論），渭南師範學院田曉榮（現代漢語），渭南師范學院楊雅麗（古代漢語），咸陽師範學院鄧國棟（語言學），西安文理學院佟志華、魏玉川、雒莉、江元淨（寫作），寶雞文理學院趙玲（文選）。全書最後由四位主編普慧、董新祥、王炳社、佟志華統稿，審定。陝西師範大學文學院研究生詹蘇杭、賀園校對和核訂了大部分稿樣。

本書分爲《語言篇》、《文學篇》、《理論篇》、《實踐篇》和《文選篇》五個部分，幾乎涵蓋了漢語言文學專業的主幹課程的主要內容。其中《文學篇》中的《外國文學》，雖不是本民族的文學，但經過漢譯後長期在中國流傳，已經成爲漢語文學一個有機的組成部分。《文選篇》按詩歌、散文、小說、戲劇四大文體選錄了古、今、中、外（漢譯作品）有代表性的優秀作品37篇（首），并附有題解、注釋和賞析，以便幫助學生閱讀。我們希望本教材能夠激發學生對漢語言和文學產生濃厚的興趣；促使學生對其基礎知識、基本理論和基本技能、技巧有一個比較系統的瞭解和掌握；能夠提高學生駕馭漢語的能力，使其嫻熟地運用漢語表達自己的思想感情，文理暢達，文筆優美；能夠使學生運用一定的文學理論來分析和鑒賞文學藝術作品，建構積極的、健康向上的審美理想和審美情趣。

本書是集體合作的成果，成就是大家的，錯誤和疏漏則是主編的，尤其是第一主編的。我們熱忱歡迎讀者的批評指正。本書在編寫過程中，參攷了國內外專家學者的大量著作和論文，由於體例所限，未能在書中一一注明，謹致歉意和謝意。陝西省教育廳和陝西人民出版社很重視本教材的編寫，給予了極大的幫助和關照；各撰稿人所在學校也大力支持，此處一併致謝。

2003年8月於陝西師大家屬院·昧軒

壹拾陸

儒釋道（筆談）· 主持人語[①]

本刊特約編輯普慧按：中國歷史上的儒、釋、道三教是中華漢文化傳統的三大思想支柱。在長期的歷史進程中，三教雖然曾借助過政治手段相互打壓，如歷史上的"三武滅法"，但是總的趨勢是融合共生，是思想交鋒而互通、互融。及至中唐以後，這種在統一帝國政治背景下、由高層主導的思想切磋，更是呈現出娛樂化傾嚮。宋以後的漢文化思想，基本是在儒、釋、道三教融合下建構起來的，程朱理學、陸王心學及明中晚期的文藝復興運動等，無不體現着三教融合共生的特徵。深入探討這一融合共生的思想文化現象，是我們踐行"文化自信"這一文化理念和指導思想的重要舉措。以著名學者、四川大學傑出教授項楚先生爲首的學術團隊，率先提出了"儒釋道三教融合共生的文化機制研究"的重大課題，旨在探索中國歷史上儒、釋、道三教由碰撞到融合到共生的歷程的文化機制，由是

---

① 《四川大學學報》2018年第3期。

而以古鑒今，充分吸吮中華優秀傳統文化豐富的營養，爲建構新時代人類命運共同體而建言獻策。

這裏選刊項楚先生團隊中的舒大剛、何劍平、孫尚勇、黄勇四位學者就此課題的一組筆談，拋磚引玉，以期引起學界的高度重視。

壹拾柒

中國俗文化研究（筆談）· 主持人語①

主持人語：四川大學中國俗文化研究所自2000年獲批爲教育部人文社會科學重點研究基地，迄今整整20年。20年來，中國俗文化研究所以俗語言、俗文學（文獻）、俗信仰以及民俗人類學爲主要研究對象，以歷時性的文獻材料爲依據，以文本精審校注與宏觀系統闡發爲方法，取得了豐碩的成果，形成了鮮明的特色，受到了海内外學界的高度關注和讚譽。尤其是項楚先生的敦煌遺書的文本校注及中古後期的俗文化研究，處於世界領先地位。

俗文化是中國文化的重要組成部分，它與雅文化一起構成中國文化的兩翼。中國俗文化歷史悠久，它伴隨着華夏民族一路走來。古老的神話、商周的巫風、六朝的靈異鬼神、隋唐的宗教信仰、兩宋的市井娛樂、元明清代的消費文化等，無不體現着漢語俗文化的特徵。隨着時代的前行、社會的變化，俗文

① 《四川大學學報》2020年第3期。

化的一些表現形式和内容被納入正統文化之中：有的變换姿態，重起爐灶；有的蓬勃而出，面貌嶄新。曾經長期盛行於民間大衆、不登大雅之堂的俗文化，在20世紀新文化運動的激發下，焕發了勃勃生機，成爲文學史、思想史、哲學史的書寫内容，并逐步被經典化。爲了深入探討俗文化的深刻内涵及其特徵，我們邀請鄭阿財、張涌泉、尹賦、普慧四位先生，發表他們對俗文化研究的看法，内容涉及俗語言文字、俗文獻、俗文學及雅俗匯通等方面。這些認識，多源於跟隨項楚先生多年學習的積累。抛磚引玉，以期引起關注和討論。

中編

壹

《佛教文學十六講》[1]序

孫尚勇教授的新著《佛教文學十六講》即將出版，這在佛教文學研究領域是一件幸事。我由衷地爲他感到高興。因爲佛教文學的研究，無論研究隊伍，還是發表成果，僅從數量上來看，在整個文學研究當中都是非主流的，甚或是邊緣的。但是，當尚勇囑我爲其大著作序時，我卻有些犯難。按時下的行規來說，爲人作序者，或德高望重，或學富五車，或位居顯要，而於此三者，我一樣亦不具備，故而覺得難以勝任。但是，尚勇的情意難卻，想來我也是佛教文學研究隊伍中之一員老卒，算起來也有30餘年的學齡，個人的一些研究感受和心得還是不少的。故藉此機會談點我的想法，權充爲序。

"佛教文學"的研究非常早，也很廣泛。但其概念的內涵卻長期存在很大的爭議，甚至有人質疑佛教是出世的宗教，旨在教人們擺脫世俗的情、愛、欲，認識"色即是空"（rūpaṃ

① 孫尚勇:《佛教文學十六講》，西安：陝西人民出版社，2012年。

śūnyatā或yad rūpaṃ sā śūnyatā）[1]，即一切事物都是虛幻不實的，不可爲之執著，可由此脫離煩惱，成就正果。而文學卻是世俗的，宣揚人的情愛，抒寫人生感受，什麼恩愛情仇、悲歡離合，皆不離一個“情”字，正所謂“情者，文之經”[2]。所以，佛教與文學是兩個根本不同的領域，其旨趣相去甚遠。“佛教文學”實則是一個僞命題。其實，這樣的看法顯然是沒有搞清楚“文學”的問題。一般來說，文學所抒寫的是兩個世界：一是人自身的內在世界，包括情感世界（feeling world）和心靈世界（spiritual world）。前者是感性的，後者是理性的。二是人認知的外部世界（cognitive outer world）。而這兩個世界并不僅僅是世俗的，它還涉及世俗以外的諸多因素，如崇高、敬畏、肅穆、虔誠、眞實等審美心理範疇，而這些範疇往往包含或伴隨着濃重的情感因素。譬如，一個信仰基督、或崇敬穆罕默德、或敬仰佛陀的人，當他在爲自己或他人祈禱時，他的禱告是否飽浸着濃烈、眞摯的情感呢？顯然不用回答。文學不僅僅抒寫世俗情感，她還抒寫着人們一定的宗教情感（崇高、敬畏）。這一點不用舉例。就世俗生活而言，人在其中的感受、體驗、認識，也是非常複雜的。一旦有了過程，那就形成了敘事。而敘事并不是單一的，它往往涵蓋着社會生活的諸多方面，更濃縮和注入了文學寫作者對自我和社會認知的道德判斷、價值取嚮、信仰關懷等。譬如，中國著名的古典小說名著《三國演義》就是

① 〔唐〕玄奘譯：《般若波羅蜜多心經》，《大正藏》第8册，第848頁下。
② 范文瀾：《文心雕龍注》，北京：人民文學出版社，1978年，第538頁。

如此。《三國演義》描述的是漢末黄巾動亂，漢帝國崩潰，一分爲三（魏、蜀、吳三國），直至三國歸晉的歷史過程。小說雖然着重描述的是世俗社會政治生活的歷史變遷，但是，通過這樣的變遷過程，作者深刻地認識到，世俗世界的爾虞我詐、勾心鬥角、你死我活、誰主沉浮等等不過是一場虚幻不實的“空”，即如夢如幻，似泡似影。作者在開篇引楊慎《臨江仙》言：

> 滚滚長江東逝水，浪花淘盡英雄。是非成敗轉頭空，青山依舊在，幾度夕陽紅。白髮漁樵江渚上，慣看秋月春風。一壺濁酒喜相逢，古今多少事，都付笑談中。
>
> ——調寄《臨江仙》[1]

“是非成敗轉頭空”，說的就是世俗世界的是非往往難以判斷，執著於孰是孰非，到頭來必然是一場空。不管是成也罷，敗也罷，英雄也罷，奸雄也罷，甚至草寇也罷，都會被歷史的滚滚洪流所湮没。就是那年復一年、依舊常在的青山緑水，也不過如同即將沉落的夕陽。所以，古今多少事，都在笑談之中，不可執著，不可貪戀。作者的這一價値取嚮和終極信仰實際上就是佛教“空觀”（śūnya vipaśyanā）和“無常觀”（anitya vipaśyanā）在小說中的具象反映。這就是《三國演義》深層所隱喻的主題思想，儘管整部《三國演義》裏没有一點佛教的描

① 〔明〕羅貫中:《三國演義》，北京：人民文學出版社，1953年，第1頁。

寫。再如，膾炙人口的長篇小說《紅樓夢》開篇即說一僧一道雲遊，路遇女媧補天時未用之石，二人講說人間榮華富貴，不覺打動石頭凡心。石頭懇請二僧、道帶其於世間，二僧、道說："那紅塵中卻有些樂事，但不能永遠依恃，況又有'美中不足，好事多磨'八個字緊相連屬，瞬息間則又樂極悲生，人非物換，究竟是到頭一夢，萬境歸空。"[①]然石頭執意隨二僧、道入凡間，終演繹出一幕幕情意繾綣、迴腸蕩氣的人間夢幻悲劇。由此，是書名之曰《石頭記》。後因空空道人讀此傳奇故事，"因空見色，由色生情，傳情入色，自色悟空，遂易名爲'情僧'，改《石頭記》爲《情僧錄》"[②]。脂硯齋《重評石頭記批語》（甲戌本夾批）說："（'瞬息間則又樂極悲生，人非物換，究竟是到頭一夢，萬境歸空。'）四句乃一部之總綱。"[③]戚蓼生《紅樓夢序》說："乃或者以未窺全豹爲恨，不知盛衰本是迴環，萬緣無非幻泡。作者慧眼婆心，正不必再作轉語，而萬千領悟，便具無數慈航矣。"[④]這些評語可謂是一語中的。從《石頭記》到《情僧錄》再到《紅樓夢》，是書不僅在結構上慣用了佛教講說

---

① 〔清〕曹雪芹:《紅樓夢》，北京：人民文學出版社，1996年，第3頁。

② 〔清〕曹雪芹:《紅樓夢》，北京：人民文學出版社，1996年，第6~7頁。

③ 俞平伯:《脂硯齋紅樓夢輯評》，上海：中華書局上海編輯所，1960年，第3頁。

④ 《戚蓼生序本石頭記》，曹雪芹原著，北京：人民文學出版社，1975年，第3頁。

的因果模式，而且在主題上更是以人間諸種事理[①]，徹底貫徹了佛教“色空”（rūpa śūnyaḥ）、“夢幻空”（svapna māyā śūnyaḥ）的教義。這兩個例子說明，在中國的文學作品裏，做出如此價值判斷和終極關懷的似乎不在少數。而這些作品的語義所指（semantic signified）皆不在世俗社會之本身，而在於事相深層之要理，即超越世俗社會，不爲世間功名利祿、榮華富貴所羈絆，達到性靈的自潔、自由、自然、自足、自富。社會歷史敘述的作品如此，即使那些描繪自然山水的詩歌，在古代文人筆下竟然也有着某些超越人生心理經驗的追求。譬如，南朝梁代王籍的《入若耶溪》中的“蟬噪林逾靜，鳥鳴山更幽”[②]詩句，以動寫靜，頗得謝靈運詩風的神韻，開寫山林幽靜、空靈之先河。是故“當時以爲文外獨絕”[③]，以至於“簡文吟詠不能忘之；孝元諷味，以爲不可復得”[④]。又如王維《輞川集》裏的《鹿柴（zhài）》“空山不見人，但聞人語響。返景（yǐng）入深林，復照青苔上”[⑤]、柳宗元的《江雪》“千山鳥飛絕，萬徑人蹤滅。孤舟

① 夢覺主人《紅樓夢序》：“今夫《紅樓夢》之書，立意以賈氏爲主，甄姓爲賓，明矣。眞少假多也，假多即幻，幻即是夢。書之奚究其眞假，惟取乎事之近理，詞無妄誕，說夢豈無荒誕，乃幻中有情，情中有幻是也。”（朱一玄：《紅樓夢數據彙編》，天津：南開大學出版社，1985年，第517頁）

② 逯欽立：《先秦漢魏晉南北朝詩》，北京：中華書局，1984年，第1854頁。

③ 〔唐〕姚思廉：《梁書》卷五〇《王籍傳》，北京：中華書局，1973年，第713頁。

④ 王利器：《顏氏家訓集解》卷第四《文章》，北京：中華書局，1993年，第295頁。

⑤ 陳鐵民：《王維集校注》卷五，北京：中華書局，1997年，第417頁。

蓑笠翁，獨釣寒江雪”[1]等小詩，描寫自然山水的靜謐、空靈，不衹是對外在世界無常寂滅的一種體悟、認知，更是詩人心靈世界的眞實反映——一種恬淡澄澈、任運自由、寧靜致遠的超然境界。這種感悟，顯然不是那些有着濃重世俗欲望的文人所具有的，而必定是對佛教的“靜空”（śānta śūnyaḥ）思想有了一種融會貫通、浸潤的心境纔能引發而生的。由上可見，宗教文學不一定要專門寫宗教内容，衹要包含了宗教情感、宗教感悟、宗教認知、宗教關懷、宗教目標，就可以說是宗教文學了。

此外，對於文學的對象、範圍的界定，近來也頗有異議。我們時下所謂的“文學”，主要是從近世西方的Literature而來的，其範圍的指涉僅限於詩歌、散文、戲劇、小說四大類型。其實，無論在古代的西方和中國，文學都具有非常寬泛的指涉。西方的Literature源自拉丁語 litteratura，其詞根 littera意爲文字、知識、學問、文獻。所以literature的涵義在歐洲浪漫主義文學之前指涉的範圍與拉丁語語義并無多大區别。而古代中國的“文學”概念也經歷了漫長的演變。先秦時的文學泛指整個學術文化。兩漢以後，文學則主要指書面性的東西，其對象也

① 尹占華、韓文奇:《柳宗元集校注》卷四十三，北京：中華書局，2013年，第2993頁。

很寬泛。曹丕有“四科八類”說[①]，陸機有“十體”說[②]，劉勰則有“三十五體”說[③]。這些書面形式所涉及的文體與今天文學所指的“文體”概念相去甚遠。這說明，古代中國文人有他們自己的“文學”理解和指涉。因此，我們今天所論的文學似乎應當尊重古人的理解，而不是以今天的“文學”來強加古人，做出不符合古人的事情。若果按今天的“文學”指涉來選取，那麼這個文學就不是“復原”的古代文學，而是當代的“古代文學”了。我個人以爲，我們既要有當代的“古代文學”，也要有“復原的古代文學”（當然不可能是原眞的古代文學）。既然古代文人有自己的“文學觀”，那麼循着他們的思路去理解他們的文學應當說是一件很有學術價值的事情。

佛教是一種智慧型宗教[④]，追求知識，思攷人生，覺悟眞

① 〔魏〕曹丕《典論·論文》：“奏議宜雅，書論宜理，銘誄尚實，詩賦欲麗。”（〔南朝梁〕蕭統：《文選》卷五十二，上海：上海古籍出版社，1986年，第2271頁）

② 〔西晉〕陸機《文賦》：“詩緣情而綺靡，賦體物而瀏亮，碑披文以相質，銘博約而溫潤，箴頓挫而清壯，頌優遊以彬蔚，論精微而朗暢，奏平徹以閒雅，說煒曄而譎狂。”（蕭統：《文選》卷十七，第766頁）

③ 劉勰《文心雕龍》論文體涉及約三十五種，幾乎囊括了當時出現的所有書面形式。

④ 我把人爲宗教（Artificially Founded Religion）大致分爲兩大類型（types），即信仰類型的宗教（Faith Religions）和智慧類型的宗教（Wisdom Religions）。一般而言，發源於西亞的宗教，多屬於前者；產生於南亞和中國的宗教多屬於後者。信仰型宗教強調信仰，注重行爲實踐，以衪力拯救爲主；智慧型宗教，強調覺悟，看重著書立說，以自力解脫爲主。

諦，著立言教，故而留下了“三藏”①、“十二部”②，典籍無數，卷帙浩繁③。在這些典籍中，按照古代文人對文學的理解，每一篇幾乎都可視爲文學作品。因此，從文學的角度、以文學的方法研究佛教典籍，就屬於文學範疇。而以佛教文學的視角和方法來審視中國文學中的佛教因素（包括主題、情感、意境、人物、題材、結構、情節、典事、語言以及創作者的思想、觀念等）以及僧人的文學活動，在我看來，亦當屬佛教文學研究範疇。

佛教文學的研究歷史非常久遠，古代中國文人早就對佛教文學做過一些有益的探討，如，詩家之“以禪喻詩說”、“現量說”、“三昧說”、“妙悟說”、“韻味說”、“性靈說”等，小說

① 三藏（trīṇi piṭakāni）：藏（piāṭaka），意謂容器、穀倉、籠等；三藏指經（sūtrānta，音譯脩多羅等，是指佛陀所教說的東西）、律（vinaya，音譯毗奈耶等，是佛所制定之律儀）、論（abhidharma，音譯阿毗達磨等，意譯對法等）。

② 十二部（dvādaśāṅga buddha vacana）是根據佛陀所說法的敘述形式與內容分成的十二種類。一、契經（sūtra），又作長行。以散文的形式直接記敘佛陀的教說；二、應頌（geya），以偈頌重複闡釋契經所說的教法；三、記別（vyākaraṇa），指佛陀對弟子們的未來所作的證言；四、諷頌（gāthā），以偈頌來記載佛陀的講說；五、自說（udāna），是佛陀自行的講說；六、因緣（nidāna），記敘佛陀說法教化的因緣；七、譬喻（avadāna），以譬喻的方式宣說佛法；八、本事（itivṛttaka），敘述本生譚以外的佛陀與弟子前生的故事；九、本生（jātaka），敘述佛陀前生修行的各種故事；十、方廣（vaipulya），講說佛教廣大深奧的教義；十一、希法（adbhuta-dharma），敘述佛陀及諸弟子稀有的故事；十二、論議（upadeśa），記述佛陀論議抉擇各種事物，分別明瞭其義。

③ 漢譯佛典則分爲阿含、本緣、般若、法華、華嚴、寶積、涅槃、大集、經集、密教、律、毘曇、中觀、瑜伽、論集、淨土、史傳等十七大部類。

家之“眞幻說”、“色空說”等。但運用現代學術方法以及提出“佛教文學”的概念，還是始於西方學者。1882年，英國人塞繆爾·比爾（Samuel Beal）率先使用“Buddhist Literature”（佛教文學）。隨之，捷克人莫利茲·溫特尼茨（Moriz Winternitz, 1863~1937）在他的論著*A History of Indian Literature*中也使用了“Buddhist Literature”（佛教文學）。此後，“佛教文學”這一概念便成爲20世紀中外學者喜用的術語，尤其是日本學者，如深浦正文的《新稿佛教文學物語》（上、下卷）、小野玄妙的《佛教文學概論》、加地哲定的《中國佛教文學》、平等通昭的《印度佛教文學の研究》等。然而，因諸家對“佛教文學”的性質、對象、範圍界定不一，所論内容也有很大差異。我個人以爲，佛教文學的研究雖歷時悠久，僅從數量觀之，無論從成果還是研究人員，在整個古代文學研究領域中還是屬於弱勢群體，儘管其中不乏高質量的論著，不乏學富五車的泰斗。因此，佛教文學的研究實際上還處於拓荒階段，大量的具體問題、現象，乃至史料的眞僞等等，都尚未展開，不宜過早對“佛教文學”定性。我以爲，大凡與佛教文獻有關的研究，所用的方法和視角是文學的，即可視爲屬於佛教文學研究的範疇。

如果我的這些想法能夠得到認可的話，那麼，尚勇的《佛教文學十六講》完全可以成爲佛教文學系統内的重要著作。統而觀之，《佛教文學十六講》并不是一般意義上的教材，而是一部學術含量極高的論著。它以專題爲單元，分别論述了十六個方面的問題和現象。在論述中，以文獻甄别、史料攷證爲基礎，沿波討源，尋根振葉，提出了許多創新的見解。尚勇是新世紀湧現出來的一位富有成就的青年學者，雖然他研究佛教文學的時間并不算長，不到十年，但憑藉着他深厚的文獻學功底和善於發現問題的洞察力以及刻苦鑽研的精神，在佛教文學研究領域裏，取得了出色的成績。他已是具有名家氣派的學者了。祝願尚勇再接再厲，事業精進，爲佛教文學研究做出更大的貢獻。

辛卯歲末謹序於

西安·西南城角·昧軒

貳

《敘事與接受——漢譯佛典文學的現代詮釋》[1]序

臺灣亞洲大學教授王晴慧博士大著《敘事與接受——漢譯佛典文學的現代詮釋》即將付梓，她越海致電，囑爲序，余甚欣喜，然又不免犯難。喜之者，晴慧博士畢業幾年即如此之快再度出版論著，其成長、成熟之迅速，頗令人感佩。難之者，以余之學養、資歷與名望而作序，似有欺世盜名之嫌。然晴慧執意，令人感動。故勉爲作序，以敘緣由。

吾與晴慧相識，完全緣於學術研究。2012年6月，吾申請國家社會科學基金重點項目“漢譯佛典文學研究”（12AZW007）而獲批。此爲當年中國古代文學研究中海選出之兩個重點項目之一，自然受到各方重視。欣喜之餘，甚感壓力之大，幾近扛頂不住。重點課題，絕非一己之力所能爲。故余禮聘合作者，延攬才俊，共襄盛舉。然中國大陸研究佛教文

① 王晴慧:《敘事與接受——漢譯佛典文學的現代詮釋》，臺北：高立圖書有限公司，2015年。

學之學者於整個古代文學研究領域屬於弱勢群體，人員少，成果疏，且其研究對象主要集中於中國佛教文學或佛教與中國文學之關係方面，對於漢譯佛典文學之研究，相對重視不夠，此也因其難度較大而所致。而爲數不多之學者，也多邀請參與我所主持之教育部人文社會科學重大攻關招標課題“中國佛教文學通史”（12JZD008）之研究。因之，吾不得已而向海外求援。而海外佛教文學研究則以日本國和中國臺灣地區最爲著名。以中國臺灣地區而言，據吾所知，其佛教文學研究起步早，學者多，成果豐，吸引學界廣泛關注。余研習佛教文學30餘年，頗關注臺灣之佛教文學研究成果。每有新著，必設法獲取以拜讀；每現新人，必搜索背景以知人。晴慧其人、其書，余即如是而知曉。其時，晴慧之博士論文《六朝漢譯佛典偈頌與詩歌之研究》甫一上網，友人即以PDF本相送，遂捧讀之，眼前一亮，不覺讚歎，其用功之勤奮，闡釋之精審，堪稱博士論文之精品。然而，欲識此君，卻無機緣。事隔數年，已無兹念。然漢譯佛典文學研究課題，促余尋覓合作者。遂不揣冒昧，致函晴慧，懇邀入夥，和衷共濟，乘筏達岸。未幾，晴慧覆函，欣然慨允，令吾喜不自勝。晴慧旋即認領寫作任務，就中多有新見。2013年11月，吾應邀參加臺灣大學哲學系舉辦之東亞佛教思想文化研討會，晴慧由臺中專程趕來看望，遂得一晤。學逢同好，談論甚歡。之後，晴慧即全身心投入課題準備與研究，是書中有三篇論文即與余之課題密切相關，可謂研究之基礎。由此深入揭櫫，晴慧必能完成託付之重任，余深以爲然。

既然作序，自然得以先睹爲快。拜讀之後，感觸良多，擷翰走筆，以示愚見。漢文佛教文學，所包涵者約四：一爲漢譯佛典文學；二爲中國僧尼創作之文學，包括詩詞、偈頌、語錄、序跋、題記、碑銘、論議、行紀、傳記等；三爲世俗文人崇佛文學作品，此類作品或讚頌佛教神譜，或表現佛教教義，或援佛語入文學，或引佛教觀念結構作品；四爲華夏民間佛教信仰文學，此類作品以宣揚因果報應、夢幻空苦爲主，講唱結合，如變文、彈詞、寶卷、章回小說、戲劇等。此四方面，漢譯佛典文學一直爲研究之荒漠地帶，僅有數部著作或數十篇論文探及，創闢之功雖不可沒，然畢竟爲冰山一角、滄海一粟。漢譯佛典文學研究，其難度在於，其一，印度特色鮮明，欲治其裹，必先熟知古代印度文化與社會生活，更要把握印人思維方式和文學書寫傳統；其二，漢譯佛典文學雖爲古代印度作品，然經漢譯，則不免受漢文化傳統之影響，尤以思想觀念方面而甚；其三，漢譯佛典文學之譯者多以外僧及漢地民間文人爲主，正統官僚文士極少參與[①]，是故漢譯佛典文學民間特色濃厚，日常口語、俗語時爲譯語，形成與正統雅文學有別之俗文學。瞭然於此三者，研究漢譯佛典文學，大致不會有何差池。然欲精益求精者，又當於方法論上用功，以西鑒東，縱横捭闔，方能制勝。晴慧大著，即以西方敘事學、接受學爲視閾，發掘漢譯佛典文學之敘事觀念、主題、方式、線索、人物、情節之隱涵性，篳路藍縷，瞻星揆地，多所創獲。如，漢譯佛典文學中有

① 佛典漢譯史上，惟苻秦趙整、劉宋謝靈運等官僚文士直接參與譯事，其餘漢地譯者，除僧人外，皆爲民間文人。

一類作品爲佛傳，是爲典型之敘事文學。佛傳編撰，乃不斷加工、補充、續寫而成，絕非一時、一地、一人所爲。其間，以民間故事、神話傳說附會於佛陀身世、行狀者，形成濃郁神秘氛圍之宗教傳記文學之構架。其敘事文本意義，不在於史實，而在"追思"與"傳教"。故其敘事性與宗教性合二爲一，相容併蓄。再如，漢譯佛典文學，由原語（source language）轉譯爲目的語（target language），本身即是接受過程，其取捨、損益往往由譯者之文化背景共同完成，閱者、誦者、講者、聽者、傳者互動而建構，即如"觀音形象"，幾經演變，時間、空間共同作用，遂達成共識，固化定形，趨於超穩。又如，佛傳文學之敘事空間多與主題思想交融，呈二元對立辯證之態，所謂現實空間與奇幻空間，情欲空間與無欲空間，靜態空間與動態空間。其空間符號象徵意涵則現於"有我/無我；虛妄/眞實；在家/出家；此岸/彼岸；入世/出世；尋道/證道；情欲/無欲；色/空"之思想辯證。此以《普曜經》空間敘事最具代表性，如此等等。晴慧論著尋根振葉，沿波討源，雖幽必顯，由顯必深，可謂多面創新。然其新者，又有其史料依據。著者諳熟佛典，旁徵博引，頗具說服力。

漢譯佛典文學邊界如何界定，學界意見頗有不同，焦點集於文學觀念。何謂文學，古今中外各有不同。20世紀以來，漢語學界將文學減縮至以詩歌、散文（抒情）、小說、劇本等文體爲代表之範圍，頗有作繭自縛之嫌。然古代印、中文學邊界遠較時下文學寬泛，如印度大史詩《摩訶婆羅多》（Mahābhārata）第六篇之《薄伽梵歌》（Bhagavad Gīta），整章討論、闡釋“眞理”之五大概念——自在、存在、元素、職責、時間，完全是一部哲理詩。中國齊梁時期之《文心雕龍》論述文學，則涉及文體30餘種。故學界有所謂“雜文學”與“純文學”之分。其實，古人本無“雜”、“純”之别，凡適於書寫個人思想、情感、審美、心智者，皆謂之“文學”。而以西方敘事學理論言之，文學則更加寬泛。凡涉時間者，皆爲敘事文本。由此延伸，一切歷史，即爲敘事文本。故以敘事學觀念、方法審視漢譯佛典文學，似乎不應局限於以往所謂代表佛典文學之幾部經論。

文學研究，各有謀篇結構，不必千篇一律。以西方理論爲視點衡察東方文學實踐，爲學術研究之一法。西人視閾，廣袤無垠，不偏一隅，啟迪思路，確實解決諸多問題。華夏治學，精於攷據，疏於論議，致使學科壁壘，畫地爲牢，難以逾越。而能通達者，實屬鳳毛麟角。晴慧出道不久，力求打通中國文學與印度佛教，兼及西方現代方法論，融通三者，以之立意，雖非臻於“化境”，然勇氣十足，高論迭出，頗顯學術強勁厚力，值得拍手讚許。衷心期待晴慧繼續拓展視野，將更多佛典作品納於學術探討之中，提出新見，以饗讀者。

爲序止筆，爰拈一偈：

晴颸拂靈，慧水滋境，學業圓通，佛緣殊勝。

甲午臘月序於中國俗文化研究所

四川大學·成都·四川

叁

《地獄觀念與中古文學》[1]序

地獄（naraka; niraya），是諸多人爲宗教（artificial religions）共有的特徵之一。目前被公認爲人爲宗教中最早的袄教（Zoroastrianism; 古伊朗語：Zarathustraism）就有了地獄觀念。同時或稍後的古代印度婆羅門教（Brahmanism）不僅有地獄觀念，還創立了輪迴（saṃsāra）學説。佛教創立後，吸收了婆羅門教的地獄和輪迴觀念，提出了“六道（趣）”（ṣaḍ-gati）[2]學説，并認爲“六道”是可以輪迴的，而輪迴的前提是由“業”（karman）決定的，而“業”的道德的價值判斷則是由“識”（vijñāna）來催生的。“識”既有“種子”（bīja）之義，又具有分析、判斷的能力，因此，在“六道”輪迴中，“識”則起着

① 陳龍：《地獄觀念與中古文學》，北京：中國社會科學出版社，2016年。

② 六道以低到高依次分爲：1)地獄道（naraka-gati）；2)餓鬼道（preta-gati）；3)畜生道（tiryagyoni-gati）；4)脩羅道（asura-gati）；5)人間道（manuṣya-gati）；6)天道（deva-gati）。

關鍵的作用。六道的輪轉不出“三界”（trayo dhātavaḥ）[1]，但在流轉（pravṛtti）的過程中，最爲低下的一道始終是地獄。這是因爲，地獄是六道中最是苦難、最爲受罪、最遭殘戮的地方。按照宗教學的經驗總結，人爲宗教的一個重要特徵，就是宣揚美麗的天堂和恐怖的地獄，前者是有情的理想和希望，後者是衆生的忌憚和畏懼。這樣的誘惑和恐嚇雙管齊下，使得信仰的力量越來越強大。佛教在這一方面尤甚於其他宗教。它對地獄的描繪種類繁多，起初衹有籠統的地獄，後來有了八層地獄，八層地獄又分出了八熱地獄（uṣṇa-narakā aṣṭau）和八寒地獄（śīta-narakā aṣṭau），再後來又有了十八種地獄。從時間和内容上來説，則分爲十八層[2]地獄。佛教對地獄的描繪不僅僅在於場面，極盡渲染其陰森恐怖的氛圍，還塑造了許多生動的人物形象。譬如，地獄世界的最高統治者閻羅王。閻羅，本名Yama，因其爲鬼世界的始祖、冥界的總司、地獄的主管，故稱爲rāja，漢語音譯+意譯爲閻魔王。根據印度的古代文獻，閻魔王原本是古印度吠陀時代（Veda Age）的夜摩神，是日神（Vivasvat）與娑郎尤（Saraṇyu）的兒子，與其妹閻美（Yamī）爲同時出生的一對神祇，故又稱爲雙王。此外，根據古代波斯祆教經典《阿維斯陀》（*Zend Avestā*）[3]的注，説人類始祖毗槃

① 《法華經·譬喻品》：“三界無安，猶如火宅；衆苦充滿，甚可怖畏。”（《大正藏》第9册，第14頁下）又《法華經·城喻品》：“能於三界獄，勉出諸衆生。”（《大正藏》第9册，第24頁下）

② 此處的“層”不是指空間上的，而是指時間和内容上的。

③ 阿維斯陀：古波斯語Avestā，巴列維語Avistāk，原意爲“堅實的根基”、“中流砥柱”。

訶槃特（Vīvanhvant）做豪麻酒[1]爲祭品（mazyad; zaothra）以祈神。天神因此而賜子，名爲伊摩（Yima），即夜摩。在最早的《梨俱吠陀》（Ṛg-veda）中，載有對夜摩神的讚歌。說夜摩與其妹閻美對話，閻美稱夜摩是“唯一應死者”（eka–martya）。而夜摩正欲自願捨其身而入冥界，爲衆生發現、開拓冥界之路，成爲人類最初的死者，因而被稱爲死者之王。之後其妹閻美也入冥界，與兄分司女、男鬼魅。大史詩《摩訶婆羅多》（*Mahābhārata*），則詳細描繪了夜摩恐怖的相貌和穿着。他頭戴王冠，身着血紅色衣服，騎水牛，一手持棍棒，一手執繩索，顯然是索要人命的主兒。其神格具有雙面性：其一，爲死神，即率衆使者奪殺人性命，故稱“死”（maraṇa）爲往夜摩宮，稱“殺”（vadha）爲送夜摩宮；其二，爲死王（Preta-rāja）或法王（Dharma-rāja），住於南方地下，是祖先世界（Pitṛ-loka）的支配者。佛教創立後，閻魔被引入其中，分治了兩個不同境界：其一，爲欲界（kāma–dhātu–deva）六天之第三天夜摩天（Yāma–deva）；其二，爲地獄的主宰者，人類行爲的審判者。但是，隨着地獄影響的日益擴大，閻魔作爲天的影響力漸趨下降，而地獄裏的魔王地位和作用卻日益凸顯。這樣，佛教對地獄的描繪，就更加不惜筆墨，注入更多的感情色彩。這使得地獄的恐怖環境和閻羅王的兇狠形象更加深入人心。

---

① 豪麻：古波斯語haumā，梵語somā，漢語音譯蘇摩或蘇幕。一種蔓草，摘其莖於石臼中榨之，取其汁液，加牛乳、麥粉等發酵，釀酒，稱爲豪麻酒（parahaumā)。對人的神經系統有刺激和麻醉作用。一般認爲豪麻爲大黄屬植物或菌類植物，也有認爲是野芸香的。

地獄的觀念及一整套說法隨着佛典漢譯在中古[①]時期進入了漢語文化圈，對本土傳統思想文化產生了難以估量的影響。其實，在佛教入華之前，漢語文化早就有了地獄的意識，但不叫地獄，而是稱其爲黄泉或九泉[②]。秦漢以前的黄泉鬼魂世界，一盤散沙，缺少一位主管。東漢時期，漢語文化圈裏出現了人死以後魂歸泰山的說法。魏晉年間，受到佛教地獄觀念和閻羅王的影響和啟發，本土也爲黄泉的鬼魂世界配上了主管或統治者，專門治理鬼魂，被稱爲泰山府君。如此一來，佛教地獄的說法和本土漢語中的巫鬼文化相結合，大量充斥於兩晉南北朝的筆記文學之中。唐以後，華夏又出現了地獄"十王"[③]，使得地獄空間越來越大，閻王爺由1而增加至10。由此，地獄文化越來越本土道教化了。

佛教地獄的宣揚者們對於書本文字上的大肆描繪還嫌不夠，他們還用說唱的形式向大眾繪聲繪色地表演地獄的情景[④]，後逐漸衍變爲變文、講唱以及劇本等文學形式，其中，大目犍連（Mahāmaudgalyāyana）救母的地獄文學主題和題材，是爲代

---

① 此處的"中古"，是指公元第一個千年，對應的是東漢魏晉南北朝隋唐五代時期。

② 漢語的"陰曹"、"陰間"、"地府"等說法，則晚至唐以後纔出現。

③ 十王，又稱十殿閻王，指在地獄中裁定死亡之人罪業輕重的十位判官，即奉廣王、初（楚）江王、宋帝王、五官王、閻羅王、變成王、太山王、平等王、都市王、五道轉輪王十人。

④〔南朝梁〕慧皎《高僧傳》卷十三《唱導論》："爾時，導師則擎爐慷慨，含吐抑揚，辯出不窮，言應無盡。談無常，則令心形戰慄；語地獄，則使怖淚交零。徵昔因，則如見往業；核當果，則已示來報。"（北京：中華書局，1992年，第521頁）

表，深受百姓喜愛。同時，他們把地獄的主題和內容以相、圖、繪的視覺造型藝術手法和形式展示，出現了地獄變相、地獄圖、地獄繪等。絲綢之路沿線的寺廟、石窟牆壁上多有創繪。據唐張彥遠《歷代名畫記》所記，張孝師、陳靜眼、盧稜伽、劉阿祖等人皆於各大寺院的牆壁上繪畫地獄圖。其中，張孝師、吳道子等畫師，是地獄變相的高手，尤以吳道子最爲著名。他於唐開元二十四年（736），在景公寺的牆壁上繪出地獄圖相時，令京都觀者皆驚懼而不食肉，西、東兩都的屠夫皆爲此而轉行。

地獄佛典文學以其特有的內容和方式強烈地滲透到了中國本土民衆的內心深處，成爲中國大衆文化的一個重要組成部分，尤其是民間信仰，更是與此關係甚密。如此具有影響力的佛教內容和獨特的文學藝術形式，是中國佛教史、文學史、大衆文化史不可或缺或回避的東西。可是長期以來，這一課題卻少有問津者，不能不說是一大遺憾。因此，我一直想坐下來探討這個選題，但總是沒有時間專門去做。我早期招的碩士生女生居多，若讓女生研究地獄，實在擔心其膽怯。後來招了一位男生，我與其討論是否可以作魏晉南北朝筆記文學中的地獄研究，他同意了。但論文卻遲遲交不上來，臨近畢業我纔看到了初稿，地獄部分的寫作衹是輕描淡寫，顯然是沒有深入進去。我很快明白是怎麽一回事了。研究地獄文學，一定要性格堅強、渾身是膽，否則，在夜深人靜的時候，尤其夜風嗖嗖、窗簾飄動的情況下，閱讀地獄文學經典，頭皮都會發麻，頭髮都會豎直。所以，我一直期待有一位"渾身是膽雄赳赳"的男學生出現。幾年過後，在我等待之際，陳龍來了，他是從新疆來攷我的博士生的。我們見面之時，他給我的印象是，雖然不是高大魁梧、健壯有力，卻一臉憨厚，有着幾分沉穩。第一學期期中時，我徵求他意見，是否願意研究佛教地獄觀念與中古文學的問題，他沒有立即回答。一個月後，他同意了，表現出了堅定的信心和濃郁的興趣。陳龍在隨我學習佛教文學前，曾赴青島大學從劉懷榮教授學習唐代文學，又遠赴新疆師範大學，從朱玉麒[①]教授攻讀唐代文學碩士學位，同時又隨欒叡教授攻讀宗教學碩士學位，畢業時獲得了文學、哲學雙碩士學位。這樣，他就有了文學和宗教學雙重的學術訓練，奠定了厚實的基本功。我相信，他能很好地完成這一任務。然而，眞正深入地獄佛典裏，卻又需要多麼大的勇氣和定力。陳龍沒有向我訴苦，但他告訴我，他的頭髮掉了許多。我能感覺到他内心的承受力需要多麼強大。我插隊的時候，有一次務工半夜回家，爲走捷徑，我一人誤入了遠離村子的一大塊墓地。雖然我是無神論者，但夜風習習，磷火閃閃，高一腳低一腳，着實讓我緊張了一番。等到走出墓地，我的後背已是濕透，緊攥鐵鍬把的雙手竟然麻木得不能動彈。從那一時刻起，我對鬼魅、靈魂的世界和自我的心理承受有了感性的體驗。所以，鬼魂世界的文化，的確需要我們從學理上進行研究和詮釋。

幾年下來，陳龍陸陸續續提交了他的博士論文的一些章節。從内容上看，他是深入進去了，而且有了諸多的創獲。最後，博士論文外審及答辯均順利通過，并獲得好評。

---

① 朱玉麒，現任北京大學歷史系教授。

前不久，當我還在德國萊比錫大學東亞研究所客座時，陳龍發來email，說他的《地獄觀念與中古文學》一書即將付梓，囑我爲序。作爲他的導師，我當然非常高興。我拜讀了他在博士論文基礎上脩訂的大著，着實爲之一振。他的論著系統地闡發了地獄觀念與中古文學的互動關係，涉及佛教人生觀、果報觀以及佛教倫理、儀軌的問題。重點討論了佛教地獄觀念與中古小說、地獄觀念與詩歌創作（包括精英詩歌和白話詩歌）兩個方面的問題。前者認爲地獄觀念的傳播，突破了本土慣有的歷史敘事傳統，促成了小說虛構（fiction）意識的形成，提高了本土的敘事能力，拓展了小說敘事的空間維度，使得小說的敘事篇幅大幅度擴容。後者以佛教詩人王梵志、寒山、拾得、龐居士等白話詩派爲中心，揭示其詩歌作品中的地獄觀念在創作過程中的作用和影響。尤爲可貴的是，他發現了精英文人韓愈的詩歌作品中有大量的地獄觀念和描繪，有力地證明了韓愈對佛教典籍的熟稔，其反佛的目的不過是從國家政治功利的角度出發，而并不排斥佛教的義理。更爲值得稱道的是，論著的第二部分是《中古地獄類文學作品輯斠》，輯錄了中古時期有關地獄類的文學作品，并做了諸多的甄別、斠訂、注釋，爲研究中古佛教文學提供了比較可信的材料。從其論著來看，論和斠的兩個方面，都顯示了作者的學術實力。這是令我十分欣慰的事情。

2016年7月上旬謹識於

OSTASIEN-Institut der Universität Leipzig

Deutschland

肆

《張衡詩文研究》[①]序

歷史是人民群眾創造的，這是歷史的基本事實。但是，在歷史的進程中，知識精英（Intellectual Elite）對歷史建構的作用是巨大的。敘述歷史，解釋歷史，必然要對歷史上的知識精英做深入的瞭解。以各時代的知識精英爲基點，縱橫串聯，編織一個歷史網絡，是多少年來人們慣用的一種歷史敘述法。這樣的歷史敘述雖然有它相當大的局限性[②]，但是，它可以在現有的文獻基礎上，對知識精英進行一個比較確定的讀解和描述。事實上，文獻（包括攷古文物）的歷史，基本上是一部上層社會的歷史。而能準確地把文獻記載的知識精英的歷史樣態還原，就已經是很了不起的事情了。意大利歷史哲學家克羅齊說過，“談什麼沒有憑據的歷史就如確認一件事物缺乏得以存

① 王渭清:《張衡詩文研究》，北京：中國社會科學出版社，2010年。

② 譬如，對大眾（the Masses）的社會生活和歷史作用幾乎忽略不計。不過，這也是由於人民大眾的社會生活和歷史作用幾乎不被文獻記錄的原因造成的。因爲歷史的話語權（discourse power）總是掌握在知識精英的手中。

在的主要條件而又談論其存在一樣，都是瞎說。一種與憑據沒有關係的歷史是一種不能證實的歷史”[①]。然而，就是有憑據的歷史，也還存在着如何挖掘、甄别、勘定、比對、讀解、評價這些“憑據”的問題。以古代中國爲例，就存在着浩如煙海的“憑證”。如何識別、認知“憑據”，就是一個相當複雜的問題。譬如，在一個世紀來的中國哲學史、思想史的研究當中，比較普遍地存在着這樣一種預設現象：唯物主義和唯心主義的對立、無神論和宗教信仰的對立、科學與神秘主義的對立等等。其結論自然是：唯物主義的、無神論的、科學的，是進步的，是思想的精華；而唯心主義的、宗教信仰的、神秘主義的，則是落後的，是思想的糟粕。儘管時下的許多論著幾乎不再用唯物主義和唯心主義、辯證法和形而上學等術語，但是這樣一種二元對立的思維卻長期地潛存於學者們的深層思維之中，由此往往把一些立體的、多面的、深層的問題單一化、絕對化、表象化。其實，如果我們能從文獻出發，還原到歷史的境遇當中，就會發現，古人哪裏明確知道什麼是唯物主義和唯心主義、無神論和宗教信仰、科學和神秘法術，更談不上知道二者的截然對立。譬如，古代中國的“天”，意指什麼？“鬼神”，又是指什麼？它們與宗教信仰是一種怎樣的關係？如果從今天的儒學家立場出發，把“天”釋爲“自然”，“鬼神”釋爲祖先，其結論顯然

---

① 〔意〕貝奈戴托·克羅齊（Benedetto Croce）:《歷史學的理論和實際》（漢文本），〔英〕道格拉斯·安斯利（Douglas Ainisilie）英譯，傅任敢譯，北京：商務印書館，2005年，第4頁。

與宗教信仰無關了。可是，古人是“畏天敬神”[①]、“敬天法祖，無二道也”[②]，即把“天”、“鬼神”放置到了崇拜、信仰的程度，那是不是還與宗教無關了呢？中古時期的歷史學家在敘述歷史朝代更迭時，往往以“天命”或“天意”釋之[③]，這是否也與宗教信仰或神秘主義無關呢？更有意思的是，在中國思想史和哲學史研究當中，有過一段“儒”是“學”還是“教”的激烈爭論，此處姑且不論是非。但是，有一個巨大的疑問是，儒家有無宗教的觀念（idea）、思想（thought）？譬如，孔子有無宗教觀念、思想，孟子有無宗教觀念、思想，董仲舒有無宗教觀念、思想，朱熹有無宗教觀念、思想……如果這些大儒有宗教觀念和思想，那麼，儒學該怎樣定位呢？落實到單個人的時候，同樣也出現了問題，即一位重要的歷史人物，其思想是否就是單一的呢？這需要在對有關記錄他的全部文獻進行認眞梳理、讀解之後，纔能下結論。譬如，盛唐時期的著名僧人一行（hèng，673~727）就是一位集無神論與宗教、科學與神秘於一身的人物。一行是一位有着堅定宗教信仰的佛教僧人。他從善無畏（Śubhakara siṃha）學胎藏界（garbhakośa dhātu）密法，從金剛智（Vajrabodhi）學金剛界（vajra dhātu）密法，并將二者完美地融會貫通，成爲密宗一代高僧。眾所周知，在中國佛

---

① 〔北齊〕魏收等：《魏書》卷一一二《靈徵志》，北京：中華書局，1974年，第2893頁。

② 〔清〕秦蕙田：《五禮通攷》卷二十《吉禮》，景印文淵閣《四庫全書》第427册，上海：上海古籍出版社，1987年，第707頁。

③ 普慧：《南北朝正史家的“天命”信仰》，《東南大學學報》（哲學社會科學版）2009年第2期。

教各宗派中，密宗是最具神秘法術的，它不僅相信“心法”的能動和法術儀軌的作用，更相信陀羅尼（dhāraṇī，咒語）的神秘力量。一行對此是堅信不疑的。這從他著的《大日經疏》中即可看出。然而，當他面對天文、曆法的觀測、計算時，特別是子午線的測定演算時，他卻抛開了神秘法術的那一套，以嚴謹、務實的科學態度進行實地觀測和數據分析核算，終於計算出了地球子午線一度的長度。這說明，一個有着宗教信仰、崇尚神秘法術的人，同時也可以有科學務實的態度和方法。這就打破了世界觀——認識論（什麽樣的世界觀就决定什麽樣的認識論或什麽樣的認識論就决定什麽樣的世界觀）的單維化、一元化的固見。其實，這種情況在歐洲更加普遍：從11世紀起，歐洲大多數的科學實驗室是在基督宗教（Christianity）的修道院裏建立的；而在17~18世紀的啟蒙運動中，眞正抛開了上帝存在信仰的科學家、思想家寥若晨星，“反過來，大多數人信守被稱爲‘自然神論’的宗教觀，認定上帝是存在的”[①]。這同樣說明，在科學家和思想家的精神世界裏，科學與宗教并不是水火不容的。所以，歷史的還原是歷史敘述的基本前提，而歷史還原的基本前提則是對文獻的全面梳理和文本的細讀、精研。尤其是專人研究，更應攷慮到這個前提的前提，即做到對材料的竭澤而漁和文本的透徹理解。

王渭清博士的學位論文以張衡的詩文爲研究對象，屬於

① 〔美〕菲利普·李拉爾夫、羅伯特·E. 勒納、斯坦迪什·米查姆、愛德華·伯恩斯:《世界文明史》(下卷，漢文本)，趙豐等譯，北京：商務印書館，2006年，第124頁。

專人著述的研究了。由於張衡（78~139）是東漢時期一位極爲重要的人物，特別是他多方面的成就，奠定了他在中國歷史上的突出地位，因而研究他的論著并不算少。就我的孤陋寡聞，在我的印象當中，有關張衡的研究，更多是介紹他的科技成就。在思想史的領域，也因爲張衡的科技成就，有人便把張衡當做無神論者，這似乎是一種先驗觀念（the concept of transcendentalism）在起作用。究其根源，自然是因爲科學與宗教是尖銳對立的。在他們看來，一個從事天文學和地理學這樣科學技術研究的人，怎麼可能會有宗教神學的觀念呢？於是，他們以張衡曾激烈批判過王莽以來的讖緯神學（divination theology）的言論爲據，便認定張衡是無神論者。但是，事實果眞如此嗎？如果我們對宗教神學（religious theology）有個全面理解的話，就會發現讖緯神學僅僅是整個龐大的宗教神學體系中的一小塊；而如果能對張衡的全部作品做認眞讀解的話，那麼，我們就會發現張衡雖然反對讖緯神學，但他并不是一個徹底的無神論者。在他的精神世界裏，無神論和宗教、科學和神秘法術是交織於一起的。由此而延伸思之，中國歷史上到底有沒有徹底的唯物主義者和無神論者？科學與宗教是否涇渭分明？王渭清的學位論文雖然是以文學研究的角度切入張衡的思想世界，但其涉及的問題遠遠超出了文學範疇，其學術價值和意義也就非同於一般的文學研究了。韋勒克、沃倫就曾說過：“通常人們把文學看作是一種哲學的形式，一種包裹在形式中的‘思想’”[①]；“文學可以看作思想史和哲學史的一種紀錄，因爲文學史與人類的理智史是平行的，并反映了‘理智史’”[②]；“對於表達哲學史和一般思想史中某種知識的詩文所做的評注，其價值無論怎樣估計都不會過分”[③]。還需注意的是，王渭清對張衡詩文的研究，始終貫徹了兩個宗旨：一、回歸文本；二、知人論世。所謂前者，按我的理解，實即孟子的“以意逆志”（《孟子·萬章上》）[④]；而後者亦出自孟子（《孟子·萬章下》）[⑤]。我以爲，此二者不僅是人文研究的方法論，也是人文研究的本體論。目睹時下的人文論著，“知人論世”者多，“以意逆志”者少。其因自然是“以意逆志”需要對文本做逐字逐句的細讀、精研，時下何人肯花這樣的笨功夫。相比之下，王渭清博士的論文在“以意逆志”上下了相當大的功夫，其精神顯得頗爲可貴。王渭清的碩士論文就寫的是張衡研究，博士論文繼續升發。她花了6年的時間，細緻入微地研讀張衡的作品，其體會和心得之深可能超出了一般學者走馬觀花式的理解，故而持論更加公允、客觀。

王渭清博士的學位論文幾經脩改後即將出版，我爲她的進步感到由衷的高興。可是當她打電話給我，囑我爲她寫序的時

① 〔美〕韋勒克（Rene Wellek）、沃倫（Austin Warren）：《文學理論》（漢文本），劉象愚、邢培明、陳聖生、李哲明譯，北京：商務印書館，1984年，第113頁。

② 同上，第114頁。

③ 同上，第115頁。

④ 〔南宋〕朱熹：《四書章句集注》，北京：中華書局，1983年，第306頁。

⑤ 同上，第324頁。

候，我着實有些惶恐和犯難。她雖曾隨我攻讀碩士學位，但畢業後即孜入著名學者霍松林先生的門下，師從霍先生攻讀博士學位，是霍門高足之一。但是，她執意相邀，我也就祇好勉爲其難了。而以我的資歷和學養，絕不敢妄稱爲王渭清博士的大著寫序，我祇是藉此機會，談一下我個人的一些學術思孜罷了。

庚寅年癸未月丙子日於

西安·西南城角·昧軒

伍

《河東裴氏家族文學研究》[1]序

近20年來的人文學科領域，以家族爲研究對象幾乎成爲一熱門性學術課題，研究成果不斷湧現，尤以古代家族爲研究對象者，往往佔據主流。不管在任何歷史時期，經濟活動、宗教信仰、倫理教育、文學審美，皆構成家族活動之主要方面。漢族古代家族，此特徵尤爲突出。宗法制之古代中國，以血統關係爲基礎而凝結成之家族，構成全社會每一基本單位[2]。家庭與家族之間，區別甚是模糊。四世同堂甚或五世同堂之大家庭，已遠遠衝破家庭概念之局限而具有家族意義。而數代同一血緣相傳不息，卻流散於各地者，又衝破家族觀念之局限而富有社會意義。是故，研究古代中國之家族，在一定程度上，能夠透視家庭、家族、社會之衍變。比蓋治史者尤重此閾之因矣。

① 郜三親：《魏晉南北朝時期的河東裴氏與文學》，西安：西北大學出版社，2011年。

② 一般而言，家庭爲社會最基本之單位，然於古代中國，單一家庭往往融入家族之中而無獨立地位，四世同堂甚至五世同堂者不在少數。

古代中國家族活動，留諸材料供後世研究者，其先自當爲貴族。貴族家資殷厚，掌握政治、文化話語權力，所謂“學在王官”。春秋始，士階層興起，學術、知識下移，話語權力出現多元化，形成士風日熾局面，士族見於載籍者日衆。士族來源或有兩個層面：其一爲個體家族；其二爲群體階層。此二者促成“士族”之特徵。就群體而言，士族爲全社會之一特殊階層，其個體出身不以貧富、貴賤而論，惟以知識、學問而别。就個體而言，每一士人家族亦形成特定傳統：不以物質資産爲譽，惟以知識傳承爲榮。陳寅恪嘗謂：“所謂士族者，其初并不專用其先代之高官厚祿爲其唯一之表徵，而實以家學及禮法等標異於其他諸姓。……士族之特點既在其門風之優美，不同於凡庶，而優美之門風實基於學業之因襲。”[1] 由此，士人者，惟以實現個體理想價值而爲最高目標。而此目標幾無最高政治權力之訴求。後漢末，官學制度式微甚或廢止，知識傳承移於民間與家族。民間者依舊以私塾爲基本形式，或以某一個體出資辦學，或就讀者以學費養學。家族者，隨世變遷，即分二族：或世族，或庶族。世族者，壟斷資産，專權政治，形成世襲傳統。學術文化傳承，亦成其家族内在遺傳之表徵，故有家學門風之各異。又兼南北地域、風氣之不同，遂使家學門風差異愈加顯著。庶族者，家資貧潰，難以學術文化傳承爲務，雖不乏個别佼佼者，卻終不能形成家族風尚。故陳寅恪謂：“蓋自漢代

① 陳寅恪：《唐代政治史述論稿》，上海：上海古籍出版社，1997年，第69~71頁。

學校制度廢弛，博士傳授之風氣止息以後，學術中心移於家族，而家族複限於地域，故魏、晉、南北朝之學術、宗教皆與家族、地域兩點不可分離。”[①] 宋以後，世庶兩族對立消歇，私立書院興起，學術知識傳承隨之發揚光大。各地書院林立，學生南北邀集，地域、學風之差異，雖有留存，然其截然不同者，已日漸消弭。家族之風氣往往不依賴於地域環境影響而獨成一體，顯現於學林、文壇。

縱觀歷代家族興衰史，唯魏晉南北朝時期家族最具特色。世家大族林立，雖歷宮廷政變、社會動亂、民族衝突、軍閥混戰等重重磨難而依舊興旺發達。如琅琊王氏、陳郡謝氏、吳郡沈氏、河東裴氏、渤海石氏、滎陽鄭氏、潁川荀氏、中山劉氏、清河崔氏、范陽盧氏等。此時期，世族不僅擁有經濟基礎，又往往佔據上層建築。其強盛者，壟斷士路，掌控朝政。而其文才出眾者，又往往主導文壇，或形成重要流派，或導引文化走勢。其中，河東裴氏一門，發端於春秋，初興於東漢，昌盛於兩晉，顯赫於隋唐，歷數百年而不衰。此種狀況，歷代堪比肩者無幾。故理應值得專門研究。

郜三親君嘗從余習魏晉南北朝文學，因其河東人，故囑之以河東裴氏一門爲研究對象。三年下來，郜君撰出《魏晉南北朝時期的河東裴氏與文學》碩士論文。越年又攻讀博士學位，繼續專注於裴氏家族文學研究。是書即爲其碩士論文昇級版。

---

① 陳寅恪:《隋唐制度淵源略論稿》，上海：上海古籍出版社，1982年，第17頁。

家族文學研究非余所長，衹是偶有一覽，不過皮毛而已，尚未入裏，故難以精心指導。所幸者，郃君勤奮鑽研，心無他務，披星戴月，熟覽文獻，又實地調查，攫取一手資料，立論有的放矢，論述有據可尋，諸多方面也有不少創新。其論著，或可謂之家族文學研究園地之一朵山丹丹。

郃君與余師生之誼深厚。其著付梓，囑余爲序，實難辭請，草成數語，言不逮意。惟祈方家，惠覽鈞鑒，批評教誨，以擢後學。

辛卯年壬辰月序於

Saint Bonaventure University

Olian, New York State, USA

陸

《漢代畫像石審美研究》[1]序

王娟的博士論文即將由文物出版社出版，作爲她的導師，我感到由衷的高興。王娟囑我爲之寫序，不管怎麼說，我都難以推辭，也不能推辭，故在此談一下論著的形成過程和我對王娟的瞭解。

王娟的大著寫的是漢代陝北、晉西北畫像石的審美研究。漢畫像石是漢代埋藏於地下墓室、墓地祠堂、墓闕、廟闕等四壁、門扉的裝飾品，屬於喪葬禮制性質的建築材料。因其圖像古樸、精美，又被稱爲畫像石藝術。漢畫像石的研究，在中國美術史和中國攷古史上幾乎是一門顯學，研究論著汗牛充棟，層出不窮。然而，漢畫像石的藝術魅力并非美術學和攷古學所能窮盡。對於漢畫像石，攷古學關注的是其在墓葬中的作用，即它和墓主的關係以及所反映出的歷史時期、典章制度、社會關係、風土人情、神話傳說、宗教信仰等問題；而美術學則關

① 王娟:《漢代畫像石審美研究》，北京：文物出版社，2013年。

注的是其圖像的構成，即内容、題材、線條、色彩、畫面、比例、雕刻工藝等問題。然而，漢畫像石不僅反映和表現了玫古學和美術學關注的諸多問題和現象，還顯示出其時人們的某些審美意識、審美觀念、審美情感、審美理想、審美趣味和終極目標。譬如説，畫像石上的雲紋，是否具有象徵“天”的意義；其構圖何以以對稱爲基本模式；畫面繁複重疊是否意味着某種崇高之美；等等。諸如此類問題，玫古學和美術學似乎是解決不了的，必須依賴審美文化學的理論和視閾，方能予以闡釋。

審美文化學，在我看來，不是偏正結構，而是複合結構，即是審美學與文化學的結合。一般而言，審美學是一種基於生活又高於生活、富含一定哲思的普遍美學。生活中的事物和現象，皆能喚起或引發人們的美感實踐。如，漢畫像石中的精品之作西王母畫像，就充滿了人們祈求長生不死、飛昇成僊的美好願望，表現出一種崇高、壯美的品格。墓主家屬將仙人西王母的故事圖像化，并將其置設於墓主身邊的環境，希冀墓主免墮地獄而飛昇天界。這種審美理想和終極目標不僅是死者的生的延續，更是活着的人主體心理的永恒追求。再如，陝北、晉西北墓葬中的畫像石，有不少描繪的是各種動物圖案，特别是鹿、羊、犬等。這在相當大的程度上是現實生活的一種藝術反映。因爲陝北、晉西北在漢代時，是牧業區與農業區的結合部，草木繁盛，動物繁多。在審美學的諸多理論中，就有“美是生活”的說法[①]，不管是自然的還是人爲的，都把生活看作美的基礎和美的實踐。而文化學則是研究和闡釋文化現象和文化問題的學問。每一環境中生存着的人們都形成了自我的特定文化。不同環境、不同族群，可能出現多樣文化的局面。一種藝術，也是一種文化現象。它體現着該文化的某些特徵。這種文化特徵，從歷時性和共時性看，都是有別於他者的質素。研究文化現象和問題，就不能單一地運用一門學科的知識和方法，而是要盡可能地運用多學科的知識結構，譬如歷史學、宗教學、社會學、藝術學、經濟學、民族學、技術學、審美學等等，纔能予以有效的闡釋。因爲審美文化是指人類審美活動的物化產品、觀念體系和行爲方式的總和，不僅包括各種藝術作品，也包括具有審美屬性的其他人工產品（如服飾、日用工藝品等）和經過人力加工的自然景觀，以及傳播和保存這些審美化產品的社會設施、審美意識與人的審美行爲方式[②]。因此，審美文化學就是一門綜合性的、多重知識結構的學科。而將審美文化學運用於攷察中國歷史，即可建立起中國審美文化史的學科方向。

基於以上的認識，西北大學中國語言文學學科在歷史學科的幫助之下，在歷史學一級學科博士點下自主設置了“中國審美文化史”的二級學科博士點，旨在以審美文化的理論和視角對中國歷史上有關審美文化的諸多問題和現象做一梳理和研究，

① 參見〔俄〕車爾尼雪夫斯基:《藝術與現實的審美關係》，北京：人民文學出版社，1979年。

② 參見葉朗主編:《現代美學體系》，北京：北京大學出版社，1988年，第259頁。

攷察和揭示中華民族審美意識、審美理想和終極目標在文化進程中的反映和作用。儘管我們設置該專業的初期對中國審美文化史的專業定位、範圍、對象、性質、特徵以及内外結構等并不十分明晰，但是我想，從文化學的角度攷察歷史上的實物藝術的審美，大概是不會有偏失的。因此，在我帶的幾屆博士生中，大都給了他們與實物藝術審美研究有關的題目。譬如，漢代畫像石審美研究之外，有做漢代兩京瓦當審美研究的，有做西周青銅禮器審美研究的，有做隋唐來華粟特人墓葬審美研究的，還有做絲路石窟壁畫淨土經變審美研究的。這些與實物藝術有關的審美攷察，似乎比純粹的審美觀念體系的攷察要更結合實際一些，更有可操作性，也更有趣味。而此前的實物藝術研究，極少有從審美文化的維度着眼的。因此，該博士論文首先從方法論上就有了創新意義。

我對古代中國的實物藝術關注甚早。還是在陝北上大學時，我就很喜歡漢代的畫像石和瓦當，想對它進行攷察。可是後來因爲四處求學，我的學習和研究興趣從文藝理論批評轉向了佛教文化和中外文化交流史。而那些曾讓我心動的古拙、精美的陝北畫像石藝術卻并未隨着時間的流逝而讓我忘卻。因此，當我招收第一屆中國審美文化史的博士生時，我就把博士論文的題目一一擬定好了。

然而，當王娟以優異的成績攷上我的博士生時，我卻猶豫了。一個女生整天要面對的是從墓葬中出土的畫像石，是否有些害怕。特別是當夜深人靜的時候，這些畫像石圖像、拓片要在牀頭陪伴她進入夢境，是否有些恐怖。還好，王娟是個性格開朗的女生。當我和她談到這個題目時，她爽快地答應了，并且很快地投入其中，以致興趣盎然。她不僅紙上談兵，還北上陝北榆林、綏德與山西離石，南下河南南陽，東赴山東青州、臨沂等地，深入攷古現場工地以及博物館、藝術館等攷察，其論文中的許多圖片都是源自她的現場拍攝。王娟家世有收藏文物的傳統，她對文物有敏鋭的感悟，加之她又是陝西師範大學中國語言文學基地班出身，在審美理論和文字表達上有很堅實的基礎和功夫。三年下來，她的博士論文做得中規中矩，卻又不乏諸多創新，受到了匿名評審專家及答辯委員會的一致好評。

總括起來，我以爲王娟的論文在創新點方面是値得肯定的。兹僅舉幾例：

一、論文不僅關注審美問題，還從發生學角度攷察原因。譬如，關於漢代陝北、晉西北地區畫像石墓發生位移的原因問題。此前學者們多認爲，畫像石墓在陝北和晉西北兩地發生區域性位移是由於郡治遷移引起的。經過王娟的梳理和攷證，她認爲民衆的財富積累和相對穩定的社會生活環境纔是本質原因。

二、論文突出個案分析。譬如，陝北、晉西北地區墓葬中的“牛首西王母”形象原因問題。葉舒憲先生曾經分析這是原本陪侍在西王母身邊的牛首、雞首人通過陰陽二元對應模式置换的結果。而王娟則認爲“牛首西王母”形象的形成或許與北方薩滿教的影響相關。再如，陝北綏德“延家岔守墓神祇”的解釋問題。此前攷古學界給出了這樣那樣的成因，但王娟則從審美角度攷察，認爲該守墓神祇形象的成因極爲複雜，其審美情感的表達或與佛教相關。另如，“復活”觀念的認識問題。旅美著名華裔學者巫鴻認爲左行和右行的“車馬行列象徵了死後旅程的兩個階段，第一個階段起自祖廟而止於墓葬，第二個階段起自墓葬，然後被期望着離開墓葬而抵達天堂”。而王娟則找到了一處有别於該觀點的墓葬，即離石吳執墓，拓展了漢人“復活”觀念的範圍。

三、論文在突出個案分析的基礎上，又注重宏觀研究，特别是將畫像石與宗教信仰結合起來，得出了一些頗有見地的觀點。如，臺灣學者俞美霞認爲畫像石是早期道教墓葬思想的反映。觀點顯然偏狹和單一。王娟則從多個角度對她的觀點進行了商榷，并對陝北、晉西北畫像石是否受到道教的影響做了多方位的討論，較之俞美霞的認識更爲全面、公允。

如上等等。我以爲，一篇博士論文需要有挑戰權威的勇氣。王娟的論文儘管在某些方面的論證上還顯得稚嫩了些、粗疏了些，但其不隨波逐流，不人云亦云，有發掘，有探討，有創見，則是極爲可貴的。相較於時下諸多博士論文寫得四平八穩來說，王娟的這種敢於挑戰的勇氣是頗值得提倡的。

祝願王娟此後能有更大的收穫。

壬辰臘月初三序於

西安・西北大學・新村・昧軒

壬辰臘月二十八改於

Northwest Nazarene University

Nampa, Idaho, USA

柒

《道家哲學與古代文學理論》[1]編後記

高起學先生的遺著《道家哲學與古代文學理論》即將付梓，作爲高先生的學生，我感到由衷的欣慰。該書的出版，可以讓讀者瞭解到一位80高齡的老學者在生命最後的20多年裏，不顧百病纏身，依然堅持不懈、不屈不撓地從事學術研究的無畏精神。

高先生的治學領域和教學專業是文藝理論。他早年在天津的河北師範學院中文系求學，因成績優異，大三時轉入北京師範大學中文系學習，1953年畢業留校，旋即師從著名文藝理論家黄藥眠先生，爲北京師範大學中文系首屆研究生，是黄先生所招的5位研究生中年齡最長的1位。當時跟隨黄先生學習的還有兩位，一位是黄先生的助教鍾子翱，一位是華中師範大學派來進修的孫子威。作爲中華人民共和國建立初期的第一批文藝

① 高起學:《道家哲學與古代文學理論》，北京：中國社會科學出版社，2009年。

理論研究生，高先生他們是幸運的。可是好景不長，當他們正倘佯在蘇聯文藝學體系的春色滿園中的時候，國内的諸多政治運動打亂了他們平靜、自在的讀書生活。1956年畢業時，先生本來是不用分配的，可是當時國家提出支援大西北的號召。先生是晉南人，他的家鄉離西安比太原近許多，所以，他毫不猶豫地響應了祖國號召，來到了十三朝古都的西安，被分配到西安師範學院中文系任教。當時西安的兩所師範學院——西安師範學院和陝西師範學院正需要大量教師，前者是由西北大學師範學院分出，後者則是爲了響應當時西北地方中學教育的急需而新創辦的。北京師範大學、東北師範大學畢業的不少研究生都來到了這兩所學院。20世紀60年代初，西安師範學院與陝西師範學院合併成立陝西師範大學，先生一直生活在那裏，再也沒有離開過。50、60、70年代，陝西師範大學培養的學生基本上是中學師資，所以，教學、編寫教材（特别是函授教材）就成爲老師們的主要任務。先生長期擔任文藝理論教研室主任，幾乎把所有的精力和時間投入到了文藝理論課程的教學和建設方面。從80年代開始，學術研究的春天來臨，先生纔得以從繁重的教學工作中擺脱出來，有了較爲完整的時間從事學術研究。他起先研究的重點是馬列文論，他從多年“馬列文論”課的教學中凝煉出諸多問題，寫成系列論文發表出來，得到了馬列文論研究界同行的好評。80年代中期，先生將研究重點轉向中國古代文學理論。他在查閲了大量古代文學理論史料後，提出了諸多研究計劃，尤其是“道家哲學與古代文學理論”成爲先生重點研究的方嚮。該書的框架就是在那時醞釀而成的。然而，正當先生全身心地投入學術研究之中的時候，1987年暮春，先生突然患腦溢血而半身不遂。經過住院治療，病情大有好轉，但先生的左側腿腳留下了後遺症，走路出現了跛瘸的現象。醫生忠告先生，不能再看書用腦，而應加強身體鍛煉，尤其是多走路。先生謹遵醫囑，每天堅持走路，風雨無阻。於是，在陝西師範大學校園的操場上，留下了一位老人步履蹣跚卻又堅定不屈的身影。幾年下來，先生的身體恢復很快，他開始動手重操舊業。可是沒寫多少，組織上就給他辦理了退休手續，而且，他的身體又出現了新的病症：腦梗、白内障等。他的寫作不得不停止。於是，治療、鍛煉，又成爲先生的主要工作。然而，每當身體有所好轉時，先生就翻看資料，構想理論框架，時斷時續地堅持寫作。10多年過來，他竟然積累了20多萬字的手稿，自己托人列印成冊；花了一些錢，搞了一個内部書號，自行印刷成書，分送幾位好友和學生。當我捧讀他的著作時，内心一陣酸楚，禁不住熱淚湧動。先生一生清貧，全家衹有他一人掙錢，家裹幾乎沒有什麼陳設。粗茶淡飯，孤燈疏影，是先生一生的寫照。一個退休老學者，著作寫成了，竟然自己出錢印刷，眞是讓人感到難過。於是，我建議先生申請陝西師範大學優秀學術出版基金資助，正式出版。不久，我收到了陝西師範大學送給我的資助學術著作出版匿名評審表。我再次認眞細讀先生的大著，深感書中的每一字都凝聚着先生的心血。於是，我寫下了如下的評審意見：

中國古代文學理論是中國文學活動的一種理論形態。

其中，文學理論的範疇又是其整套理論架構的核心和支柱。古代文學理論形成的資源主要來自兩個方面：一是已有的文學創作實踐，即需要有一定批量的文學作品出現，文學思想家和理論家們在總結這些文學創作的經驗和特徵之後，抽繹出一系列的思想、理論、範疇、術語；二是有一定的哲學理論作爲基礎背景，由此奠定其理論思維的方式和抽象思辨的能力等。研究這兩個來源與文學理論的關係，形成了不同的側重點，前者被稱作“文學思想”研究，後者被稱爲“文學理論”研究。《道家哲學與古代文學理論》一書即屬於後者。它以古代文學理論的一系列範疇：自然論、虛靜論、形神論、言意論、意象論、意境論等爲框架，旨在探討其與道家哲學的關係，尋繹其理論內涵的淵源以及發展、衍變、延伸的過程，揭示其在整個文學活動中的理論的價值取向和實踐意義。從整個論著看，這個目的已完全達到。

衆所周知，中國傳統思想文化的三大支柱是儒、釋、道，一切中國前現代社會（pre-modern society）的意識形態皆體現了儒、釋、道的主旨和精髓，文學理論也不例外。自以現代學術方法研究中國古代思想文化的一百多年來，中國哲學史界和中國文學史界的學者們多有從儒、釋、道與中國古代文學理論的關係上着眼，探討其密切關係。然因其跨學科、難度大，以往之論著多有浮光掠影之嫌。特別是道家哲學與文學理論之關係，因其思辨性強、範疇繁複、内含外延易游離等，往往令人望而生畏，不敢深入觸及。該論著從選題上講，難度大，啃了一塊硬骨頭，填補了這一領域長期出現的空白。

該論著的另一特點是，理論思辨嚴密，視野開闊，多角度、多側面審視範疇來源及衍變情況，定其主次，辨其正誤，因而推論公允、客觀。如，對“虛靜說”的探討，儒、釋、道三家都有相同或相近的看法，這就需要對這一範疇使用時的特定環境、狀況以及理論家所屬的思想派别等加以一一辨析。我本人嘗就審美“虛靜說”與五朝的佛教禪智論之關係做過深入探討，引起了學界高度重視。而該論著則以道家哲學的“虛靜”說爲基礎，對老、莊虛靜說之異同加以仔細爬梳、甄别，指出虛靜説“是人們認識世界的一種思維方式，也是一種修養的方式”。這一詮釋，將哲學上虛靜說的内涵揭示了出來，爲下文探究文學理論的“虛靜說”鋪展了道路。在討論文學虛靜說時，則力求解釋其性質、特點和意義。尤爲可貴的是，論著從“意識與潛意識的統一”來挖掘文學“虛靜說”的深刻内涵，發他人之所未發。又如“意象論”，也是文學理論研究中的一大難題。論著梳理道家意象思想淵源，從直覺、體悟、靈感等方面分析文學意象的特徵及其在文學創作中的作用，諸多分析頗爲精到，并富有創見。

一般來說，跨學科研究，容易出現兩張皮的情況，但該論著卻能將道家哲學與文學理論的關係融會貫通，對每一問題的分析，均能糅合二者。由此也充分顯示出作者深厚的學術功力和駕馭能力。

一般理論著作往往強調的是抽象能力和思辨能力，對具體材料的使用往往疏於甄别、攷釋。而該論著則在充分重視理論思維的同時，特别注意搜索材料和對材料的攷訂。使用這些豐贍、翔實、可靠的材料，又增加了該論著的觀點可靠性和理論的堅實性。以材料說話，以思辨求是，則構成了該論著的又一大特色。

該論著也有一些遺憾，如諸多地方，尤其是注釋尚欠現今的學術規範，對當前最新的研究成果關注不夠等。

很快，陝西師範大學學術委員會對匿名外審的幾份意見匯總後，一致通過了對先生論著出版的資助決定。校内外專家學者們的肯定和好評，表現出了對一個風燭殘年、潛心嚮學的老學者的深深敬意。

客觀一點地說，先生不是一個多產的學者，他的著述并不多，但每一篇文章，都包孕着眞知灼見。在他37年（1956年從教~1992年退休）的教學和學術生涯中，絕大部分時間花到了教學活動的過程中。其作風頗有點像30、40年代的一些述而不作的老先生。先生帶出來的本科生很多，從1982年開始招收研究生，因那個年代招生名額極少，先生衹帶過兩屆，共4人。第1屆是屈雅君、張榮翼，第2屆是我和李英才。先生帶研究生有一特點，就是特别重視理論思維的培養，尤其是注重思維空間的拓展和思想觀念的提煉。他喜歡讓研究生發表弘論，自己則像一個學生靜心聆聽。等到研究生講完了，他纔不緊不慢地提出幾點注意事項，供我們參攷。所以，我們在先生跟前，可以無拘無束，暢所欲言。他看我們的文章，重在論題、觀點、邏輯、方法等方面，對字、词、句等語言問題幾乎不管。他說過，語言詞句表達，容易提昇，而發現問題、理論思維、觀點提煉等，是研究生急需加強的。先生的這些諄諄教誨，對我以後的學術研究一直有着深刻的影響。事實證明，先生培養研究生的方法是有效的。

先生爲人極其善良，無論是同事還是學生，他都眞誠相待。在陝西師範大學，他是以爲人著稱的。據說，他幾乎沒有與同事發生過爭執，即使意見不一致，也是討論、協商解決。他對學生，從不批評，即使學生沒有完成作業，他也能耐心等待，直到你自覺慚愧不已。他還從生活上多方關照學生。當時，張榮翼妻子從重慶來校探親，小夫妻沒有地方住，先生在自己狹小的家裏爲他們騰出一間房，讓張榮翼夫婦住。我和李英才上學時，生活拮据，有時竟跑到先生家裏蹭飯吃。先生總是讓師母多做點好吃的，改改我們的嘴饞。可是，他們老兩口平時卻是粗茶淡飯。

看着先生的書稿，回想着先生的恩澤，弟子們惟一的願望就是盡快讓先生的論著出版。先生的親屬裏沒有做學問的，這一任務理所當然地落到了學生的身上。屈雅君是陝西師範大學文學院的教授、博士生導師，本來此事由她出面聯繫最合適。可是，屈雅君不僅是學者，還是一位熱心的政治家和社會活動家，她的參政議政、她建設的婦女博物館成爲陝西省政協工作和陝西師範大學的一大亮點。這些工作把她忙得團團轉。張榮翼是武漢大學文學院的教授、博士生導師，他在外地，也有諸多不方便。李英才是西安市人大常委會秘書長兼城市建設委員會主任，一個行政官員，似乎也不合適。這樣，出版之事自然就由我來出面了。

深深感謝中國社會科學出版社的羅莉女士，當我向她提出出版事宜後，便得到了她爽快的應允。在對書稿的編輯、校對等方面，她做得十分仔細、精到，讓我非常感動。感謝我的兩位博士生李雷東、康莊，他們停下手中博士論文的撰寫，細緻地校對了書稿兩遍，一一核實了所引文句及其出處。

我還要感謝陝西師範大學文學院院長李西建教授、副院長邢向東教授、副院長張新科教授和《陝西師範大學學報》主編張積玉教授，他們爲該書的資助、出版等事宜表現出的熱情支持同樣令人感動。張榮翼師兄雖遠在武漢，卻時時關心着先生論著的出版，在他參與編輯的《長江學術》雜誌，早早預留了評論先生論著的版面。

我還要眞誠感謝陝西師範大學文學院的暢廣元教授、李西建教授、陳越副教授和《人文雜誌》副主編楊立民編審。暢先生、李西建、陳越在高先生於山西萬榮老家去世後，不顧路途遙遠，旅途勞頓，乘車前往弔唁、送葬。楊立民因在外地，特托我轉送上“禮金”，表示他的深切哀悼。楊立民是先生指導的論文研究生。我永遠忘不了屈雅君師姐在先生去世追悼會上代表我們弟子們所致的悼詞。她那深情哀切的語句感天動地，催人淚下，表達了我們對先生的一片緬懷之情。該書的出版則是我們弟子對先生最好的紀念。

2008年12月記於

西安·西南城角·昧軒

捌

《宋金文論與蘇軾接受研究》[1]序

蘇軾是中國文學史上最偉大的作家之一，其爲人、爲文、爲政，皆堪稱最上乘者。蘇軾一生儘管不順，跌宕起伏，輾轉南北，流離失所，親人半程而逝，其情感或繾綣纏綿，或豪放恣肆，然其人生態度不卑不亢、不喜不怒、不慍不火、不驕不躁、不驚不擾，獨立不懼，百折不摧，實爲人所共稱。北宋後期，蘇軾得到了高宗的肯定，被追贈爲“太師”，謚號“文忠”。其爲政、爲文，得到高度讚譽。

蘇軾的文學成就，歷來爲人所稱道。無論是文、賦、詩、詞等文體，境界開闊，開創一代之風氣。蘇軾文學創作的一個顯著特點，就是善於把對人生和社會的感悟融入文學創作之中，通過文學形象、意象、境界提煉出來，給人以無限的尋繹、玩味、體悟。這就是他自己宣導的一種有别於唐人詩的“意理”，

① 張進:《宋金文論與蘇軾接受研究》，北京：中國社會科學出版社，2018年。

所謂“出新意於法度之中，寄妙理於豪放之外”①。而此“意理”，即爲詩歌之理趣，也即他的靈心、妙慧、叡智。

蘇軾的文學理趣，與他熟稔的佛教“空觀”（śūnya-vipaśyanā; śūnyatā）似乎有着密切的關係。佛教的“空觀”是全部佛教哲學的核心，是佛教賴以存在的理論基石。“空”最早可能來源於數學上的“零”，二者在最爲古老的梵語裏是同一個詞ākāśam（आकाशम）。古代印度的數學非常發達，他們很早就發明了“零”。據説，在公元前2000年左右，古印度婆羅門教（Brahmanism）最古老的經典《梨俱吠陀》（*Ṛg-Veda*）②就有“零”（ākāśam）一詞，既表示數字的“空”或“無”，又表示位值制記數法中的“空位”，而且是數域中最基本的一個元素，可以與其他數一起運算，同時還表示正負數的分界點。最初用“空格”來表示，繼而用圓點“・”。大約在9世紀時，出現了圓圈的零“0”，使得印度數學十進位日臻成熟，在世界數學史上創造了奇跡。“空”，在《奧義書》（Upaniṣad）中，得到了進一步的深化，并不斷被賦予哲學意義。他們認爲“空”

① 〔北宋〕蘇軾《書吳道子畫後》，《蘇軾文集》第七十卷，孔凡禮點校，北京：中華書局，1986年，第2210頁。

② 《吠陀》（Veda）是四部《吠陀》的總稱，原意爲知識、光明，包括《梨俱吠陀》（*Ṛg-veda*）、《沙摩吠陀》（*Sāma-veda*）、《夜柔吠陀》（*Yajur-veda*）、《阿闥婆吠陀》（*Atharva-veda*）。《吠陀》的內容包括對諸神的讚歌（bhāṣita）、巫術的咒語（mantra）和祭祀的儀軌（kalpa）等，其材料最初由婆羅門祭司們口頭傳誦，後來記錄在棕櫚葉或樺樹皮上。

（ākāśam）是世界產生的根源和歸宿①。佛教創立，一方面猛烈批評婆羅門教，另一方面又吸取婆羅門教不少思想資源。佛教的“空”（śūnyaḥ，शून्य），就明顯來源於婆羅門教的“空無”思想和數學上“零”的意義。大乘佛教（Mahāyāna）不祇強調空無所有（nāstitva），還凸顯它的虛空不實，即指現象界的虛幻不眞，也即所謂的不眞則空②。世界是虛幻的，物質是虛幻的，人也是虛幻的，一切皆空。正是這種“空觀”，導致了佛教一般信眾對現實世界的懷疑、否定，而深入理悟者，則能在懷疑或否定中予以超越。蘇軾就是這樣一位深刻理悟者。因此，在經驗世界（experiential world）中，他能處處自覺或不自覺地以佛教“空觀”③來指導自己的人生實踐和文學創作。當面對人生的沉浮時，他非常坦然地以佛教的“夢空”（svapna-śūnyaḥ）來理悟。如他的《念奴嬌·赤壁懷古》，在憑弔了一番三國時期的風流人物後，對人世間的滄海桑田、宦海沉浮，發出了“人生如夢”（mānuṣya-svapnopama）的感慨和喟歎。有了這樣一種人生感悟：世事蒼涼，人生如夢，又何必去執著不放呢？儘管人間如夢如電，人生虛幻不實，但仍然可以把酒邀月，抒發

---

① 《唱贊奧義書》（*Chāndogya Up.*）IX 9:1：“問曰：‘此世界何自而出耶？’曰：‘空（ākāśa）也。維此世間萬事萬物，皆起於空，亦歸於空。空先於此一切，亦爲最極源頭。’”（《五十奧義書》，徐梵澄譯，北京：中國社會科學出版社，1995年，第90頁）

② 〔唐〕元康《肇論疏》：“諸法虛假，故曰不眞；虛假不眞，是故名空。”（張春波：《肇論校釋》，北京：中華書局，2010年，第33頁）

③ 對蘇軾影響深遠的佛教“空觀”主要爲“夢空”（svapna-śūnya）、“幻空”（māyā-śūnya）和“靜空”（śānta-śūnya）。

豪邁之情、曠達之意。正是這樣的“夢空”觀念，纔使得東坡能把一首抒發人生失意、坎坷的詞，寫得竟然如此境界雄渾寥廓，氣勢磅礴恢弘。他的“暴雨過雲聊一快，未妨明月卻當空。臥看落月横千丈，起喚清風得半帆。且并水村欹側過，人間何處不巉巗”[①]，是與《赤壁懷古》情調、理趣一致的。當身處自然山水和人事之中，他深切地感悟到了其中的變幻莫測，虚實不定。如“横看成嶺側成峰，遠近高低各不同。不識廬山眞面目，衹緣身在此山中”[②]。人的見（dṛṣṭi; darśana）、聞（śruti; śrutvā）、覺（鼻舌身：ghrāṇa-jihvā-kāya）、知（pratyabhijñā）是六識（ṣaḍ-vijñāna：眼、耳、鼻、舌、身、意）作用於外境（bāhya-viṣaya）而所得，往往如瞎子摸象，以偏概全。尤其是身處其中，見識受限，眞境蒙蔽，幻實莫辨。再如“人生到處知何似，應似飛鴻踏雪泥。泥上偶然留指爪，鴻飛那複計東西。老僧已死成新塔，壞壁無由見舊題。往日崎嶇還記否，路上人困蹇驢嘶”[③]，正道出了人間的虚幻、時間的易逝、歲月的無情。不管你如何努力進取、拼命掙扎，也不過是留下幾點飛鴻爪印；如果你執著了這些爪印（功名利禄），則會陷入世俗的藩籬之中，難以超脱并進入自覺、自由、自在的境界。這正是“幻空”觀念在文學書寫中的一種自覺作用。由是觀之，東坡精神

---

① 〔北宋〕蘇軾：《慈湖夾阻風》，〔清〕馮應榴輯注：《蘇軾詩集合注》卷三七，黄任軻、朱懷春校點，上海：上海古籍出版社，2001年，第1932頁。

② 〔北宋〕蘇軾：《題西林壁》，〔清〕馮應榴輯注：《蘇軾詩集合注》卷二三，第1155頁。

③ 〔北宋〕蘇軾：《和子由澠池懷舊》，〔清〕馮應榴輯注：《蘇軾詩集合注》卷三，第90頁。

中的那種傲視苦難、超越痛苦的曠達灑脱、自富自在，正源於此。當探討詩歌的藝術眞諦（paramārtha–satya）時，東坡認爲詩語之妙，在於“靜空”。所謂“欲令詩語妙，無厭空且靜。靜故了群動，空故納萬境”①。“靜空”（śānta-śūnyaḥ），即佛教以靜而觀空。“靜”（śānta），最早是上古印度的一種觀念。上古印度恒河（Gaṅgā）流域與印度河（Indus）流域一帶，氣溫炎熱，一至旱季，熱浪滔天。人們揮汗如雨，炎日難耐。爲了生存，人們不得不安靜止息，以靜止動，以最大限度減少體能消耗。於是，久而久之，古印度的仙人（ṛṣi）們創立了一套在靜中脩習的方法，即禪定。所謂禪定，就是禪和定，在古印度是兩種脩行的方法。“禪”是禪那的略語，梵語作dhyāna，意謂靜慮，即安靜地沉思、脩習、棄惡。“定”，梵語爲samādhi，音譯爲三昧，意指凝然寂靜的狀態。禪定合稱，是説在寂靜的狀態下，心不散亂，神志專一，凝然沉思，靜慮脩習，棄惡揚善，觀照宇宙，洞悉性靈。佛教興起，吸取禪定思想，并將其發揚光大，與自覺覺他結合一起。據悉，釋迦牟尼就是在菩提樹下，以禪定觀照一切，得以覺悟成佛。佛教入華，禪定深入文學園地，深受文人喜愛。以禪入詩，以禪學詩，以禪喻詩以及“詩家三昧”説等②，基本反映了唐宋好禪文人的詩歌創作實踐

① 〔北宋〕蘇軾:《送参寥師》,〔清〕馮應榴輯注:《蘇軾詩集合注》卷十七，第863頁。

② 一般認爲，以禪入詩是指王維詩歌創作引入禪語、禪趣，以禪學詩由蘇軾提出，以禪喻詩由嚴羽《滄浪詩話》提出，“詩家三昧”是由陸游於《九月一日夜讀詩稿有感走筆作歌》提出。

和理論主張。在唐代，王維將禪靜觀與詩歌的創作有機地結合一起，如“朝梵林未曙，夜禪山更寂”[①]、“夜坐空林寂，松風直似秋”[②]、“寂寞柴門人不到，空林獨與白雲期”[③]、“食隨鳴磬巢鳥下，行踏空林落葉聲”[④]、“獨坐幽篁裏，彈琴復長嘯。深林人不知，明月來相照”[⑤]、“空山不見人，但聞人語響。返景入深林，復照青苔上”[⑥]等，將寂靜空靈的禪思融入詩歌之中，開啟了詩歌靜空觀的範例。東坡喜好坐禪、參禪，其禪學水準絕非一般崇佛文人所能比。因此，他把讀詩、作詩與參禪、悟佛聯繫起來，深有感觸，如“暫借好詩消永夜，每逢佳處輒參禪”[⑦]、“平生寓物不留物，在家學得忘家禪”[⑧]。在東坡的思想世界裏，詩與禪、靜與動、空與有，不再是二元對立的兩個方面，而是相輔相成，渾然一體。其澄靜之心觀照大千世界，動靜喧寂，相

---

① 〔唐〕王維:《過感化寺縣興上人山院》,〔清〕趙殿成:《王右丞集箋注》卷三，上海：上海古籍出版社，1998年，第33頁。

② 〔唐〕王維:《過感化寺曇興上人山院》,〔清〕趙殿成:《王右丞集箋注》卷七，第128頁。

③ 〔唐〕王維:《早秋山中作》,〔清〕趙殿成:《王右丞集箋注》卷十，第187頁。

④ 〔唐〕王維:《過乘如禪師蕭居士嵩丘蘭若》,〔清〕趙殿成:《王右丞集箋注》卷十，第188頁。

⑤ 〔唐〕王維:《竹裏館》,〔清〕趙殿成:《王右丞集箋注》卷十三，第249頁。

⑥ 〔唐〕王維:《鹿柴》,〔清〕趙殿成:《王右丞集箋注》卷十三，第243頁。

⑦ 〔北宋〕蘇軾:《夜直玉堂，攜李之儀端叔詩百餘首，讀至夜半，書其後》,〔清〕馮應榴輯注:《蘇軾詩集合注》卷三十，第1536頁。

⑧ 〔北宋〕蘇軾:《寄吳德仁兼簡陳季常》,〔清〕馮應榴輯注:《蘇軾詩集合注》卷二五，第1269頁。

互映襯，春風化雨，潤物無聲。此種靜空觀，不衹是對自然景物的一種深邃觀照，還把社會人事的處境融入其中，在審美的景物之中隱喻着人生態度。東坡以佛教“空觀”觀察世界、體悟人生，自然是有别於他人的認知而獨樹一幟。我以爲，這正是東坡詩歌創作“理趣”的思想淵源。

東坡這樣的理趣，成就了他文學寫作的創新和拓展，給北宋文學吹送了一縷縷春風春意，令諸多文人欣喜不已，心嚮往之。然而，成敗蕭何，至南宋金元，文人在敬佩、盛讚東坡的同時，也有對其批評者，若劉克莊、朱熹、李清照、嚴滄浪、元好問等。以詩爲詞、以文字爲詩、以議論爲詩等批評意見似乎明確地概括了東坡文學創作的特徵。不過，東坡畢竟是偉大的文學家。後代見仁見智的批評，絲毫不足以影響其巨大成就和突出貢獻。而東坡的文學影響越大，也就越具有品嘗的韻味和探究的奥妙。

《宋元文論與蘇軾接受研究》一書是家姊張進教授第二部研究蘇軾的專著。此前，她與張惠民教授合作，出版了《士氣文心：蘇軾文化人格與文藝思想》[①]。該書的寫作，歷時十餘年。其中部分内容嘗以一些單篇論文發表。此次她在已發表的系列論文基礎上，廣泛聽取了學界同行的意見，做了大量脩改和補充，勒成專著，出版之前，囑我爲序。由此，我得以先睹。該書所關注的重點是宋元（主要是南宋至元）時期的主要文學批評家對東坡的接受。這種接受，并不是簡單的讚譽或否定，而

① 北京：人民文學出版社，2004年。

是有着深刻複雜的思想、社會、文學批評的背景。如，朱子批評東坡，着眼於理學、道學；易安批評東坡，則關注於詞體；滄浪批評東坡，則集於其才學；如是等等。這樣的梳理和探究，可以讓讀者感受到一個鮮活的東坡形象：他是那麼的偉大，卻又不是完美無缺。這就有别於長期以來文學研究存在的一個一元傾嚮問題，即研究的對象，因爲研究者注入的強烈情感而被無限度的放大。

張進教授是我的胞姐，我們雖然工作不在一個城市，但是每當看到她的論文和著作出版，都爲她欣喜。她主持的《王維資料彙編》[1]於學界獲得了較高的聲譽。每每看她的文字，便不由得想起了我們一起成長的情景。我的小學、中學時代是和空前絕後的"文化大革命"同步的。10年的動亂和浩劫，始終伴隨着我的小學、中學時代。我的時間幾乎是在打鬧、玩耍中流逝的。等到想學科學文化知識的時候，又被號召上山下鄉，插隊農村。每天幹12個小時的重體力活，累得人仰馬翻，哪裹還有心思看書學習，知識水準不及現在的小學生。在那個年代，我的語文寫作水準和能力多半是在姐姐的幫助或輔導下提高的。她比我高五級，小學基礎扎實牢固，中學又趕上一年的教育迴潮，比較完整地學習了當時中學所涉及的知識點。加上她兩次知青插隊，之後又進入了縣委工作，不僅有豐富的社會閱歷，也積累了行政工作的經驗。她的行政公文寫作經常得到縣領導

① 張進、侯雅文、董就雄主編：《王維資料彙編》（全四冊），北京：中華書局，2014年。

的賞識，還經常被抽調到縣委辦公室起草會議文件。1977年12月的撥亂反正開始後的第一次高攷，她以優異的成績，以第二志願進入了西北大學中文系。四年的大學學習，讓她改變了原來想從政的念頭而一頭紮進古代文學的研習之中。她的畢業論文就是在薛瑞生先生指導下寫的宋代周邦彥的詞。大學畢業後，她又赴南京師範大學中國古代文學助教講習班學習。數十年來，她一直從事唐宋文學和中國古代文學理論的教學和研究，及至退休以後，仍然筆耕不輟，收穫多多。我爲她的這種治學精神而感動，也祝願她心安、體康、筆健、事順。

2018年元月謹識於

成都・四川大學中興村・昧軒

玖

《三教論衡與唐代文學》[1]序

學棣劉林魁教授之大著《三教論衡與唐代文學》即將於人民出版社付梓，他囑我爲序，我自然是興高采烈。林魁是我帶的第一屆博士生，俗稱大弟子。他在讀博士之初，我們就商定學位論文以“《廣弘明集》研究”爲題，綜合討論《廣弘明集》所涉各種問題。其博士畢業後，我又推薦他追隨項楚先生做博士後，於是我們又成爲師兄弟。長期以來，我們一直是亦師生亦朋友之關係。可喜者是，博士畢業後的十幾年裏，他一直沿續着我們最初設定的學術方嚮與論閾而堅持不懈。在出版博士論文《〈廣弘明集〉研究》[2]時，他嘗囑我作序，然因各種事務纏身，忙得昏天黑地，我竟然忘記寫序之事，直到收到他寄贈的樣書，纔懊惱不已，此事成爲我對林魁的一大歉疚。故此，在其新著《三教論衡與唐代文學》即將出版之際，儘管事務依

① 劉林魁:《三教論衡與唐代文學》，北京：人民出版社，2021年。

② 北京：中國社會科學出版社，2011年。

然繁多，身體時有不適，然我再也不敢忘記作序一事。

該書爲林魁獨立承擔的國家社會科學基金項目結項成果。其初，他填報申請書時，嘗徵求意見於我，吸收過我的一些想法和建議。在研習佛教與佛教文學的40年裏，我對於歷史上的三教論衡，一直是非常關注的，當時建議林魁做“《廣弘明集》研究”，就是攷慮到，《廣弘明集》是三教論衡的集大成者，既涉及文獻學的問題（諸如目錄學、版本學、校讎學），又有許多思想理論的交鋒，還涉及文化交流的態度等等。因此，對於《廣弘明集》這樣的專書進行研究，必須要有廣博的知識結構和學術研究能力，即既要有深厚紮實的文獻學功底，又要有敏鋭的思想洞察力，還要有歷史線索的爬梳力。這一極富難度的選題，不僅對林魁是巨大的挑戰，對我而言，也是一場艱巨的攷驗。我由此而跟着林魁細緻地閱讀《廣弘明集》。之後，我的許多研究論題，或多或少地涉及中古時期的三教論衡。這樣，我便積累了一些想法。藉此機會，談談我的粗淺認識，拋磚引玉，以期引起讀者更多關注林魁的論述。

壹

三教論衡是中國歷史上的一件大事，它關乎到中國的哲學史、思想史、宗教史、文學史、政治史等多門學科的歷史進程和走嚮問題。

“三教”一詞，早在東漢初期的班固就已提及，意指夏、商、周三代的夏尚忠、殷尚敬、周尚文的特點[①]。漢末三國曹魏的徐幹則稱儒家六德、六行、六藝爲"三教"[②]。佛教傳入華夏後對初期道教產生了極其深刻的影響，致使道教在隨後的百年時間裹，逐漸放棄了動輒武裝暴動的慣性而於東晉轉型爲經教道教，進入了成熟的宗教系統。由此，儒、釋、道三教形成了既相對立又互影響的宗教思想體系。

"三教論衡"，就目前所見材料，似乎以白居易的《三教論衡》一文爲最早。所謂"衡"，《說文》："衡，牛觸。横大木其角。"[③]本意爲防牛角觸人而設計的横木，後引申爲秤、秤桿、天平。"論衡"就是指辯論、評定言論、思想價值的秤、天平。東漢王充的《論衡》就是一部"疾虛妄古之實論，譏世俗漢之異書"[④]。顯然，白居易襲用了王充《論衡》的用意，其"論衡"即指評價和衡定儒、釋、道三教的價值和地位。白居易的《三教論衡》記述了大和元年（827）十月十日唐文宗李昂誕日，三教賀壽辯論的詳情：其時，文宗下詔，敕令白居易、安國寺僧

① 〔東漢〕班固《白虎通·三教》："王者設三教者何？……夏人之王教以忠，其失野，救野之失莫如敬。殷人之王教以敬，其失鬼，救鬼之失莫如文。周人之王教以文，其失薄，救薄之失莫如忠。"（〔清〕陳立《白虎通疏證》卷八，吳則虞點校，北京：中華書局1994年，第369頁）

② 〔魏〕徐幹《中論·治學》："先王立教官，掌教國子，教以六德，曰智仁聖義忠和；教以六行，曰孝友睦姻任恤；教以六藝，曰禮樂射禦書數；三教備而人道畢矣。"（孫啟治：《中論解詁·治學第一》，北京：中華書局，2014年，第1頁）

③ 〔清〕段玉裁：《說文解字注》卷四《角部》，〔東漢〕許慎原撰，上海：上海古籍出版社，1981年，第186頁。

④ 馬宗霍：《論衡校讀箋識·序》，北京：中華書局，2010年，第2頁。

人義林、太清宫道士楊弘元各代表儒、釋、道三教，於大明宫麟德殿辯論三教教義。這種三教爭論，於唐世習成慣例，目的并不是眞正辯出三教教義的優劣、高低。其時，三教各自預先設計好詰答的問題，各坐於一方高臺之上，互相提問、發難、答辯。整個討論過程，不在乎論辯的問題是否明晰、尖鋭和解答是否圓滿，而是看重於戲劇效果，能否給皇帝和衆重臣帶來歡樂，取悦皇帝。因此，“初盛唐之君主，皆信李氏出於老子，崇尚道教，釋道乃與儒成犄角；儒教在當時，并無獨佔之地位也。及提倡‘三教論衡’，切磋精義，如《白居易集》内所載，其事已經戲劇化。後來李可及演《三教論衡》，以一人獨扮主角，敷陳三面，乃另一結構。其視孔子爲婦人，已弄之甚矣”①。這是就唐廷官方的立場而確立的三教論衡戲劇化的傾嚮。

實際上，三教論爭由來已久。早在佛教入華之前，儒、道兩家就已互相論難、攻訐。所謂“道不同，不相爲謀”②，似乎是儒家向諸子百家的宣言。而道家則屢屢激烈抨擊儒家仁義禮智。《老子》：“絕聖棄智，民利百倍；絕仁棄義，民復孝慈；絕巧棄利，盜賊無有。”（十九章）③《莊子》：“道德不廢，安取仁義？性情不離，安用禮樂？……毁道德以爲仁義，聖人之過也”④；“彼竊鉤者誅，竊國者爲諸侯，諸侯之門而仁義存焉”⑤；

---

① 任半塘：《唐戲弄》，上海：上海古籍出版社，1984年，第680頁。

② 〔清〕劉寶楠：《論語正義》卷十八，高流水點校，北京：中華書局，1990年，第641頁。

③ 樓宇烈：《老子道德經注校釋》，北京：中華書局，2008年，第45頁。

④ 〔清〕郭慶藩：《莊子集釋·外篇·馬蹄》，北京：中華書局，1961年，第336頁。

⑤ 〔清〕郭慶藩：《莊子集釋·外篇·胠篋》，第350頁。

"故絶聖棄知，大盜乃止；……攘棄仁義，而天下之德始玄同矣"[1]；"聖人生而大盜起。掊擊聖人，縱捨盜賊，而天下始治矣"[2]；"絶聖棄知，而天下大治"[3]。難怪司馬遷説："世之學老子者則絀儒學，儒學亦絀老子。"[4]看來，儒、道的社會地位不同導致批評程度也不同，儒家從子思以後就成爲顯學，而道家卻一直處於邊緣地帶，故儒家似乎不屑於對話道家，而道家則不斷地抨擊儒家以顯示存在感。先秦至東漢末，道家系統大約有四支：一爲黄老道，二爲老莊道，三爲方僊道，四爲巫鬼道。該四支互有滲透，并不嚴格獨立，然其發展路徑各有不同。春秋戰國，老莊道勢大；戰國秦漢，黄老道盛行；嬴秦劉漢，方僊道、巫鬼道氾濫[5]。西漢武帝劉徹時期，儒家獨秀而黄老道式微。老莊道作爲道家的一支，尤其是《莊子》，在兩漢時期幾乎不爲人們所稱道。文人們似乎對《莊子》缺乏足夠的興趣而表現出一種集體的沉寂，是一個很值得研究的現象。於秦漢時期大行其道的則是方僊道和巫鬼道，尤其是前者，無論在下層民眾還是上層最高統治者那裏，都受到了青睞。如，秦皇、漢

① 〔清〕郭慶藩:《莊子集釋·外篇·胠篋》，第353頁。

② 〔清〕郭慶藩:《莊子集釋·外篇·胠篋》，第346頁。

③ 〔清〕郭慶藩:《莊子集釋·外篇·在宥》，第377頁。

④ 〔西漢〕司馬遷:《史記》卷六十三《老子韓非列傳》，〔南朝宋〕裴駰集解，〔唐〕司馬貞索隱，〔唐〕張守節正義，北京：中華書局，1982年，第2143頁。

⑤ 普慧:《漢代黄老道形成的宗教特徵及其思想史背景》，《社會科學戰線》2010年第9期；普慧:《兩漢巫鬼崇拜及其對六朝鬼神小説的影響》，《文學遺產》2013年第5期。

武，屢被方僊術士忽悠，卻至死不渝。道教的創立，雖以老子作爲偶像崇拜，但并未着意於弘揚老莊道的基本精神。雖然《莊子》後來也被道教奉爲《南華經》，但它卻不是道士必脩的經典，莊子也未能進入道教的神僊譜系。反而漢末以後的道教系統，則主要以方僊道和巫鬼道爲基本陣營。儒、道（老莊道）之爭在秦漢時期基本歇息，直到三國曹植著《辨道論》，駁斥道教（方僊道一派）的不老不死之説，再一次掀起了由道教以外人士質疑道教根本教義的帷幕。但是到了兩晉，道士葛洪竭力改造道教的民間特性而轉向了經教道教，“要當以忠孝和順仁信爲本。若德行不脩，而但務方術，皆不得長生也”[①]，“主張把儒家綱常名教思想吸收到道教教義之中”[②]。自此以後，儒、道二教間的論爭日漸趨緩。

真正引發三教激烈衝突的是，佛教在東晉後期的異軍突起。原本依附於道教、玄學求生存發展的外來佛教，起初更多傾心於佛典的漢譯和民間的傳播、發展。到了東晉，佛教突然間躍入了上層社會，僧尼與精英文人士大夫打得火熱，甚至成爲帝王的座上賓，導致佛教的地位日益突顯，影響力越來越大。儒教原有的社會地位，尤其是政治地位受到了巨大的挑戰和威脅。道教又擔心佛教的擠兑，怕徹底失去自己原有的思想文化市場。因而，爲了阻止和遏制佛教不斷上昇的趨勢，儒、

① 王明：《抱朴子内篇校釋》卷三《對俗》，北京：中華書局，1985年，第53頁。

② 任繼愈主編：《中國佛教史》第2卷，北京：中國社會科學出版社，1985年，第527~528頁。

道二教發起了對佛教的迅猛攻勢。

儒教對佛教的攻訐，主要涉及的問題是：1.佛教剃髮出家，有悖中國世俗倫理、孝道；2.人死不可復生，形盡神滅；3.夷夏優劣，何爲正統[①]；4.佛門亂象；5.禍國殃民，佛教三破[②]擾亂綱常等等。這些除了形盡神滅、生死輪迴等涉及宗教神學的基本問題外，其餘的都是從社會功利和世俗倫理出發的。後來，主張“人其人，火其書，廬其居”[③]的反佛鬥士韓愈，也是完全站在國家功利主義的立場上，基本不涉及佛教教義問題[④]。實際上，他本人在思想上及文學寫作上卻深受佛教的影響[⑤]。宋代理學的代表二程（程顥、程頤）、朱熹等亦然。佛教對儒教的回應，除了旗幟鮮明地捍衛其神不滅論外，其他的論辯都比較溫和，甚至有些近乎討好儒教。佛教的示弱和漸趨華化，得到了

---

① 西晉道士王浮作《老子化胡經》，謂老子遠涉西天，教化釋迦，故佛陀乃老子弟子云云。

② 南朝蕭齊末，有道士假冒張融作《三破論》，攻擊佛教是“入國而破國”、“入家而破家”、“入身而破身”。見劉勰《滅惑論》、僧順《答三破論》，收入〔南朝梁〕僧祐《弘明集》卷八。

③ 閻琦:《韓昌黎文集注釋》卷一《原道》，西安：三秦出版社，2004年，第23頁。

④〔明〕毛坤《唐宋八大家文鈔·韓文》卷一:“其議論亦祇以福田上立說，無一字論佛宗旨。”（吳文治編:《韓愈資料彙編　四》，北京：中華書局，1983年，第767頁）

⑤ 陳寅恪:《論韓愈》,《金明館叢稿初編》，上海古籍出版社，1980年，第286~287頁；孫昌武:《韓愈與佛教》,《唐代文學與佛教》，西安：陝西人民出版社，1985年，第24~55頁；陳允吉:《韓愈的詩與佛經偈頌》,《唐音佛教辨思錄》，上海古籍出版社，1988年，第147~158頁；普慧:《佛教對中古議論文的貢獻與影響》,《文學評論》2007年第4期。

最高統治者的欣然讚賞。

貳

應該說，三教論衡一直存在着兩條軌跡。除了激烈爭論、唇槍舌劍、筆墨官司外，還有一條則是主張匯通調和。早在漢末的牟子《理惑論》中，問答的雙方，雖有觀念和背景的不同，但從文章的總體傾嚮來看，作者是在努力地調和着儒、釋、道三者的關係。不過，主張三教匯通、同源一致論者，也出現了兩種傾嚮：一是以道爲主；一是以佛統攝。前者有西晉道士王浮僞作《老子化胡經》，謂孔子嘗問禮於老子，老子又西越流沙化胡，爲佛之師，故道爲儒、佛之源[①]。蕭齊張融作《門律》，調和道、佛，提出“道也與佛，逗極無二。寂然不動，致本則同；感而遂通，達跡誠異”[②]，但總體傾嚮是以道爲主。道士孟景翼作《正一論》支持張融之說[③]。後者從東晉後期始，文人士大夫孫綽首先認爲“佛也者，體道者也；道也者，導物者也。應感順通，無爲而無不爲者也。無爲，故虛寂自然；無不爲，

---

① 〔北周〕道安:《二教論》,〔唐〕道宣:《廣弘明集》卷八;〔北周〕甄鸞:《笑道論》,〔唐〕道宣:《廣弘明集》卷九。

② 〔南朝齊〕周顒:《難張長史門論》，李小榮:《弘明集校箋》卷六，上海：上海古籍出版社，2013年，第329頁。

③ 〔南朝梁〕蕭子顯:《南齊書》卷五十四《高逸傳》:“《寶積》云‘佛以一音廣說法’,《老子》云‘聖人抱一以爲天下式’。‘一’之爲妙……强號爲一。在佛曰‘實相’，在道曰‘玄牝’。道之大象，即佛之法身。”（北京：中華書局，1972年，第935頁）

故神化萬物。……周孔即佛，佛即周孔，蓋外内名之耳”[①]，從名義上完全會通儒、釋、道三教，并作“《道賢論》，以七沙門比竹林七賢[②]”[③]，竭力溝通儒、玄、釋，增強名僧與名士的互動。劉宋初期，宗炳提出以佛統攝儒、道的三教并重：“佛經也，包五典之德，深加遠大之實；含老莊之虛，而重增皆空之盡。”[④]齊梁文學理論家劉勰調和儒、釋而貶道尊釋，所謂

① 〔東晉〕孫綽：《喻道論》，李小榮：《弘明集校箋》，第145~159頁。

② 七沙門，指兩晉時期的7位僧人，即竺法護、帛法祖、竺法乘、竺法深、支道林、于法蘭、于道邃。竹林七賢：阮籍、嵇康、山濤、劉伶、阮咸、向秀、王戎七人。始見於裴松之注陳壽《三國志·魏書》引《魏氏春秋》：“（嵇）康寓居河内之山陽縣，與之遊者，未嘗見其喜愠之色。與陳留阮籍、河内山濤、河南向秀、籍兄子咸、琅邪王戎、沛人劉伶相與友善，遊於竹林，號爲‘七賢’。”（中華書局，1982年，第606頁）以七僧比竹林七賢，始見於孫綽《道賢論》：“護公德居物宗，巨源位登論道：二公風德高遠，足爲流輩矣。帛祖釁起於管蕃，中散禍作於鐘會：二賢并以俊邁之氣，昧其圖身之慮，棲心事外，輕世招患，殆不異也。法乘安豐，少有機悟之鑒，雖道俗殊操，阡陌可以相准。潛公道素淵重，有遠大之量；劉伶肆意放蕩，以宇宙爲小。雖高棲之業，劉所不及，而曠大之體同焉。支遁、向秀，雅尚莊、老。二子異時，風好玄同矣。蘭公遺身，高尚妙述，殆至人之流。阮步兵傲獨不群，亦蘭之儔也。”（〔清〕嚴可均輯：《全上古三代秦漢六朝文》，《全晉文》卷六十二，北京：中華書局，1958年，第3624~3625頁）此爲六僧比六賢。又據〔南朝梁〕慧皎《高僧傳》卷四《于道邃傳》：“孫綽以邃比阮咸，或曰：‘咸有累騎之譏，邃有清冷之譽，何得爲匹。’孫綽曰：‘雖跡有窪隆，高風一也。’”（湯用彤校注，湯一玄整理，北京：中華書局，1995年，第170頁）可知于道邃比阮咸。

③ 余嘉錫：《世說新語箋疏》上卷下《文學第四》，〔南朝宋〕劉義慶著，〔南朝梁〕劉孝標注，周祖謨等整理，上海：上海古籍出版社，1995年，第223頁。

④ 〔南朝宋〕宗炳：《明佛論》，僧祐《弘明集》卷二，《大正藏》第52冊，第9頁中。

“孔、釋教殊而道契，解同由妙，故梵、漢語隔而化通”，“大乘圓極，窮理盡妙”，“佛道之尊，標出三界，神教妙本，群致玄宗”[①]。楊隋時的李士謙論三教優劣，謂“佛，日也；道，月也；儒，五星也”[②]。元時的翰林學士孛術魯翀（字子翬）嘗被皇帝問話：“‘三教何者爲貴？’對曰：‘釋如黃金，道如白璧，儒如五穀。’上曰：‘若然，則儒賤邪？’對曰：‘黃金、白璧，無亦何妨？五穀於世豈可一日闕哉？’上大說。”[③]文人士大夫的這些生動比喻，表現出強烈的三教會通合一的觀念，成爲社會的主流認識，以至於許多文人士大夫皆通學儒、釋、道三教經典。如，蕭齊張融臨死時，“左手執《孝經》《老子》，右手執《小品》《法華經》”[④]；陳朝的馬樞“講《維摩》《老子》《周易》，同日發題，道俗聽者二千人”[⑤]。所以，魯迅說：“晉以來的名流，每人總有三種小玩意，一是《論語》和《孝經》，二是《老子》，三是《維摩詰經》，不但採作談資，并且常常做一

① 〔南朝梁〕劉勰：《滅惑論》，僧祐《弘明集》卷八，《大正藏》第52册，第51頁中、50頁上、50頁中。

② 〔唐〕李延壽：《北史》卷三十三《李士謙傳》，北京：中華書局，1974年，第1234頁。

③ 〔元〕陶宗儀：《南村輟耕録》卷五《三教》，北京：中華書局，1959年，第57頁。

④ 〔南朝梁〕蕭子顯：《南齊書》卷四十一《張融傳》，北京：中華書局，1972年，第729頁。

⑤ 〔唐〕姚思廉：《陳書》卷十九《馬樞傳》，北京：中華書局，1972年，第264頁。

點注解。”[①]宋元以後，三教同源説已深入人心。《明儒學案·鄭性序》：“道并行而不相悖，此天地之所以爲大也。三教既興，孰能存其一，去其二。并爲儒而不相容，隘矣。”[②]不祇是士大夫文人强調三教同源，這種觀念已經深入、貫穿於民間俗文學之中。鄒必顯《飛跎全傳》：“跎子此時鄉里人不識碎辭，渾身卻都是病，仰天長歎，意懶心灰。忽然想起上帝傳授的遁法，便説道：‘三教原來是一家，要我歸依你也不妨，你可收了簸箕陣，兩國和好，永不犯邊，我就死心塌地拜你爲師。’”[③]通俗的思想教化書《安士全書·容人之過》：“儒、釋異同之際，處處作如是觀，則愈讀佛書，而儒理愈精矣。帝君欲人廣行三教，正以此也。”[④]三教同源説還表現於圖像、造像等視覺藝術。東晉的顧愷之、唐代的吴道子先後都畫過“三教圖”。北宋的鄧椿記録有此事：“遂寧客鎮張（衍）知縣家：吴道子《三教圖》、厲歸真《百牛圖》、孫太古《十一曜圖》。……開封尹盛（章）季文家：徽宗皇帝《風竹鴝鵒喜鵲圖》、顧愷之《三教圖》、戴

① 魯迅：《吃教》，《魯迅全集》第5册，北京：人民文學出版社，2005年，第328頁。

② 〔清〕黄宗羲：《明儒學案·鄭性序》，沈芝盈點校，北京：中華書局，2008年，第1頁。

③ 〔清〕鄒必顯：《飛跎全傳》第二十一回《拉破網情急撞金鐘　劃雙翅計窮行屁遁》，《明清善本小説叢刊初編》第四輯《靈怪小説》，臺北：天一出版社，1985年。

④ 〔清〕周夢顏：《安士全書白話解》，曾琦雲譯，呼和浩特：内蒙古人民出版社，2002年，第68頁。

篙《牛圖》、崔白雙幅《禽竹圖》、范寬《四時山水圖》。”[1]民間的三教合一信仰更爲普遍。如，對關羽的崇拜就充分體現了三教合一的特點，所謂關帝君臨三界，“掌儒釋道教之權，管天地人才之柄”[2]等，使得民眾的三教觀念越來越不清晰。“這些佛—道經文起源於社會金字塔底層的世俗圈子中，在那裏，兩個宗教在教義上的區别變得越來越模糊不清。”[3]於是，民間的三教寺遍佈大江南北，構成了與精英信仰相互聯動的另一道風景線，頑強地穩固着中華下層社會精神信仰的多重秩序。

叁

應該説，三教論衡最難處理的，就是儒是“學”還是“教”的問題。儒家原本是一種學術派别，但孔子及其門人并不完全排斥自然宗教（natural religion），他們既有“子不語怪力亂神”[4]和“敬鬼神而遠之”[5]的説法，也有“祭如在，祭神如

① 劉世軍:《畫繼校注》卷八《銘心絕品》,〔宋〕鄧椿著，桂林：廣西師範大學出版社，2015年，第178~180頁。

② 《三界伏魔關聖帝君忠孝忠義眞經》,《藏外道書》第4冊，成都：巴蜀書社，1992年，第273頁上。

③ 〔法〕安娜·塞德爾（石秀娜，Anna Katarina Seidel）:《西方道教研究史》（漢譯本），蔣見元、劉淩譯，上海：上海古籍出版社，2000年，第106頁。

④ 〔南宋〕朱熹:《四書章句集注·論語·述而》，北京：中華書局，1983年，第98頁。

⑤ 朱熹:《四書章句集注·論語·雍也》，第89頁。

神在”[1]和“死生有命，富貴在天”[2]的言論。這說明，孔門對於異己的神秘力量（the mysterious power different from man）的態度是比較寬容的。可是，到了漢武帝劉徹時期，大儒董仲舒提出“天人相副”[3]論，將“天”“妝點成爲至高無上、主宰人間的、有人格、有道德意志的神”[4]。他還特別發揮了孔子、子夏的“祭祀”說和“天命”論[5]，大肆闡發了其宗教神學的觀念，建立了一套以天與人相互感應的神學理論體系，構成了治國安邦的基本國策與國家主流意識形態。“兩漢國教化了的僧侶們，便是神鬼化了的儒林與唯理化了的教徒，他們以神學家而兼政府官吏。皇帝在神國中同時也在王國中，是教主而兼天子”[6]，從理論上徹底完成了宗教信仰的神權、儒家倫常的父權和政治

---

① 朱熹：《四書章句集注·論語·八佾》，第64頁。

② 朱熹：《四書章句集注·論語·顔淵》，第134頁。孔子弟子子夏提出“死生有命，富貴在天”的“天命”信仰，反映了孔門師徒一種對異己的外在力量的敬畏、崇信。

③〔西漢〕董仲舒：“天亦有喜怒之氣，哀樂之心，與人相副，以類合之，天人一也。”（〔清〕蘇輿：《春秋繁露義證》卷十二《陰陽義》，鍾哲點校，北京：中華書局，1992年，第341頁）

④ 侯外廬、趙紀彬、杜國庠、邱漢生：《中國思想通史》（第2卷），北京：人民出版社，1957年，第99頁。

⑤ 董仲舒：“祭者，察也，以善逮鬼神之謂也，善迺逮不可聞見者，故謂之察，吾以名之所享，故祭之不虛，安所可察哉！祭之爲言際也與，祭然後能見不見，見不見之見者，然後知天命鬼神，知天命鬼神，然後明祭之意，明祭之意，乃知重祭事。”（蘇輿：《春秋繁露義證》卷十六《祭義》，第441~442頁）

⑥ 侯外廬、趙紀彬、杜國庠、邱漢生：《中國思想通史》（第2卷），北京：人民出版社，1957年，第89頁。

統治的皇權的三位一體化[1]。董仲舒以後，漢代的儒士建孔廟、稱素王，將孔子構建成了一個精神領袖而虔誠地頂禮膜拜。及至兩宋，儒學的宗教神學理論化的模型建成，尤其是朱熹關於“天”、“理”、“氣”、“太極”等的理論闡釋，已經將宗教神學信仰深深地鑲嵌其中[2]。因此，認爲儒學純粹爲學術流派或者儒學爲儒教的爭論似乎不可能達成共識。爭論的焦點就在於對宗教的理解標準不同。一般來説，宗教學界把宗教大致劃分爲兩種形態：制度性宗教和分散性宗教[3]。而根據這兩類宗教的基本特徵，儒學卻兼具了二者的神學特徵。它崇信異己的巨大力量，祭天（神）祀祖（鬼），以天命[4]和天理信仰爲精神指導，

---

① 普慧：《漢武帝時期的禮教：國家宗教神學之意識形態——董仲舒的禮教神學思想》，《嶺南學報》（復刊號，香港）第一、二輯合刊，上海：上海古籍出版社，2015年，第229~246頁。

② 參見〔加〕秦家懿：《朱熹的宗教思想》，曹劍波譯，廈門：廈門大學出版社，2010年。

③ 楊慶堃指出：“制度性宗教在神學觀中被看作是一種宗教生活體系。它包括（1）獨立的關於世界和人類事務的神學觀或宇宙觀的解釋，（2）一種包含象徵（神、靈魂和他們的形象）和儀式的獨立崇拜形式，（3）一種由人組成的獨立組織，使神學觀簡明易解，同時重視儀式性崇拜。借助於獨立的概念、儀式和結構，宗教具有了一種獨立的社會制度的屬性，故而成爲制度性的宗教。另一方面，分散性宗教被理解爲：擁有神學理論、崇拜對象及信仰者，於是能十分緊密地滲透進一種或多種的世俗制度中，從而成爲世俗制度的觀念、儀式和結構的一部分。宗教的這種分散形式在涂爾幹的著作中有較好的描述。制度性宗教作爲一個獨立的系統運作，而分散性宗教則作爲世俗社會制度的一部分發揮功能。”（〔美〕楊慶堃〔C. K. Yang〕：《中國社會中的宗教：宗教的現代社會功能與其歷史因素之研究》，范麗珠譯，成都：四川人民出版社，2016年，第228頁）

④ 普慧：《南朝正史家的“天命”信仰》，《東南大學學報》2009年第2期。

強調“君權神授”（divine right of kings）的政治體制，以五行相克相生爲組織結構；它積極、全面參與世俗社會的管理和秩序的構建、維護、穩定，又有着政、教合一的特性，因而稱儒學爲“儒教”也未嘗不可。然而，仔細核查，儒學又不獨具兩種類型的任何一種：它缺乏對宇宙起源論、本體論的興趣和認識論的思辨[①]，它沒有構架美麗的天堂和恐怖的地獄來誘引或恫嚇芸芸衆生，它缺少制度性宗教所特有的嚴密的組織形態，凡此種種，似乎稱其爲“儒學”也是沒錯的。總之一句話，儒學作爲宗教的話，其特徵并不十分突出；作爲世俗學術學派的話，其思想又充滿了神學信仰、神學倫理；貫徹到行爲實踐上，則以“禮”來規範社會上的一切。實際上，在歷史進程中，對儒是“教”還是“學”，從漢代起就一直存在着兩種對立的認知，“從董仲舒到康有爲等今文經學家和宣揚符命迷信的讖緯學家，都曾把儒學看作宗教，把孔子看作教主；而古文經學家則既不同意儒學是宗教，也不同意孔子是教主，并一直阻礙着儒學的宗教化”[②]。那麼，三教論衡中的“儒教”，正是這樣一個複雜而難以歸類的“亦教亦學”、“又聖又俗”的思想、信仰和實踐的體系。實質上，儒、釋、道三教論衡的眞正目的，并不在於詮釋教義、厘清事實、辨明是非，以求一統，而是在宗教外衣下

---

① 〔德〕黑格爾《哲學史講演錄》第1卷（漢譯本）：“在他（孔子）那裏思辨的哲學是一點也沒有的。”（賀麟、王太慶譯，北京：商務印書館，1983年，第119頁）

② 寇養厚：《唐初三帝的三教共存與道先佛後政策》，寇養厚：《古代文史論集》，濟南：山東大學出版社，1999年，第196頁。

的一種世俗的社會地位和權力的比試和較量。

肆

三教論衡，并不局限於宗教信仰、學術思想、社會問題等方面，它是牽涉到整個社會的政治穩定、文化繁榮、思想成熟的大事件，因而引起最高統治者的高度關注，并迅速形成了相應的宗教政策和規定。從南朝以來，最高統治者就以其強大的政治權力介入三教論衡，并直接表態，不時地爲三教排定座次。如，劉宋文帝劉義隆是第一位以最高統治者身份明確表態支持佛教的皇帝，“明佛法汪汪，尤爲明理，并足開獎人意。若使率土之濱，皆敦此化，則吾坐致太平，夫復何事！”[①]梁武帝蕭衍則下詔捨道歸佛，尊佛教爲“正道”[②]，并將佛教提昇爲國教，但實際執行時，則是佛儒并重，道次之。北周武帝宇文邕兩度爲三教排定座次：天和四年（569）三月，“述三教，以儒教爲先，佛教爲後，道教最上”[③]；又於建德二年（573）十二

① 〔南朝宋〕何尚之：《答宋文帝讚揚佛教事》，道宣：《廣弘明集》卷一一，《大正藏》第52冊，第100頁上。

② 〔南朝梁〕蕭衍：《捨事李老道法詔》，道宣：《廣弘明集》卷四，《大正藏》第52冊，第112頁上。梁武帝蕭衍此詔，林魁以詔書中有“至四月十七日，侍中安前將軍丹陽尹邵陵王上啟云：‘臣綸聞……’”等文字，攷訂其不會爲天監三年（504），而很可能是大同七年（541）事。（劉林魁：《梁武帝捨道事佛攷辨》，《學術探索》2007年第5期，第97~101頁）

③ 道宣：《廣弘明集》卷八《辯惑篇·周滅佛法集道俗議事》，《大正藏》第52冊，第136頁上。

月，“辨釋三教先後，以儒教爲先，道教次之，佛教爲後”[①]。唐初三帝高祖李淵、太宗李世民、高宗李治持三教并重、道先佛後的態度。但李世民執政早期對三教的態度完全是站在實用主義的立場上的。李世民對三教的態度并不統一。他登極第二年，即貞觀二年（628），對侍臣說：“梁武帝父子志尚浮華，惟好釋氏、老氏之教。武帝末年，頻幸同泰寺，親講佛經，百寮皆大冠高履，乘車扈從，終日談論苦空，未嘗以軍國典章爲意。及侯景率兵嚮闕，尚書郎已下，多不解乘馬，狼狽步走，死者相繼於道路。武帝及簡文卒被侯景幽逼而死。孝元帝在於江陵，爲萬紐於謹所圍，帝猶講《老子》不輟，百寮皆戎衣以聽，俄而城陷，君臣俱被囚縶。……朕今所好者，惟在堯舜之道，周孔之教，以爲如鳥有翼，如魚依水，失之必死，不可暫無耳。神僊事本是虛妄，空有其名。秦始皇非分愛好，爲方士所詐，乃遣童男童女數千人，隨其入海求神僊。方士避秦苛虐，因留不歸，始皇猶海側踟躕以待之，還至沙丘而死。漢武帝爲求神僊，乃將女嫁道術之人，事既無驗，便行誅戮。據此二事，神僊不煩妄求也。”[②]李世民對佛、道（老子、神仙）二教顯然不感興趣，認爲他們是空談、妄求，是誤國的東西。而他最看重

① 〔唐〕令狐德棻等：《周書》卷五《武帝上》，北京：中華書局，1971年，第83頁。

② 〔唐〕吳兢：《貞觀政要》卷六《慎所好第二十一》，謝保成集校：《貞觀政要集校》，北京：中華書局，2003年，第330~332頁。

的則是“周孔之教”，認爲這纔是眞正治國理政的指導思想[①]。可是，當面對李氏是否出於漢地正統的問題時，他又不得不強調李氏身份的正統性、合法性。“老子是朕祖宗名位稱號，宜在佛先”[②]，明確表達了他支持道教的態度。但當佛教信徒強烈反對其道先佛後的表態之後，李世民於貞觀十五年（642），再次向佛教信眾表達了“道先佛後”的想法：“彼道士者，止是師習先宗，故列在前。今李家據國，李老在前；若釋家治化，則釋門居上。”[③]這次的説明，似乎不是以皇帝的威嚴而表態，而是

① 〔唐〕吳兢《貞觀政要》卷七《崇儒學第二十七》：“貞觀二年（628），詔停周公爲先聖，始立孔子廟堂於國學，稽式舊典，以仲尼爲先聖，顏子爲先師，兩邊俎豆干戚之容，始備於兹矣。是歲大收天下儒士，賜帛給傳，令詣京師，擢以不次，布在廊廟者甚眾。學生通一大經以上，咸得署吏。國學增築學舍四百餘間，國子、太學、四門、廣文亦增置生員，其書、算各置博士、學生，以備眾藝。太宗又數幸國學，令祭酒、司業、博士講論，畢，各賜以束帛。四方儒生負書而至者，蓋以千數。俄而吐蕃及高昌、高麗、新羅等諸夷酋長，亦遣子弟請入於學。於是國學之内，鼓篋昇講筵者，幾至萬人，儒學之興，古昔未有也。貞觀十四年（641）詔曰：‘梁皇侃、褚仲都，周熊安生、沈重，陳沈文阿、周弘正、張譏，隋何妥、劉炫，并前代名儒，經術可紀，加以所在學徒，多行其講疏，宜加優賞，以勸後生，可訪其子孫見在者，録姓名奏聞。’二十一年（647）詔曰：‘左丘明、卜子夏、公羊高、穀梁赤、伏勝、高堂生、戴聖、毛萇、孔安國、劉向、鄭眾、杜子春、馬融、盧植、鄭玄、服虔、何休、王肅、王弼、杜預、范寧等二十有一人，并用其書，垂於國胄，既行其道，理合褒崇。自今有事於太學，可并配享尼父廟堂。’其尊儒重道如此。”（謝保成集校：《貞觀政要集校》，北京：中華書局，2003年，第376~379頁）由此可見李世民對儒教的一貫立場。

② 〔唐〕慧立、彥悰：《大慈恩寺三藏法師傳》卷九，孫毓棠、謝方點校，北京：中華書局，2000年，第193頁。

③ 劉林魁：《集古今佛道論衡校注》卷丙《太宗幸弘福寺，手制願文，并序佛道後先》，北京：中華書局，2018年，第229頁。

上門安撫佛教信徒，頗有乞求認同之意味。武后則天及中宗李顯依舊三教并行，但改爲佛先道後[①]。唐叡宗李旦以後，唐廷實行三教并行、不分先後的宗教政策，此後遂成定制[②]，間或有帝王偏護一教者，也僅僅是暗中作用。如北宋徽宗趙佶，個人傾心道教，於政和七年（1117）夏四月，冊封自己爲“教主道君皇帝”[③]，但不再爲三教排序定位。

三教論衡近千年，其激烈程度有時會表現爲怒髮衝冠，怒氣相嚮。但是，它不像源於中東和印度、波斯地區的宗教，動輒就會在宗教間，甚至在一教內的宗派間，爆發激烈衝突。而這種衝突，往往伴隨着血雨腥風、刀光劍影、硝煙彌漫的殘酷暴力戰爭。三教論衡卻衹是唇槍舌劍，以君子動口不動手的方式，表現出“和而不同”的特點。最爲有趣的是，唐代三教論衡在玄宗之後，往往被安排在皇帝的誕節之上，作爲誕節慶典上的一個重要節目，敬獻給皇帝。儒士、僧人、道士（有時衹

---

① 〔後晉〕劉昫等《舊唐書》卷六《則天皇后紀》：“（載初二年〔690〕）夏四月，令釋教在道法之上，僧尼處道士女冠之前。”（北京：中華書局，1975年，第121頁）

② 〔宋〕宋敏求編：《唐大詔令集》卷一百一十三《僧道齊行并進制》，北京：中華書局，2008年，第587頁。唐叡宗景雲二年（711）四月，頒佈《令僧道并行制》：“朕聞釋及玄宗，理均跡異；拯人救俗，教別功齊。豈於中間，妄生彼我，……自今每緣法事集會，僧尼、道士女冠等，宜令齊行并進。”（〔清〕董誥主編：《全唐文》第一部卷十八，上海：上海古籍出版社，1990年，第90頁上）又敕“浮屠、方士無兩競”（〔北宋〕宋祁、歐陽修等：《新唐書》卷八十三《諸帝公主傳》，北京：中華書局，1975年，第3657頁）。

③ 〔元〕脱脱等：《宋史》卷二十一《徽宗紀》，北京：中華書局，1985年，第398頁。

有僧、道）通過相互辯論來祝賀皇權永固、皇帝健康長壽。皇帝既體會玄妙的佛、道教理，又接受僧、道的朝賀頌聖祝壽，甚至會出現佛、道之間的戲謔嘲弄，令觀者開懷捧腹，爲誕節慶典製造了喜大普奔的氣象。這樣一種娛樂化、喜劇化的三教論衡，成爲政教關係上的一種極爲特殊的樣態，在世界政教關係史上都是絕無僅有的。這對於中國政教關係的發展，起到了積極的作用。當然，三教論衡有時也會出現疾風驟雨，不過即使到了互不容忍，也不會自己動手，訴諸武力，而是去尋求外部世俗的政治力量來實現彼此的平衡。如中古時期的三武一宗"滅法"[①]，就是因爲佛教勢力的過於膨脹，打破了三教平衡的局面所致。這一現象，日本漢學家宮崎市定早在上一世紀就指出："中世的思想界，以儒佛道三教爲代表，其中影響最廣泛的是佛教。儒教作爲朝廷所用的官學，是政治上的指導理念，至於宮中依然爲佛教所侵蝕。儒教學校雖然受朝廷保護，但時常萎靡不振。相對而言，佛教不單進入知識階級，也打入一般大衆，人們所到之處，都建立了莊嚴的佛寺。有時佛教在俗界活動過度，擴張寺田，匿藏民丁，紊亂治安，影響政府財政，因而觸及主權的忌諱，受到鎮壓，但這時在主權者背後策劃的大多是道士。北魏太武帝和唐武宗的排佛，即是其例。儒教并沒有作爲和佛教、道教對抗的一宗的自覺，衹作爲一種學問，繼續單薄地存

① 三武一宗：北魏太武帝拓跋燾、北周武帝宇文邕、唐武宗李炎、後周世宗柴榮。四次法難，主要原因是：1.三教論爭優劣；2.國家財政、兵源問題；3.佛教經濟膨脹；4.佛門亂象。其中，前兩次皆因道士慫恿皇帝；第三次則爲宰相李德裕等人排佛，唐武宗下詔；第四次是皇帝直接排佛。

在。然而從唐末開始，隨着科舉的隆盛，儒生建立了以科舉出身爲中心的社交界，開始興起儒教獨掌政治和民衆的領導權的運動，結果是儒教方面出現以排佛論爲形式的攻勢，文豪韓退之諫迎佛骨即是其先聲。”[1]因此，祇要儒、釋、道三教保持基本的平衡，不對政治權力有過多的訴求，那麼，三教的包容性、寬容性、溫和性就會充分地體現出來。

伍

近千年的三教論衡，値得注意的地方很多，以往的研究也很充實。不過，從文學與歷史的視角看，最應該關注的似乎有兩點：其一,三教論衡的文獻資料來源問題。從現存的基本史料來看，中古時期[2]三教論衡的基本文獻資料均出於佛家之手。如，南朝梁僧祐的《弘明集》、初唐道宣的《廣弘明集》《集古今佛道論衡》、盛唐智昇《續集古今佛道論衡》等集中收錄了三教論衡的文獻。另一些散見的文獻片段亦多見錄於佛教僧人慧皎《高僧傳》、道宣《續高僧傳》《大唐内典錄》、贊寧《宋高僧傳》以及南宋志磐《佛祖統紀》、五代義楚《釋氏六帖》、

① 〔日〕宮崎市定（Miyazaki Decided，1901~1995）:《東洋的近世》，劉俊文主編:《日本學者研究中國論著選譯》，黃約瑟譯，北京：中華書局，1992年，第217頁。日文原文見於《宮崎市定全集》第2卷，岩波書店，1992年。

② 我把中國古代文明史分爲三個階段：上古、中古、近古。上古是指東漢以前，即公元以前的1700年左右；中古是指東漢至五代，即公元後的第一個千年；近古是指宋至清，即公元後的第二個千年。

元覺岸《釋氏稽古略》等。而儒教、道教之人對此近千年的三教論衡的文獻缺少應有的關注，基本沒有收錄的自覺意識，不能不説是一大遺憾。我們今天審視中古三教論衡所依據的文獻基本從佛教僧人的著述而來。這就會出現一些問題：1.佛教僧人收錄的三教論衡是否完整、完備？如果不是，那就一定會出現選擇性輯錄的問題，而這種選擇性輯錄對佛教有利似乎是無可置疑的。2.我們今天的研究，僅僅依據一家所輯錄的文獻來恢復三教論衡的原貌，是否客觀？是否有可能？顯然，就現存文獻而言，可以説三教論衡的歷史基本或者主要是佛家記錄的歷史。3.在一些基本的思想理論問題上的爭論，如神不滅論、夷夏論、持戒論等，是不是以佛教的勝利而告終？歷史的原貌究竟是何種樣態？ 4.我們大膽地質疑史料來源的單一性，但是不是就不能以此還原歷史的原貌呢？

諸如上述問題，告訴人們一個基本的事實，歷史的本真樣態是我們永遠無法還原或者窮盡的。史學家所構建的歷史，祇是史料基礎上的歷史。但事實上，史料的歷史僅僅是基礎，是事件之間的關聯，即“在時間序列中的事件之間存在着一種內在的或必然的聯繫，以便一個事件必然導致另一個事件。……歷史就是對現在的分析，以便看到這個過程一定是怎樣的”(There is an internal or necessary connexion between the events of a time-series such that one event leads necessarily to another and we can argue back from the second to the first. ……History is the analysis of the present in order to see what this process must have been.）[①]。而這些關聯着的事件，“在黑格爾看來，歷史是由經驗事件構成的，這些事件是思想外在的表現，事件背後的思想——而不是事件本身——形成了一系列邏輯上相聯繫在一起的概念”（History in his ［Hegel］ view consisted of empirical events which were the outward expressions of thought, and the thoughts behind the events—not the events themselves—formed a chain of logically connected concepts.）[②]。因此，從黑格爾到科林伍德，他們得出了一個關於“一切歷史都是思想史”（all history is the history of thought）[③]的共識，“除了歷史思想本身而外，沒有其他東西是可以藉以驗證其結論的”（There is nothing other than historical thought itself, by appeal to which its conclusions may be verified.）[④]。三教論衡的事件，其歷史價值和意義，不僅在於這些事件之間的內在的必然關聯，更爲重要的是，這些必然關聯背後所顯示的思想史。由此，我們不由深深感佩的是，佛教學僧佔有史料和保存史料的意識以及他們所直示的思想軌跡與貫穿歷史的獨到眼光。他們藉收集三教論衡文獻之機，保留了一段長達七八百年的具有思想的歷史。

---

① R. G. Collingwood: *The Idea of History*, the Oxford University Press, 1978, p.110.

② R. G. Collingwood: *The Idea of History*, the Oxford University Press, 1978, p.118.

③ R. G. Collingwood: *The Idea of History*, the Oxford University Press, 1978, p.115.

④ R. G. Collingwood: *The Idea of History*, the Oxford University Press, 1978, p.243.

其二，三教論衡的過程中，文人士大夫是論辯中的中堅力量。參與的著名文人、帝王、士大夫有：東晉的玄言詩人孫綽，晉宋美學家宗炳，劉宋文學家何尚之、顔延之、大詩人謝靈運，蕭齊的辭賦家張融，歷仕宋、齊、梁三朝的文學家、音韻學家沈約，蕭齊文人集團領袖、竟陵王蕭子良，音韻學家周顒，蕭梁文學家武帝蕭衍、蕭琛，蕭梁文學集團領袖昭明太子蕭統，簡文帝蕭綱，齊梁文學理論批評家劉勰，北齊文學家顔之推，楊隋文人李士謙，初唐文人李師政，中唐儒士徐岱，中唐古文運動領袖韓愈、柳宗元和新樂府運動領袖白居易，古文家梁肅，文學家李翺。至兩宋，則有孫復，大文豪歐陽脩，文人石守道、胡寅、李覯，文人大居士張商英、蘇軾，新儒士代表人物張載、程頤、程顥、朱熹、楊時、李剛等。可以説，這場持續近千年的三教論衡，文人、士大夫、帝王是一支生力軍。

三教論衡是中國思想史、宗教史、政治史上一次歷時最久的思想辨析和文化碰撞、融匯的運動。它反映在文學上，則表現出幾個特點：1.文人的思想、心靈受到了強大的衝擊和震撼。形神關係的討論，讓長期困擾文人的生死問題在一定程度上得到了化解和決疑；心性、性靈的討論，煥發出文人創作主體的自覺自決、自由自在的性情抒發。2.夷夏之辨，讓文人們看到了不同文明之間交流的重要作用。本土文化與外來文化雖然有激烈的碰撞和衝突，但因爲本土文化的巨大的包容性而接納了外來文化中的諸多優秀的因素，豐富和加固了本土文化的多樣性和深刻性。這進一步證實了文明因包容而多樣、因交流而多彩、因互鑒而豐富、因甄别而進步的歷史事實。如宋明的程朱理學和陸王心學，雖然在表面上竭力排佛，但在思想深處，卻處處受到佛教思想的深刻影響，尤其是佛教的心性學說，極大地豐富了心學的內涵。在這個不同文明的會通過程之中，文學創作和文學審美的獲益是最爲顯著的。如蕭齊永明詩歌聲律論的形成，直接影響到了唐代格律詩；詩人作家的創作視野更加開闊；人生和生命的價值和意義得到了更加深刻的反思。佛教表演藝術和造型藝術帶給本土文人的審美衝擊感，刷新了文人舊有的審美觀念和趣味。莊嚴美、崇高美、靜穆美以及空觀（色空、靜空、夢幻空）的人生審美觀照，幾乎重塑了華夏文人的美學判斷、理想和標準。3.三教論衡促進了文學諸多體裁的形成和創作題材的多樣。在集中反映三教論衡的文獻中，《弘明集》、《廣弘明集》所錄的文體就有詩、賦、論、議、辯、問、答、書、序、奏、表、詔、文、志、碑、誄、行狀、箴、啟、贊等。可以說，這些文體，尤其是論體，在論衡中發揮了巨大的作用，成爲主流文體，也由此促使文人的理論思維得到了進一步的提昇。4.三教論衡極大地豐富了文人們的精神世界，也拓展了文人的藝術想象世界。如，排佛勇士韓愈，在與柳宗元的論辯中，似乎在精神領域接受了佛教。從他的詩歌作品可以看出佛教壁畫的影響，因而形成了詩畫一體的特點[①]。總而言

① 陳允吉:《論唐代寺廟壁畫對韓愈詩歌的影響》(《唐音佛教辨思錄》，上海：上海古籍出版社，1988年，第130~146頁）；陳允吉:《韓愈的詩與佛經偈頌》:“韓愈一生嗜好佛畫，其詩集中屢有自己觀覽佛寺壁畫的記載，這種藝術形象的長時期的浸沉感染，使他一部分詩歌之造物賦形，頗能融會佛教繪畫中的景象。”（《唐音佛教辨思錄》，上海：上海古籍出版社，1988年，第157頁）

之，三教論衡，對文學的發展是有積極意義的。

陸

林魁的《〈廣弘明集〉研究》一經面世，就得到了學界同行的首肯與好評。說明他的艱辛努力和付出是有成效的。之後，他又出版了《集古今佛道論衡校注》[①]。在校注、研究道宣這兩部有關三教論衡的著作的基礎上，他把視角轉向了唐代三教論衡與文學的互動關係。這部《唐代三教論衡與文學》分三編21章：上編《淵源流變》，攷察在魏晉南北朝的基礎上唐代三教論衡的發展階段及演變動力；中編《文獻攷述》，攷察唐代三教論衡的文獻與文本情況；下編《文學影響》，攷察唐代三教論衡對於文體、題材以及作家思想的影響。全書呈現出兩個顯著特點。其一，重視文獻的甄别、整理和使用。全書三編都以文獻爲基礎，熔攷證、辨析、論議於一爐。中編集中攷述三教論衡文獻，特别是關於唐代三教論衡的人物事蹟的梳理，以及三教論衡事件的編年排列。誕節論衡是學界比較熟悉的一個話題，但相關文獻卻非常稀少，即使有所記載，也多爲標題新聞式的要素記録。中編在處理誕節論衡人物、時間、事件上，既展示了作爲誕節論衡開展的“面”的背景，又要突出每一次三教論衡自身“點”的信息。這一成果細節豐富，脈絡明晰，對後續研究

---

① 北京：中華書局，2018年。列入《中國佛教典籍選刊》，爲國家古籍整理出版項目、全國高校古委會項目。

大有益處。其二，突出了專題個案研究。全書正文與附錄共有23個專題。每一個專題處理一個學術個案，個案或大或小，不求篇幅匀稱；視角或宏觀或微觀，凸出問題意識，問題解決，則戛然而止，不再東拉西扯。個案之間表面看似獨立，但深層則有整體關聯。這種研究方式是我在10多年前就提倡的，而目前學界流行的仍然是教科書的構架模式，内容整齊劃一，章節條款，條縷清楚，層次有度，點面俱到。而林魁的新著則力避主流模式，以問題和現象導入研究，有話則長，無話則短，全書幾無填充輔料。此種寫法，擠壓水分，強調乾貨，故每一部分，都需要花大力氣寫作，其難度之大，可想而知。當然，三教論衡與文學的關係，問題很多，均值得討論。特別是，三教論衡對議論文論證邏輯的影響，對中國文人思維方式和信仰形態的影響，以及這些影響在文學中的表現方式等，都值得深入討論。這些專題，希望林魁繼續思攷，繼續拓展。目前，林魁正在做由他主持的國家社會科學基金重點項目“唐代釋家三教論衡著作整理與研究”，希望他繼續發揮特長，攷、辨、論結合，有所思攷，有所創新，有所闡發。

林魁任職的學校是一所地方二本院校。多年來，“211”、“985”、“雙一流”等國家重點扶持的高校，攫走了大量的學術研究資源，而地方高校的學術資源極度受限，高校的層級固化愈來愈明顯。林魁能在博士畢業後的10多年裏，克服平臺低、經費少、教學任務重等重重困難，堅持不懈，亹亹不倦，拼搏進取，收穫滿滿，令人頗爲感動。我已步入老年行列，行將退出學術舞臺，而林魁正是壯年，已成爲佛教文學與文獻研究的中堅，我相信他會再接再厲，勇往直前，實現他心中的目標！

庚子仲夏謹序於

成都·雙流區·文星鎮·昧軒

壹拾

《漢譯佛典文體及其影響研究》[1]推薦意見

該書從史料出發，竭澤而漁，操千曲而後曉聲，觀千劍而後識器，博觀圓照，精察妙悟，臧否人物，品鑒典墳，舉雅俗之旨，撮篇章之意，無私於輕重，不偏於憎愛，密而慮周，辯而恰當，實事求是，令人信服歎之。方法上，或尋根振葉，或觀瀾索源，分條析縷，擘肌理艣，既注重史據攷證，又強調理論提昇，做到知其然而知其所以然，將漢譯佛典文體研究推向新的高峰。

① 李小榮：《漢譯佛典文體及其影響研究》，臺北：萬卷樓圖書股份有限公司，2015年。

壹拾壹

論著審查意見[1]

21世紀以來，研究古代中國文學的學者普遍感到古代文學的難治，其因之一，蓋爲選題甚難。自以現代學術方法探究古代中國文學以來，歷經百餘年，該注意的問題，前賢時彦皆已論及，若欲超越，似乎難上加難。然眞正坐下來深入進去，卻可以發現古代中國文學汪洋浩瀚，重山叠嶂，此前的研究不過是滄海一粟、冰山一角，因而可資探究的瑰寶實在是琳琅滿目，應接不暇。候選人提交的成果，即讓讀者感受到了這一實情。因篇幅所限，僅從其成果所體現的21世紀以來新的學術理念與學術方法捉其要者而言之，由此一斑而窺全豹。

詩史互證是陳寅恪好用的一種方法，確實解決了諸多歷史上的疑點和難點，成爲學術史上的一個里程碑式的標誌。然後來者往往奉爲圭臬，過猶不及，遂成死法。如，對於詩歌中的

① 應香港某高校人事處邀請，擔任職稱評審專家，就所收職稱晉昇候選人評審材料予以評價。

文學意象（時間、地點、風物等等）強行落實，實在是作繭自縛。候選人的論著，也涉及詩史互證問題，然則不落窠臼，客觀論之，平理若衡，照辭如鏡。如，初唐“四傑”之邊塞詩，實則繼承了南朝以來文學想象的傳統，用北方的地點做意象，書寫自己的豪情壯志。這樣的情況，劉宋時期的鮑照就是典型例子。候選人以此攷論，認爲“四傑”中的楊炯、王勃平生并未從軍塞外，然其邊塞詩充分發揮了文學審美的想象傳統，情感濃摯，景象逼眞，體現了藝術眞實高於生活眞實的審美原則和規律。（見《尋源屢鑿空：初唐四傑的邊塞詩書寫》）

21世紀以來的漢語中國文學研究呈現出的一個新的特點，就是充分借鑒海外漢學的優長，將文學納入更爲廣闊的文化領域來研究，打破了原有學科壁壘的結構，梳理現象，探求本眞。候選人長期留學、教學於美國和中國澳、港，深得英語世界漢學研究視閾與方法之眞諦，注重對文學文本之文化學攷察，或沿波以討源，或尋根而振葉，雖幽而必顯，雖顯而必彰。如，發表於國際著名學術期刊*T'oung Pao*之“A New Reading of an Early Medieval Riddle: ‘Utterly Wonderful, Lovely Words’?”一文，對於曹娥尋覓遇溺而亡的父親屍體的各種文本的分析，攷察出深厚的文化意義。曹娥爲東漢後期的一大孝女，爲儒家“孝女”之典範。歷來對此研究不乏論著，然多以史學立場察之。而由文化視角衡察者，可謂寥若晨星。據我所知，候選人至少有三篇論文專門剖析曹娥於江尋父屍體一事。除去上揭之文外，還有“A Young Lady on Yellow Pongee Silk ”（見候選人*Considering the End: Mortality in Early Medieval Chinese Poetic*

Representation，Leiden & Boston: Brillc, 2012）和《從曹娥投江關係文獻攷察早期民間尋找溺水者遺體的法術》（載候選人《漢唐文學的歷史文化攷察》，南京：鳳凰出版社，2014年）。該三文分别從不同方面就歷代文獻對曹娥孝女形象的建構給予了歷史的還原，尤其在各種文本的細節方面，剖析毫釐，擘肌分理，言之鑿鑿，確可信據，由此揭櫫了一個古代靈感思維和信仰的事實，那就是"孝感的信仰思維很早就形成并反映在類似的尋屍故事中，成爲了這故事類型的核心主題以及傳揚教化的手段"（《漢唐文學的歷史文化攷察》，第282頁）。這一見解，點化了"孝女"文本故事不斷建構的眞實意義，即由儒家的價值觀而促成的社會規範。因此，候選人三篇探討曹娥的文章，既注重史據攷證，又強調理論提昇，做到了知其然而知其所以然。這是很難得的。

古代中國文學雖然表現得更多的是世俗間的審美與情感，但人爲宗教的信仰和民間神祇的崇拜往往融入文學之中，甚或創作者的心靈深處。曹娥孝女形象的建構就有民間崇拜的特徵。而影響更大的則是佛、道二教在文學中的書寫。不瞭解佛教，就不能充分把握漢魏以來的中國文化；不瞭解道教，同樣難以體會中國文學的根柢。這些看法已經成爲人文學界的共識。然而，宗教文學或宗教與文學的關係研究，是一個非常棘手的難題。不僅典籍浩若煙海、名相繁複，而且教義、儀軌、戒律等都讓人難以盡覽、體驗。可是，我們看到候選人的論著有諸多篇論及宗教文學問題。如，末世思想中的天地覆滅而至於再生的迴圈宇宙論（see "Ruan Ji on Apocalypse"）；文人的生死觀表現於詩歌中的“尋僊”（《阮籍、嵇康尋“僊”攷論》、《早期道教詩歌中的“玉華”意象與玄境之遊》，載《漢唐文學的歷史文化攷察》）和特殊詩體“臨終詩”（see “Tao Qian on His Deathbed”, “Composed on the Verge of Unnatural Death”, *Considering the End: Mortality in Early Medieval Chinese Poetic Representation*）。論及的人物有孔融、阮籍、嵇康、歐陽建、陶淵明、鮑照、謝靈運等重要文人。可以說，這不是一個個別現象，而是一個具有普遍性的宗教文學問題。生死觀是宗教文學的一大主題，佛、道二教各有理解和追求。這幾篇論文集中將這一主題從追求長生不老到坦然而亡的不同理念、信仰、審美、實踐等方面做了深入攷察，把道、佛之不同境界用詩性話語充分書寫出來，可謂寫氣圖貌，隨物婉轉，通瞻精雅，文史彬彬。此外，候選人對謝靈運頓悟說與佛性論思想來源之爬網，提出了有別於佛學界長期流行的從道生而來的觀點，認爲其導源於廬山慧遠。這一新見解，有助於對中國佛學這一根本問題的深化和闡發（see “Xie Lingyun on Awakening”, *Considering the End: Mortality in Early Medieval Chinese Poetic Representation*），必將產生深遠影響。

學術研究的基礎是材料問題，尤其有關古代中國的研究，因史料卷帙浩繁，往往會令人挂一漏萬，以偏概全。此乃學術研究之通病。候選人成果卻力摒此風，確立研究對象，從史料出發，竭澤而漁，操千曲而後曉聲，觀千劍而後識器，博觀圓照，實事求是，無私於輕重，不偏於憎愛，令人信服歎之。如此學問，必然有“十年坐得板凳冷，文章不寫半句空”之境界。

候選人則正是如此，詮釋了一個學者精進、謹嚴、善思、求新之學術信仰精神。學術研究之層次不僅是觀點、理據、方法之問題，還在於語言表達之流暢和準確。候選人成果於學術語言上不僅熔準確與流暢於一爐，而且能在古今、文白間自由轉換，天衣無縫，脩辭立誠，情信詞巧，文約而詣，詣婉而彰，蓋所謂“酌奇而不失其眞，玩華而不墜其實”，必將行之久遠。

總上言之，候選人凝思大方，馳懷高觀，神情儁徹，風鑒朗拔，其學術水準日臻佳境，在國際漢學界有着很高的聲譽和廣泛的影響。本人認爲完全達到了正教授（Full Professor）的水準。是故以我個人學術信譽，誠懇建議晉昇爲正教授。

2015年6月於四川大學中國俗文化研究所

壹拾貳

宏斯“三義” 以興詩學[1]

——讀劉懷榮《賦比興與中國詩學研究》[2]

先秦文獻中有關賦、比、興的記載，最早見於《周禮·春官·大師》，爲大師所教“六詩”中的三種詩體，排在“風”與“雅”、“頌”之間。到了《毛詩大序》，“六詩”的順序未變，卻被稱爲“六義”。由於《周禮》和《毛詩大序》均未對賦、比、興作出明確的解釋，“六詩”如何發展演變爲“六義”，包括兩組不同的賦、比、興如何遞變，遂成爲千古之謎，此其一。賦、比、興在“六詩”中的確切含義雖然難有定論，但是，這一組概念在《詩經》闡釋的歷史發展中，卻逐漸成長爲中國詩歌（包括詞、曲）在創作、閱讀、理論批評等各個層面的核心概念。故源頭的迷失與其支派的顯著地位形成了極爲明顯的反差，此其二。對於來歷不明的賦、比、興，歷代學者

① 《西北大學學報》2008年第6期。

② 劉懷榮：《賦比興與中國詩學研究》，北京：人民出版社，2007年。

卻傾注了極大的熱情，無論從《詩經》學，還是從中國詩學的角度，對這一組概念的研究自漢代以來幾乎從未中斷，此其三。上述三點表明，賦、比、興這一組概念，既是漢代以來兩千餘年間歷代學者“越説越糊塗”（朱自清語）的傳統學術難題，又是當代中國詩學研究無法回避的問題。要想對已有兩千年研究歷史的這一古老的學術難題作出新的探討，實在不是一件容易的事。

劉懷榮教授近期出版的《賦比興與中國詩學研究》，從全新的思路切入，把賦、比、興作爲中國古代詩歌和古代藝術思維的三種基本方式，對它們的發生源頭及其從上古感性生活中逐漸被提煉、昇華爲一種獨特的民族藝術思維方式和詩歌理論概念的發展過程，進行了較爲詳細的攷證和論述，是迄今爲止研究賦、比、興創獲最多，也最爲系統的一部專著。就筆者所見，全書重要的學術觀點和理論創新主要有：

一、採取了與以往研究完全不同的思路，首次從民族思維發生學的角度，把賦、比、興作爲中國古代詩歌藝術思維的三種基本方式，對它們在發生源頭上與原始巫術、宗教祭祀儀式的密切關聯，及其從上古社會感性生活的沃土中，逐漸被提煉、昇華和凝結爲獨特的民族藝術思維方式和詩歌理論概念的發展過程進行較爲詳細的攷證和論述。對賦、比、興由產生到被抽象爲藝術思維方式的基本軌跡進行了較系統的理論説明，爲破解學術史上這一千古之謎提出了一家之言。

二、在此基礎上，作者對作爲中國詩學原生概念的賦、比、興在中國詩學史上的流變重新進行了梳理，對中國詩學史上諸如“詩教”、“跡熄詩亡說”、“《毛傳》標興說”、“香草美人說”、“興象說”、“神韻說”、“境界說”等一系列重要問題和難題，及其與賦、比、興之關聯，進行了追本溯源的分析、闡述，多能突破前人舊論或自成一家之說。

三、書中十分重視詩學的發生問題，把民族文化早期潛在的詩學作爲討論詩學問題的出發點。這是以往學者很少思攷，卻是中國詩學研究中極爲關鍵的問題。因爲正是發生期的民族文化決定了中國詩學後來的發展方式和定型以後的特點。此外，作者除堅持傳統攷據學的方法外，還採用圖文互證的方法，使用了很多爲以往學者所忽略和基本沒有涉及的原始岩畫、陶器、銅器及畫像磚（石）上的圖畫，并採用了大量攷古學、神話學、古文字學、民俗學等方面的材料。這是該書能夠在一些關鍵問題上有所突破的基礎。

四、書中關於賦、比、興是民族藝術思維的基本方式。賦比興、詩教、詩言志是中國詩學的三大原生概念，三者不僅同源共生，而且也是後世中國詩學發展的三條主線等重要觀點；詩學史上的一大批重要範疇大都是從賦、比、興衍生而來或與之有着深層的美學關聯；以及中國哲學史上言意之辨的理論成果在齊梁之後逐漸被詩學所吸收，并與比興匯爲一體，對中國詩學的發展產生了重大影響等重要觀點，在朱自清《詩言志辨》、趙沛霖《興的源起》以及當前流行觀點的基礎上，具有一定的突破和補充價值，因而對賦比興和中國詩學的研究有明顯的推進。

劉懷榮教授多年來一直致力於中國詩學的研究，該書是他近十幾年來研究成果的一個總結。其引證的豐富、思路的新穎、見解的獨到，既顯示了作者在這方面紮實的功底，也必將對中國詩學的研究產生重要的影響。

當然，該書對賦、比、興發生源頭的追溯，還有一定的推測成分，這在很大程度上當然是受到史料缺失的限制，但結合《孔子詩論》等攷古材料，或還能有一定的深入餘地，希望作者在下一步的研究中能有更精彩的發揮。

下編

壹

佛教文學芻議[1]

人類社會是一個充滿矛盾而又相互聯繫着的大文化系統，在這個文化系統中，各種子文化在不斷地進行着對話和滲透。作爲文化系統中最爲活躍的精神文化的各個領域，其相互間的碰撞與融合又是十分突出的。而精神活動中的宗教與藝術的聯繫又表現得異常活躍與密切。從人類早期的精神文化活動來看，宗教與藝術本身就是一對連體嬰兒。隨着人類精神文化的發展，宗教與藝術向着各自的方嚮而邁進，形成了兩種不同的精神文化現象和不同的意識形態。它們各自按照自己的方式和經驗來解釋人類生存的目的和意義。但是，由於二者的原創性以及社會功能和反映形式上的諸多共同或相似之處，使得二者的積極對話和相互影響、相互利用在人類精神文明的發展歷程中，一直沒有絲毫的放鬆，并且起着重要的作用。它們給人類的思維、思想、情感、審美以及生活方式等帶來了極爲重要的深刻變化。

① 《鄭州大學學報》2007年第4期。

作爲世界性三大宗教之一的佛教，與藝術的聯繫尤其密切，特别是與藝術中最大的部類——文學的對話和交融，尤爲積極和自覺。佛教從其誕生期，就包含了非常豐富的文學材料。同時，佛教的創造者與傳播者又十分清楚文學感染人心的魅力，他們在宣傳和擴大佛教影響力的時候，非常注重利用文學手段來爲其服務。這樣，佛教與文學的關係就更加地密不可分了。於是，産生了“佛教文學”的文化系統結構。

佛教文學主要包括兩個方面：一是佛教原典文學，一是區域佛教文學或國别佛教文學。佛教原典文學，又稱佛藏[①]文學，是指印度佛教原典文學，由佛教創始人釋迦牟尼及其弟子所創作，主要是古代印度的産物。它廣泛吸收了古代印度民間口頭文學創作和宗教經典創作的成果，如《四吠陀》（*catur-veda*）、《梵書》（*brāhmaṇa*）、《森林書》（*āraṇyaka*）、《奥義書》（*upaniṣad*）、《往世書》（*purāṇa*）及兩大史詩《摩訶婆羅多》（*mahābhārata*）、《羅摩衍那》（*rāmāyaṇa*）等的文學素材和表現手法，構建了富麗堂皇、琳琅滿目的文學寶庫。僅以佛經體例而言，就有“十二部經”（dvādaśāṅga-buddha-vacana）之稱，即按文體和内容劃分爲十二種：⑴長行（sūtra），以散文直接記載佛陀之教説；⑵重頌（geya），重複長行散文説理的詩歌；⑶偈頌（gāthā），孤起直抒事義的詩歌；⑷記别（vyākaraṇa），佛陀講述衆弟子未來世情況的文字；⑸自説（udāna），佛陀未

① 藏（piṭaka）：音譯必棏家、比摘家、比吒迦，意爲籃或篋、篋藏，引申爲倉庫。佛教全部典籍分爲經（sūtra）、律（vinaya）、論（śāstra）三部分，統稱爲三藏。

待他人問法，而自講法理的文字；(6)因緣（nidāna），敘述佛說教化當時事實的文字；(7)譬喻（avadāna），以淺近的譬喻宣說深奧的哲理；(8)本事（itivṛttaka），記載本生譚以外之佛陀與弟子前生之行事；(9)本生（jātaka），載佛陀前生修行之種種大悲行；（10）方廣（vaipulya），敘述廣大深奧的教義；（11）未曾有法（adbhuta-dharma），記敘佛陀及諸弟子種種奇特之事；（12）論議（upadeśa），述說佛陀論議諸法理的文字。十二部經，前三者爲文體，後九者爲内容。凡十二部者，皆重文學娛悅審美、曲折感人、啟迪教化的功能。

佛典中的譬喻故事就是典型的寓言文學，文筆樸素簡練，故事生動有趣，佳喻甚多，具有移情益智之功効。難怪魯迅當年捐資刻印《百喻經》，促其廣泛流傳。大乘佛教典籍則更重文學敘事婉轉迂迴、跌宕起伏的手法。如《維摩詰所說經》（*vimalakīrti-nirdeśa*）敘述大居士維摩詰染疾，佛陀遣諸弟子探視，多數弟子因畏維摩詰神通與辯才，不敢前往，惟舍利弗（śāriputra）與文殊師利（mañjuśri）敢去。於是，維摩詰爲其現身說法，應機化導，顯示種種神通和辯才無礙的高超本領，借機闡明大乘不二法門的教義。從整個經文來看，敘事曲折生動、懸念迭起，既有矛盾衝突，又有急緩張弛，劇情首尾呼應，有序幕、開端、發展、高潮、結局和尾聲等戲劇結構要素，完全可視爲一部五幕戲劇[①]。馬鳴菩薩（aśvaghoṣa）所造的《佛所行贊》（*buddha-carita*）又是一首長篇傳記敘事詩，以鋪排陳

① 侯傳文：《佛經的文學性解讀》，北京：中華書局，2004年，第41~42頁。

敘的手法，將佛陀一生的故事書寫出來。文筆華麗絢爛，詞藻豐贍富益，音聲朗練圓潤，完全體現了梵語文學語言的特色。故鳩摩羅什（kumārajīva）讚歎道：“天竺國俗，甚重文藻，其宮商體韻，以入弦爲善。凡覲國王，必有讚德；見佛之儀，以歌歎爲尊。”[①]《須賴經》（*sūrata-paripṛccha*）敘說古印度舍衛城中的窮人須賴，品德優越，堅守戒律，修持十善。帝釋天嘗以暴力威逼，金銀誘惑，終不能動其求道之志。在與波斯匿王（prasenajit）爭論貧富問題時，佛陀裁決，謂雖貧而心淨猶爲富，雖富而欲深猶爲貧。波斯匿王聞後，遂皈依佛陀及須賴菩薩。作品情節曲折，波瀾起伏，故事完整，首尾呼應，是一篇優秀的小説。又《蓮華色尼因緣經》（*utpalavaṃā-hetu-pratyaya*）講述中印度王舍城（rājagṛha）美貌女子連華色嫁一人，回家生女後，得知夫與己母私通，認爲母女同事一夫爲不倫，遂捨家赴波羅奈城（varaṇasi），遇一長者見其容色絕美，乃娶其爲正妻。其後，長者赴優善那邑（uśuna）處理商務，適逢童女節會，長者以萬兩黃金娶一年輕絕色美女。長者偕新妻返波羅奈城。經蓮華色問此女父母名，方知爲自己女兒。蓮華色大感悲傷：從前與母親共一夫，如今又與女兒同一夫。遂捨家赴毗舍離城（vaiśālī），加入淫女群，以巧得男子歡心而著稱於世。後

① 〔南朝梁〕僧祐：《出三藏記集》卷十四，蘇晉仁、蕭錬子點校，北京：中華書局，1995年，第534頁。

遷至王舍城，蒙世尊化導而皈依，成爲比丘尼[①]。該經故事委婉曲折，跌宕起伏，前有伏筆，後有回應，人物個性鮮明，心理描寫細膩，是一篇精美的短篇小説。這樣，在佛教原典文學中，就已經具備了詩歌、散文、小説、戲劇的文體特徵。

佛教原典文學（包括翻譯文學在内），依據語言載體可分爲梵語系、巴利語系、胡語系、漢語系、藏語系五大系統。最早的佛教原典（小乘佛教）多用接近口語化、生活化的巴利語（pāli）創作，大乘佛教興起之初，其典籍改用典雅、古奥的梵語（sanskrit），但由於處在過渡階段，其典籍中仍夾雜有大量的俗語（prākṛta），形成了一種混合梵語（hybrid sanskrit）的現象，如《法華經》。直到大乘佛教完全站穩了腳跟，成爲印度孔雀王朝（maurya, 前321~前185）之國教時，纔使用了純粹的梵語，遂形成梵語系佛典文學。隨着佛教向外傳播，小乘佛教沿南印向緬甸、泰國、老撾、柬埔寨等國傳播，遂形成了巴利語系的佛教原典文學。大乘佛教則向西北印度擴展，進入西域（廣義）地區。西域地區國家衆多，民族雜居，形成了多種語言。漢武帝時，張騫出使西域，將原來衹稱匈奴爲“胡”的説法推展到了西域，并把西域諸種語言統稱爲“胡語”。西域各民族對佛教的接受并不是直接照搬的，而是用自己的語言翻譯了佛教原典作品，遂形成了胡語系佛教文學。如，1959年在新疆哈密發現的27幕佛教劇本《彌勒會見記》（*maitre-yasamita*

① 漢文内容見〔南朝宋〕佛陀什（buddhajīva）、竺道生等譯：《彌沙塞部和醯五分律》（mahiśāsakavinaya）卷四，《大正藏》第22册，第25頁上~第26頁上。其梵文本由法顯從獅子國所得。

nātaka），原爲梵文。該劇第三幕結語："洞徹并深研了一切論、學過毗婆尸論的聖月菩薩大師從梵語改編成吐火羅語；波熱塔那熱克西提有從吐火羅語譯成突厥語的《彌勒會見記》中無生羅漢的譬喻故事第三幕完畢。"[①] 吐火羅語（tochari）即爲西域胡語之一種，分爲A種（焉耆語，argi）、B種（龜茲語，kucha）。再如，漢譯最早的佛經《四十二章經》，可能是從大夏（bactria）文的《法句經》翻譯而來[②]。《法句經》還有犍陀羅（gāndhāra）語文本[③]。可以肯定地說，印度佛教從北路傳入中原，的確是經過了以西域胡語作爲中介[④]。由於古代印度有口傳經典的傳統，其文字產生得較晚。大約公元前600至前500年，印度人纔通過商人的貿易吸收了敘利亞及兩河流域阿拉瑪人（aramaeans）創立的阿拉瑪字母（aramaic），創立了古代印度最早的文字婆羅謎文（brāhmī），成爲印度文字的基礎和原型。約在公元前500年左右，西北印度又出現了另一種文字佉盧文（kharoṣṭhī），因該文字傳說爲驢唇仙人（ṛṣikhara）所造，故又稱爲驢唇文。早期的巴利語系的佛教典籍曾使用過婆羅謎

① 季羨林：《敦煌吐魯番吐火羅語研究導論》，臺北：新文豐出版公司，1993年，第48~63頁；蘇北海：《絲綢之路與龜茲歷史文化》，烏魯木齊：新疆人民出版社，1996年，第627頁。

② 季羨林：《再談"浮屠"與"佛"》，《當代學者自選文庫·季羨林卷》，合肥：安徽教育出版社，1999年，第583~585頁。

③ 林梅村：《犍陀羅語〈法句經〉殘卷初步研究》，《出土文獻研究》第2輯，第257頁。

④ 東初：《中印佛教交通史》上，《東初老人全集》三，臺北：東初出版社，1991年，第130頁；季羨林：《再談"浮屠"與"佛"》，《當代學者自選文庫·季羨林卷》，第589頁。

文，但未能將其固定下來，故形成了有語無字的局面。巴利語系佛典的傳播，主要靠口頭進行，所到之處，根據巴利語的語音，以當地的文字記錄巴利語佛教典籍，遂呈現出巴利語系佛典的多種文字的現象，如僧伽羅（siṁghala）文、暹羅（siaṁ）文、緬（burma）文、傣文等都成爲巴利語系佛典的載體。記錄梵語系佛典的書寫符號主要是婆羅謎字母，孔雀王朝時形成了“孔雀體”（maurya）；巽伽王朝（前183~前75）時，形成了“巽伽體”（śuṅga）；笈多王朝（320~540）興起後，形成了“笈多體”（gupta）；6世紀初，又演變爲“悉曇體”（siddhāṃ）；7世紀又演變爲“天城體”（deva–nāgarī）。梵語系佛典還有少量用佉盧文書寫，主要在西北印度。胡語系佛典主要使用佉盧文和笈多斜體字母書寫，有少量雜有閃米特（semitic）字元。唐宋時代，回鶻、西夏興起，胡語系佛典又多出了回鶻文和西夏文。漢語系佛典從佛教輸入中原始，就用漢語漢字將其翻譯過來，一直到宋代，歷1000餘年，翻譯家輩出，有姓名記錄者200餘人，共譯佛典2100餘種。流傳至朝鮮、日本、越南的佛教典籍均屬漢語系，直接照搬漢文藏經。佛教於7世紀分别由中原和尼泊爾（nepal）兩路同時傳入藏區。至14世紀，藏區的佛典翻譯全部完成，由蔡巴噶舉的袞噶多吉（kun–bkav–rdo–rje）編訂了《甘珠爾》（*bkav-vgyur*），日喀則夏魯寺（zha–lu）的布頓·仁欽朱（bu–ston–rin–chen grub）編訂了《丹珠爾》（*bstan-vgyur*），構成了藏語系大藏經的兩大組成部分。甘珠爾爲正藏，收錄經、律兩部；丹珠爾爲副藏，收錄論部。藏語系大藏經約4/5的内容爲漢文大藏經所沒有。藏語系大藏經的書寫符號是藏文字母。最早的藏文字母傳承於笈多體。639年，藏人屯彌三菩剳（thu–mi–sam–bho–ta）從印度留學回藏，根據迦濕彌羅（kāśmīra）的天城體字母重新創造了藏文字母。藏語系大藏經還被翻譯成蒙文本和滿文本。在五大語系中，漢語系和藏語系的佛典文學最爲豐富，最具審美蘊涵，是宗教文學中一座藏瓊儲琚的寶庫。

佛教區域文學或國別文學，主要是指佛教傳入地的佛教信仰者依據佛教教義、教理創作的旨在弘揚佛法的文學作品或帶有濃郁文學性的文字。如，西域佛教文學、中國佛教文學、日本佛教文學、藏傳佛教文學等。其中，世俗信仰者依據自己對佛教的理解和體驗，反射於人生，由此所感悟出的情境（或崇高，或澹泊，或進取等）體現於文學者，在國別佛教文學中佔相當大的比重。以中國佛教文學爲例，除了佛教僧侶創作的大量佛教文學作品外，崇佛文人所創作的宣揚佛教神威、神聖、功德的作品是其重要部分。尤其是崇佛文人聯繫佛教教義、教理而感悟社會人生的空苦、虛幻，由此抒寫出的體悟禪境、禪趣的作品，最具文學審美情趣，其理解社會之深刻、感悟人生之細膩，往往是一般文人作品所無法比擬的。如《三國演義》、《金瓶梅》、《紅樓夢》等膾炙人口的優秀文學作品，其主題就宣揚了因果報應、人生無常、虛幻空苦的思想。另如王維的《鹿柴》、柳宗元的《江雪》等詩作，又表現出了澹泊、寧靜、致遠的禪悅、禪趣。它們或怒放吐豔，或絢爛繽紛，或淡雅純淨，構成了中國文學園地的一朵朵多姿多彩的奇葩，極大地豐富了中國文學的寶庫，以致有學者認爲，“不懂佛教，就不懂漢魏以來的中國文學”，或“不瞭解佛教，對中國文學的認識衹能是霧裏看花，終隔一層”。這些看法雖不免偏激，但也在一定程度上説中了要害。再以東南亞佛教文學爲例，由於東南亞各國的文字產生較晚，各國的文學僅以口頭流傳而無文字記錄。佛教輸入後，以強勁的態勢完全主導了東南亞國家的文化，成爲其民族傳統文化的靈魂，之後所產生的文學，無不以佛教作爲核心内容。如緬甸的《格宋歐寺碑》詩，以佛教祈禱爲核心，是一首具有人生哲理的詩篇①。又日本平安朝時期紫式部創作的長篇小説《源氏物語》着重宣揚了佛教的因果報應思想，并且以這種思想作爲組織故事和推動情節發展的主要因素，成爲日本佛教文學中最具藝術魅力的作品。在區域或國別佛教文學中，中國佛教文學最爲豐富，最具文學審美價值。其中，藏傳佛教文學又是一塊豐饒而亟待開墾的處女寶地，那裏潛藏着極其珍貴的文學寶藏。如藏傳佛教中，乳貝堅金（rus–pavi–rgyan–can,1452~1507）撰寫的《米拉日巴傳》（*mi-la-ras-pari-rnam-thar*）就是一部優秀的傳記文學作品；他所編輯的《米拉日巴道歌集》（*mi-la-ras-pari-mgur-rbum*）也具有極高的文學審美價值。

① 姚秉彦等:《緬甸文學史》，北京：北京大學出版社，1993年，第24頁。

貳

走出神聖的殿堂[①]

——唐代詩僧的世俗化

詩僧是中國佛教僧侶隊伍的特殊組成部分，也是詩人隊伍中的特殊組成部分，是文學與宗教雙重人格的具體體現。雖然“詩僧”的稱謂出現較晚，但詩僧這類人物卻是伴隨着佛教的傳入和中國文人對佛教的接受而出現的。

早在東晉十六國時，就出現了道整、康僧淵、支遁、慧遠等著名的詩僧。南北朝時的詩僧更是層出不窮，如寶月、湯惠休、惠標、洪偃、曇瑗、智愷等都有不少詩作，把佛教與文學緊密地聯繫於一起。詩僧在東晉南北朝時的活動，往往是以“單個意志”或“個體戶”的面目出現於佛教與詩壇，然而，到了唐代，詩僧則突破個體意志的束縛，從四面八方整合於一起，形成了一個陣容龐大、範圍廣闊的特殊的階層。《全唐詩》著錄的詩僧就有115人，僧詩2800餘首，其人數之眾、作品之多，足以令人歎爲觀止。因此，中唐著名詩人劉禹錫、白居易

① 《文史知識》1997年第7期。

首先爲這類人物正名爲“詩僧”[1]。唐代的詩僧與東晉南北朝的詩僧有很大的不同。支遁、寶月、洪偃等詩僧雖創作了大量的詩作，開以禪入詩風氣之先，對後世影響較大，但其主要職能是念經、打坐、弘揚佛教教義，文學創作僅爲其副業或個人業餘愛好。而唐代詩僧則可以說是以寫詩爲主的“專業戶”，而講經說法、宣揚教義成了他們的副業。因此，唐代詩僧衹是披着袈裟的詩人。

詩僧作爲群體和階層在唐代的崛起是與佛教全面的鼎盛和文學創作的全面繁榮相適應、成正比例的。作爲文學創作的另一支大軍的詩僧，其人員的構成是相當複雜的。概括言之，主要有三種情況：一是貧子無依靠，孤苦伶仃，生活無着落，長期流落，被寺院收留，是流民文化與佛教寺院文化哺育了他們，如王梵志、寒山、拾得等；二是富家子弟，因其家世信佛，與佛有緣，遂自幼出家，他們受到了地主莊園文化和佛教寺院文化的雙重薰陶，如皎然、靈佑、道標、齊己、貫休等；還有一類是進出佛門的詩僧，他們自幼入空門，接受佛家教育，然即長，卻又耐不住佛門的寂寞，經不起世俗高官厚祿的種種誘惑而脫掉袈裟還俗，如賈島、清塞等。詩僧既是空門中人，那麼，潛心修道嚮佛乃爲基本。然而，隨着唐代佛教中國化和世俗化

① 〔唐〕劉禹錫《澈上人文集紀》：“世之言詩僧，多出江左。靈一導其源，護國襲之，清江揚其波，法振沿之。”（《劉禹錫集》，卞孝萱校訂，北京：中華書局，1990年，第240頁）又白居易《愛詠詩》：“辭章諷詠成千首，心行歸依嚮一乘。坐倚繩牀閑自念，前生應是一詩僧。”（謝思煒：《白居易詩集校注》卷二三，北京：中華書局，2006年，第1838頁）此二則似爲現存最早記錄“詩僧”一詞的文獻。

的進一步加速，尤其是南禪宗的興起，禪宗提出了明心見性、見性成佛、我心即佛、即心即佛的主張，僧人無須恪守念經、打坐，所謂“饑來吃飯，睡來合眼”①，“擔泥拽石何妨道，運水搬柴好用工”②，皆可以成就佛道。詩僧們再也不可能像東晉南北朝時期的詩僧那樣，躲進山林潛心嚮佛，坐入石窟專事面壁，而是走出那狹小的寺院圈子，或寄行於自然山水，或放浪於閭里巷陌，或出沒於皇宮侯門，他們那些被扭曲了的、躁動不安的性靈，在這裏得到無拘無束的宣洩。無論是“於雲水而得自在”③的怡樂之情趣，還是與文人士大夫酬唱的會別之意緒，甚或是對現實的黑暗或個人的不得志發牢騷、抒憤懣，都比世俗文人來得更自在、更直率，而且更安全。因爲在這裏沒有世俗禮教的羈絆，沒有至高無上的權威，沒有頂禮膜拜的偶像，沒有循規蹈矩的限制，一切都是“隨處作主，立處皆眞”④。無論是閑情淡抹，細絲纏綿，還是熱血沸騰，汪洋恣肆，都是心靈的最爲眞實的流露和顯現。而這一切符合了禪宗（南宗）的基本特點。

唐代詩僧的詩情宣洩基本上是沿着禪宗兩大主體走嚮的需要而來的。禪宗這兩大主體是：一農禪；二士禪。農禪，是禪

① 〔南宋〕賾藏主集：《古尊宿語錄》卷五，蕭萐父、呂有祥、蔡兆華點校，北京：中華書局，1994年，第71頁。

② 〔北宋〕宗鏡述、〔明〕覺連重集：《銷釋金剛經科儀會要注解》卷六，《卍續藏》第24冊，第715頁上。

③ 〔南宋〕普濟：《五燈會元》卷五，蘇淵雷點校，北京：中華書局，1997年，第224頁。

④ 賾藏主集：《古尊宿語錄》卷四，第59頁。

宗人員和經濟來源的基礎，是禪宗向人世間拋售的最爲廉價的入場券。禪宗之所以在短時間内迅速興起，蔚爲大觀，其因之一，乃在於人員的眾多和寺院經濟的急速發展與膨脹。由於人口的增長、社會運動的震盪，不時把一部分生活在社會下層的民眾拋出整個社會正常秩序的軌道之外。他們文化低下，目不識丁，失去土地，或爲躲避徭役、兵役，長期處於饑寒交迫、顛沛流離的境地。這個四處流亡的龐大的流民群體，爲了生活，自然要跑到佛教寺院尋口飯吃。而此時的禪宗寺院則正好借機發展勢力。因此，這群流民不需要佈施，不需要功德，祇要憑着對佛的熱情，即可得到佛門的入場券，成爲佛教隊伍中的成員。而這些流民一旦進入寺院，以僧侶的身份獲得土地和權利，其心緒是異常複雜的。一方面，他們仍帶着過去被迫害、被驅逐的流浪時代的創傷，懷着強烈的批判現實精神，控訴和揭露現實社會的罪惡和醜陋，其悲憤和無情的程度，絕不亞於杜甫、白居易等詩人。王梵志就深有體會地寫道：

> 天下浮逃人，不啻多一半。
> 南北躑躅多，誑他暫歸貫。
> 遊遊自覓活，不愁應戶役[1]。

在這裏，詩人不祇控訴了統治者對下層民眾的殘酷迫害，

① 項楚：《王梵志詩校注》卷五，上海：上海古籍出版社，2010年，第588頁。

同時也看到了大批民衆對統治者的另一種反抗形式，那就是逃走、流亡、不與合作。“我有一方便，價値百匹練。相打長伏弱，至死不入縣。”[1]他們蔑視世間的爾虞我詐、爭名好利，對那些勾心鬥角、阿諛奉承的世俗者流的醜態，給予了辛辣的嘲諷。寒山寫道：

我見百十狗，個個毛狰獰。
卧者渠自卧，行者渠自渠。
投之一塊骨，相與啀喍爭。
良由爲骨少，狗多分不平[2]。

如此以狗爭骨的生動比喻，揭露了官場上的醜陋行徑及世態炎涼的冷酷現實。

另一方面，廣大農禪在遭歷了無數坎坷、屢屢險難後，終於找到了一塊不同於世俗社會的那種弱肉強食、殘酷欺詐、生死不保的鬆寬、寧靜、自在的空間。環繞他們的是大自然，主要活動即是種田、吃飯。山水、田園、勞動、耕作，彌漫着濃濃的畫意；恬淡、寧靜、和諧、悠然，充溢着屢屢的詩情。寒山寫道：

父母續經多，田園不羡他。

① 項楚：《王梵志詩校注》卷三，第355頁。
② 項楚：《寒山詩注》，北京：中華書局，2000年，第158頁。

婦搖機軋軋，兒弄口噅噅。
拍手催花舞，搘頤聽鳥歌。
誰來當歎賀，樵客屢經過[①]。

這完全是一種自給自足、自娛自樂的農家田園生活，沒有暴力，沒有壓迫，有的衹是農家特殊的機鳴軋軋和歡歌笑語。田園牧歌式的生活使他們忘卻了世俗的煩惱與不平。

寒山在《可笑寒山道》中寫道：

可笑寒山道，而無車馬喧。
聯溪難記曲，疊嶂不知重。
泣露千般草，吟風一樣松。
此時迷徑處，形問影何從[②]。

這些詩句雖從陶詩中化出，卻也有其獨到之處。詩僧完全把自己交給了遠離世俗喧囂的重巖疊嶂，在一片清幽孤寂的境界中，體悟着人與自然的關係。唐代詩僧中的農禪詩人，不僅表達了農禪的這種雙重心緒，而且以其通俗化、口語化的特點，體現了廣大農禪的生活情趣，適應了廣大農禪的口味。因此，在中國文學史上，王梵志、寒山、拾得等被稱爲最早的白話詩人。而在文人士大夫中，除了白居易的創作有一些通俗詩

① 項楚：《寒山詩注》，第50頁。
② 項楚：《寒山詩注》，第21頁。

外，其他詩人是極少有的。這也説明農禪詩僧的詩作不僅以其世俗化、貧民化、大衆化的生活情趣爲寺院文化注入了一股新鮮的氣息，擴大了佛教寺院文化的領域，而且爲唐代文學開拓了豐富多彩的境界。

士禪，是禪宗的思想和政治的根本，是禪宗的靈魂與核心，是禪宗急速邁向合法化、上層化的保證。禪宗（以惠能爲代表）原是流行於中國南方邊地的民間性質的佛教宗派，一度遭到北方正統佛教禪學（即北禪，以神秀爲代表）的擠壓和迫害。隨着禪宗在南方的迅速興起與擴展，其地位得到不斷提高，爭奪正統、取得合法化成爲迫切的任務。於是，禪宗兵分數路、向北挺進，很快奪得了正統席位。禪宗的勝利，不光是依靠其人多勢衆，更主要的還是以其思想的獨創、宗風的犀利、處世的灑脱、話語的睿智而贏得士大夫們的青睞。那些官運亨通、春風得意的文人士大夫，往往受到佛教共有的"無常"[①]觀，即破滅感的影響，往往向禪宗或拋遞秋波，或直接參與，力求在禪宗那裏找到平日不曾有的那塊心靈空地而發現自我價值，探求人生之另一條途徑。像王維、柳宗元、劉禹錫、白居易等著名文人士大夫，在他們宦途罹難、官場遭貶之前和政治前途不斷上昇時，就與佛教禪宗有很深厚的交往。現存的有關禪宗創始人惠能大師的三篇碑文即爲王維、柳宗元、劉禹錫所寫。而那些官場失意、宦途沉淪、求名無望的士大夫正好藉此遁入空

---

① 無常（anitya）：意謂世間萬物無有常駐不朽之事，一切皆是遷流不住，忽生忽滅。所謂"一切行無常"。（《雜阿含經》卷十，《大正藏》第2冊，第66頁下）

門，尋求一時的安靜。辛文房曾指出，唐代詩僧多是一些仕途蹇窒的落魄文人：

> 至唐累朝，雅道大振，古風再作，率皆崇衷像教（佛教），駐念津梁，龍象相望，金碧交映。雖寂寥之山河，實威儀之淵藪，寵光優渥，無逾此時。故有巔頓文場之人，憔悴江海之客，往往裂冠裳，撥繒繳，杳然高邁，雲集蕭齋，一食自甘，方袍便足[①]。

這些士禪詩僧正好藉此擺脱世俗的紛繁、忘卻人間的煩惱而自由抒發其性靈，所謂“翠竹”、“黃花”皆具佛性，無不體現般若智慧，詩與禪、自然與人性融合爲一體。所謂“我詩也是詩，有人喚作偈。詩偈總一般，讀時須仔細”[②]，所謂“詩情聊作用，空性惟寂靜”[③]，正是人生最爲自在、自由的境界。什麼貧與富、辱與榮、毀與譽等不過是過眼雲煙，又何必去爲之爭鬥呢？如澹交的《效古》詩：

> 榮辱又榮辱，一何翻與覆。
> 人生百歲中，孰肯死前足。

---

① 傅璇琮：《唐才子傳校箋》卷三，〔元〕辛文房著，北京：中華書局，1995年，第533頁。

② 〔唐〕拾得：《我詩亦是詩》，項楚：《寒山詩注》，第844頁。

③ 〔唐〕皎然：《答俞校書冬夜》，〔清〕彭定求等：《全唐詩》卷八百十五，北京：中華書局，1960年，第9173頁。

玄鬢忽如絲，青叢不再綠。

自古爭名徒，黃金是誰祿[①]。

然而，佛教寺院祇能慰藉他們一時的鬱悶與不平，而不能徹底抹去他們那不甘寂寞、躁動不安的心緒。因此，這些詩僧往往是“身在江海之上，心存魏闕之下”[②]，依然熱衷於世俗的功名利祿、榮華富貴。如靈一的“計日功成後，還將輔聖朝”[③]、棲白的“爲愛詩名吟至死，風魂雪魄去難招。直教桂子落墳上，生得一枝冤始銷”[④]等正說明他們與農禪詩僧的不同。因此，士禪詩僧們一旦有機會，即會四處逢迎干謁，以期躋身上層統治階級。胡震亨說：“嗣後轉噉羶名，競營供奉，集講內殿，獻頌壽辰，如廣宣、棲白、子蘭、可止之流，棲止京師，交結重臣，品格斯非，詩教何取？”[⑤]其實士禪詩僧攀龍附鳳者何止上述幾人，就連被人稱頌的“力之書，能清秀；越之澈，

① 〔唐〕澹交:《效古》,〔清〕彭定求等:《全唐詩》卷八百二十三，第9283頁。

② 〔清〕王先謙撰:《莊子集解》卷八，劉武、沈嘯寰點校，北京：中華書局，2002年，第251頁。

③ 〔唐〕靈一:《送王法師之西川》,〔清〕彭定求等:《全唐詩》卷八百二十三，第9211頁。

④ 〔唐〕棲白:《哭劉得仁》,〔清〕彭定求等:《全唐詩》卷八二三，第9362頁。

⑤ 〔明〕胡震亨:《唐音癸籤》卷八，上海：上海古籍出版社，1981年，第82頁。

沿冰雪；杭之標，摩雲霄”[①]的皎然、靈澈、道標等亦不遺餘力地迎合鑽營。可是，往往事與願違，“靈澈一遊都下，非語流貶；廣宣兩入紅樓，得罪遣歸；貫休在荊州幕，爲城遞放黔中；脩睦赴僞吳之辟，與朱瑾同及於禍；齊己附明宗，東宮談詩，與宮傣高輦善，東宮敗，幾不保首領”[②]。士禪詩僧們正是在這屢屢的打擊下，更加體會到了世俗的虛僞和人生之苦。他們在努力地尋找人生的價值，而這種尋找和探求是苦澀的，即使表現爲最歡樂、最幽默、最充滿喜劇意味的禪詩詩偈，亦往往暗含着一些難以名狀的哀傷、傷感；那些充滿睿智、聰慧的機鋒，往往蘊藏着深沉的悲痛、淒涼，其極端者詛咒世界，笑罵人生，有時在看似淡若煙雲之中，讓人感到不寒而慄；即使是模山範水，也浸透着幽冷清峻，如霜如雪，如玉如冰。士禪詩僧們充滿禪機、禪趣、禪悅的詩作，喚起了士大夫們情感意識上的共鳴，唱和之作不斷湧現，二者構成了唐詩的詩禪合一的特徵。

唐代詩僧的詩創作所表現出的上述兩個傾嚮，正是唐代佛教中國化的結果，亦是佛教禪宗邁出空寂的殿堂而走向世俗的一個重要標誌。

---

① 〔北宋〕贊寧：《宋高僧傳》卷十五《道標傳》，北京：中華書局，1987年，第374頁。

② 〔明〕胡震亨：《唐音癸籤》卷二十九，第302頁。

叁

21世紀《文學遺產》發表佛教文學論文之回觀[1]

佛教從兩漢之際傳入中國，經東漢後期的大量佛典漢譯，不衹在上層有較高的地位，更主要的是贏得了廣大下層百姓的崇信。早期的佛典漢譯，雖然參與的官僚文人極少，但面對如此眾多的外來文化典籍，官僚文人自然不會無動於衷。從漢末魏晉到南北朝隋唐，佛教由小而大、由邊緣而主流、由柔弱而鼎盛，每一步都紮實而穩健。佛典的漢譯，將佛教文學推進了漢語文化系統，使得一種異質、全新的文學思想、審美、題材、體裁、結構、人物、語言等在漢語文學的大海中掀起了陣陣波瀾。佛教在官僚文人心目中的地位崇高，其作用也越來越大、越來越廣泛，甚至諸多官僚文人的衣食住行和精神寄託都離不開佛教了。尤其是那些仕途不遇或經世年老的文人，更會從佛教思想中體會出社會人生的意義和價值。正如白居易晚年

① 《〈文學遺產〉創刊60年》，北京：社會科學文獻出版社，2014年。

所云，“迷路心回因嚮佛”[1]。所以，這一時期佛教文學自然較爲發達，呈現出了幾種樣態：一是漢譯佛典文學；二是本土官僚文人創作的佛教文學；三是僧人創作的文學；四是民間的通俗佛教文學。進入宋代，中國陳隋唐時期創建的佛教八大宗派中的三論宗、唯識宗、律宗、密宗偃旗息鼓，華嚴宗和天台宗一息尚存，衹有禪宗和淨土宗活力依舊。然因淨土宗缺少理論，禪宗衹破不立，不久，漢語佛教的心性說又被陸、王心學借走，佛教本身越來越形同枯槁，幾乎喪失了創新的生命力。明代所謂的“四大高僧”（憨山、袾宏、眞可、智旭）於佛理上幾無創新，反倒在儒學上以佛釋儒，頗有建樹。至清，漢語佛教一衰再衰。而元明清時期，唯獨藏語系佛教卻厚積薄發，百尺竿頭，如日中天。從歷史的事實來看，佛教文學的情況與佛教的生存狀況基本相適應。元明清時期，漢語佛教的衰落也反映到了漢語文人佛教文學上。首先，漢譯佛典的工作至北宋消歇，漢譯佛典文學隨之走完了最後里程；其次，官僚文人的佛教文學作品也缺少新意，而僧人的佛教文學創作更是了無興致。與此不同的是，民間佛教信仰的活力促使不登大雅之堂的俗佛教文學異常活躍，變文、寶卷、小說、傳奇、戲劇等宣揚佛教教義的文學煥發出了勃勃生機，其主題、題材、體裁、結構、情節、敘事等都在不同程度上顯露了佛教文學的特點。從佛教文學的這一歷史進程來講，佛教文學在整個漢語文學史上留下了諸多

---

[1]〔唐〕白居易：《刑部尚書致仕》，《白居易集》卷三十七，顧學頡校點，北京：中華書局，1999年，第3冊，第844頁。

鮮明的印跡，甚至在某個階段或某些領域，佛教文學幾乎成爲當時文學的代表。譬如，晉末至中唐，謝靈運、王維（摩詰）、白居易、劉禹錫、柳宗元等人的山水文學作品，幾乎貫穿了佛教的靜空思想和審美趣味，不僅是佛教文學的代表，也是整個中古時期漢語文學的代表之一。又如，齊梁宮體文學，充溢着佛教的色空思想，是佛教色空文學的開始，以至於晚唐五代及宋初的僧人文學（如“九僧詩”等）都是這一色空文學的延續。更有甚者，色空文學在明代的《金瓶梅》、清代的《紅樓夢》中表現得淋漓盡致，一覽無餘。還有敘事文學的結構，以輪迴爲緣起，以報應爲結果，將三世因緣作爲文學主線，充分展示了人世間的爭鬥傾軋、爾虞我詐，揭示了名、利、權、色的虛、幻、苦、空。如《説岳全傳》、《紅樓夢》等。可以說，佛教文學在整個漢語文學的建構中，起到了極其重要的作用。因此，佛教文學是中國文學的重要組成部分，佛教文學的研究也是中國文學研究的重要領域。不瞭解漢魏以來的佛教，就難以準確把握中國文學的發展、變化和内在精神，這一點已成爲學界的基本共識。但是長期以來，因爲佛教文學是一個跨門類的學科，難度顯然比單一學科大，又加上佛教典籍浩若煙海，佛教宗派眾多林立，佛教教義深奧艱澀，致使諸多探尋者淺嘗輒止，而眞正能堅持下來的眞是不多。我們從《文學遺產》10多年來發表佛教文學論文的情況，就可發現，研究佛教文學的學者數量還是偏少，與其在整個中國文學史上的地位和重要性是不相稱的。

《文學遺產》是我國研究中國古代文學的最具權威的雜誌，

在世界漢學界享有絕對的聲譽。《文學遺產》復刊後，對佛教文學的研究給予了充分的重視。但是由於意識形態的問題，佛教文學研究長期被視爲不言而喻的禁區。改革開放後，因思想的解放、意識形態的解禁，佛教文學研究纔被學界破冰。特別是21世紀以來，《文學遺產》發表了一系列佛教文學研究的論文，顯示出巨大的魄力和敏銳深邃的慧眼，爲佛教文學的研究和學術隊伍的培養，做出了突出的貢獻。茲據知網2001~2012年《文學遺產》所發有關佛教文學之論文統計，攷察佛教文學論文及其研究狀況。

一、從論文數量來看，2001~2012年《文學遺產》總共發表佛教文學論文54篇。

年份	2012	2011	2010	2009	2008	2007	2006	2005	2004	2003	2002	2001
篇數	6	6	2	6	1	8	7	5	1	3	2	7

由此表看，發表最多的是2007年，爲8篇，2001、2006兩年各爲7篇，2009、2011、2012三年各爲6篇，最少的是2004、2008兩年，各爲1篇。各年發表情況不同的原因當然與稿源不齊整有關，即有的年份稿子比較集中，有的年份稿子稀疏。但是，從這個表也可以發現，從2001年開始，發表的論文總體上是數量逐漸增多，尤其是2009、2011、2012三年保持每年6篇。這說明，不衹是關注佛教文學的學者開始增長，同時編輯也很看重這一領域的研究。

二、從論文作者來看，54篇論文涉及50位作者，其中1位作者單發了4篇，與他人合作1篇；另1位作者發了2篇，還與

2位作者合作2篇；其餘作者皆爲1篇。這說明佛教文學雖然發文量不大，但作者隊伍卻分佈較廣。在50位作者中，就年齡結構來說，20後1位，30後3位，40後3位，50後11位，60後11位，70後20位，80後1位。應當說，這個年齡梯隊在學術研究中是一個十分優化的結構。值得欣喜的是，一批70後的學者異軍突起，佔到了40%，成爲佛教文學研究的生力軍。

三、從文章内容類型來看，涉及幾個方面：偏於理論的6篇；偏於作家作品的19篇；偏於文學現象的13篇；偏於攷論商榷的15篇，其中商榷的文章3篇；通訊稿1篇。由此看來，有關作家作品的研究，還是學者們較爲關注的主要方面。就是說，在作品當中感受、分析其佛教文學的意味，仍然是文學研究最常見的切入點。不過，佛教文學與世俗文學不同，它涉及兩個不同領域，因而牽涉和聯繫的内在性以及由此表現出的現象或更加複雜，討論這些現象，當是佛教文學研究的一個重點。古典文學研究不同於現當代文學和外國文學研究的一大特點，便是注重對作家作品，或文學現象，或文學觀念、術語等的探源攷流，甄辨眞僞，商兌異議，衹有辨析清楚，還原歷史境遇，方能客觀敘述。所以，偏於攷論的研究，依然是古典文學研究的基本方法和着眼點。然而，古代文學的研究，思想理論性不強一直是制約其走向更高層次的一個瓶頸。就是說，文學研究不衹是知其然，更重要的是知其所以然。而這知其所以然，則需要更多邏輯的抽象、文學的内在關聯的發掘，由此揭示其普適性或前瞻性的東西。按照英國歷史哲學家柯林武德（Robin George Collingwood,1889~1943）的理解就是“一切歷史都是思想史”（all history is the history of thought）[①]。從這一點上說，我以爲，我們的學者在討論作家作品和文學現象的同時，或可多從思想理論上下手。當然，我這樣的分類衹是一個大概和相對的範圍，并不是說研究文學現象的問題就不具備理論抽象或攷據。

四、從時間段上看，漢代1篇，魏晉南北朝12篇，唐代21篇，宋代16篇，明代3篇，清代1篇。從研究的時間段看出，魏晉南北朝隋唐是佛教傳入華夏後的生長、繁榮和鼎盛期，佛教文學内容豐富，現象叢生，值得探討的問題多，所以，學者容易關注這一時期的佛教文學變化。兩宋佛教文學以禪宗文學和官僚文人佛教文學爲主，仍然表現出相當的文學活力，是學者關注的一個重要階段。所以，10多年來，《文學遺產》發表的研究這三個時期的文章最多。元明清是漢語佛教文學的衰微期，官僚文人和僧人的佛教文學創作動力不足，創作水準一般，故研究的文章更是少得可憐。從佛教文學分期的發表論文狀況看，就知道佛教文學在近兩千年的歷程中，走出了一個“︿”型的勢態。不過，文學史的自身走勢與文學史研究的重點不一定就成正比例。有些時候，文學并不處於高峰階段，甚或處於低谷，但它卻有諸多值得研究的問題。譬如，魏晉南北朝文學在整個中國文學史上并不處於高峰，而北朝文學甚至處於低谷，但它值得探討的問題卻很多。這也正說明了文學與文學研

① R. G. Collingwood: *The Idea of History*, the Oxford University Press, 1978, p.115.

究的複雜性。

五、從篇幅上來看，54篇中有部分萬字以内的短文、1篇通訊，絕大部分文章爲超過萬字的長篇大論。當然，篇幅的長短并不能決定文章品質的優劣，但是可以表明文章内容涵蓋面的多寡。一般來説，篇幅越長，内容的涵蓋面越大，所論問題也就能夠充分展開。故學者評論時多以“鴻篇巨制”、“體大思精”之語而褒之。觀其文，知有數篇達兩萬餘字者，如《早期中國佛法與文學裏的“眞實”觀念》、《經唄新聲與永明時期的詩歌變革》、《從“地府”到“地獄”》等文。足見編者不惜版面，嘉惠其作。而每期長篇短文相互配置，不僅發稿量增大，扶持新人，更重要的是，一些以小見大的問題或細小瑣屑的攷證，有了登堂入室的途徑。如，周顒卒年的攷證、版本的攷證等。

六、從佛教文學所佔比重上看，應當説，54篇并不全是佛教文學的文章，有幾篇衹是部分内容涉及佛教文學，我們也視之爲佛教文學研究文章，計算在内。如，《“獨往”和“虛舟”：盛唐山水詩的玄趣和道境》、《從“地府”到“地獄”：論魏晉南北朝鬼話中冥界觀念的演變》、《佛道爭衡與呂洞賓飛劍斬黃龍故事的變遷》等。

綜上而言，54篇論文涉及了佛教文學的諸多方面。這些文章大都在大量文獻梳理的基礎上，攷論結合，或糾謬成見，或創發新解，得出了比較可信的結論，確實在一定程度上代表了佛教文學研究的較高水準。然而，佛教文學是一方亟待開墾的廣闊綿邈的沃土，從發表的文章看，佛教文學的許多領域尚屬空白。如，卷帙浩繁的漢譯佛典文學竟然一篇研究文章也沒有，僧人文學的研究亦爲數不多，而元明清敘事文學中的佛教文學問題，特別是俗佛教文學的問題，更是有待開掘。長期以來，官僚文人文學一直是整個文學研究的主流形態，文學史書寫主要以官僚文人文學爲主，而僧人文學和俗佛教文學往往不在研究視域之內，如，從東晉始至清的僧人文學創作，就很少被關注；變文、寶卷、曲子詞等民間佛教説唱文學更難以入列文學史。特別是元明清長篇敘事文學（戲劇、小說等）中的佛教主題、結構、語言等，還缺少深入的研究，這不能不說是一大遺憾。這些諸多問題和領域，是文學研究中一個能夠出彩的地方，值得學者們勇猛精進，探賾揭櫫。也希望《文學遺產》一如既往，繼續重視和支持佛教文學研究，多留版面，依靠中堅，扶植新人。祝願《文學遺產》風景這邊獨好。

附：《文學遺產》2001~2012年發表佛教文學論文目錄

（按發文順序，由近至遠）

1）劉運好《論慧遠之"神趣"說》（2012–6）

2）郗文倩《張衡〈西京賦〉"魚龍蔓延"發覆：兼論佛教幻術的東傳及其藝術表現》（2012–6）

3）劉林魁《"飛蛾投火"與中古士人的學術和文學》（2012–4）

4）王傳龍《"九僧"生卒年限及群體形成攷》（2012–4）

5）段雙喜《“雙擬”句式及其在中晚唐佛禪語境中的運用》（2012–3）

6）黄陽興《圖像、儀軌與文學：略論中唐密教藝術與韓愈的險怪詩風》（2012–1）

7）祁偉《宋代禪林筆記的憶古情結與書寫策略》（2011–6）

8）孫昌武《早期中國佛法與文學裏的“眞實”觀念》（2011–4）

9）徐文明《周顒卒年研究》（2011–4）

10）張海沙《論佛教空觀理論對張説及其詩歌的影響》（2011–3）

11）何劍平《論韋應物的詩歌創作與〈楞伽經〉之關係》（2011–2）

12）陳龍《也談〈古小説鉤沉〉的用書版本：以〈辨正論〉爲中心的攷察》（2011–2）

13）趙偉《“詩法禪機”：悟同而道别》（2010–2）

14）周裕鍇《〈滄浪詩話〉的隱喻系統和詩學旨趣新論》（2010–2）

15）譚潔《唐僧懷素〈秋風〉詩釋疑》（2009–6）

16）孫海燕《黄庭堅對傳統詩歌意象的禪意化演進》（2009–6）

17）葛曉音《“獨往”和“虛舟”：盛唐山水詩的玄趣和道境》（2009–5）

18）馮國棟《錢謙益塔銘體論略》（2009–5）

19）吴晶《〈洛陽伽藍記〉體例質疑》（2009–5）

20）徐翠先《佛教史志〈古清涼傳〉的文學價值》（2009–1）

21）張君梅《略論支遁的佛理玄言詩》（2008–2）

22）王小盾、金溪《經唄新聲與永明時期的詩歌變革》（2007–6）

23）張晶《皎然詩論與佛教的中道觀》（2007–6）

24）查屏球《"趙倚樓""一笛風"與禪宗語言：由杜牧等人對語言藝術的追求看經典語彙的形成》（2007–4）

25）馮國棟《書〈居士佛教與居士詞論略〉後》（2007–3）

26）孫海燕《黄庭堅的〈發願文〉與〈華嚴經〉》（2007–3）

27）祁偉、周裕鍇《從禪意的"雲"到禪意的"屋"：禪宗山居詩中兩個意象的分析》（2007–3）

28）陳衛星《"佛教文獻與中國古代文學"學術研討會》（2007–2）

29）韋鳳娟《從"地府"到"地獄"：論魏晉南北朝鬼話中冥界觀念的演變》（2007–1）

30）胡遂《佛禪意蘊與"亦足滌煩"的劉得仁詩》（2006–6）

31）周裕鍇《法眼看世界：佛禪關照方式對北宋後期藝術觀念的影響》（2006–5）

32）史洪權《〈石灰吟〉：從僧偈到名詩——兼談〈石灰吟〉的作者問題》（2006–5）

33）崔小敬《寒山：重構中的傳説影像》（2006–5）

34）張培鋒《杜甫"身許雙峰寺，門求七祖禪"新考：兼論唐代禪宗七祖之爭》（2006–2）

35）詹杭倫《王勃〈釋迦佛賦〉乃丁暐仁作考》（2006–1）

36）梁銀林《蘇軾詩與〈維摩經〉》（2006−1）

37）東方喬《居士佛教與居士詞論略》（2005−6）

38）普慧《佛教對中古文人思想觀念的影響》（2005−5）

39）高華平《“四聲之目”的發明時間及創始人再議》（2005−5）

40）吳光正《佛道爭衡與呂洞賓飛劍斬黃龍故事的變遷》（2005−4）

41）李小榮《李白釋家題材作品略論》（2005−2）

42）張伯偉《佛經科判與初唐文學理論》（2004−1）

43）周裕鍇《惠洪與換骨奪胎法——一樁大學批評史公案的重判》（2003−6）

44）莫礪鋒《再論“奪胎換骨”說的首創者——與周裕鍇兄商榷》（2003−6）

45）康保成《“骷髏格”的眞僞與淵源新探》（2003−2）

46）李芳民《佛宮南院獨遊頻——唐代詩人遊居寺院習尚探賾》（2002−3）

47）李貴《北宋詩僧惠洪考》（2002−3）

48）曹虹《慧遠及其廬山教團文學論》（2001−6）

49）楊經青《王維的終南隱居：與陳鐵民先生商榷》（2001−4）

50）曹道衡《關於楊衒之〈洛陽伽藍記〉的幾個問題》（2001−3）

51）周裕鍇《夢幻與眞如：蘇、黃的禪悅傾向與其詩歌意象之關係》（2001−3）

52）張寅彭《〈唐賢三昧集〉與詩、禪的分合關係》（2001−2）

53）陶敏《〈歷代法寶記〉、杜詩及其他》（2001−2）

54）陳鐵民《〈敦煌寫本《歷代法寶記》所見岑參事跡攷〉求疵》（2001−2）

（本文所統計的《文學遺產》發表佛教文學論文目錄由張劍先生提供，特致謝忱。）

肆

李綱《王摩詰畫渡水羅漢讚》注

阿羅漢[1]具大神通[2]，飛錫[3]淩空如履實。
渺然[4]巨浸[5]與天永[6]，戲躡一杯能徑渡[7]。
云何溪澗咫尺間，乃有種種難涉相[8]。
前者已濟氣怡然，後者將涉有難色。
老病扶攜壯者負，足探策引褰衣裾。
秘其神力[9]不示人，如畏黃蘗[10]所訶責。
我觀一切諸有情[11]，咸具神通并妙用。
空中示現十八變[12]，正眼觀時非吉祥[13]。
善哉摩詰老畫師，能以毫墨作佛事。
稽首[14]十六大聲聞[15]，皆悉回心[16]等正覺[17]。

王摩詰：唐代著名詩人、畫家王維，字摩詰。王維的名和字皆取自古代印度佛教著名“居士”（gṛha-pati）維摩詰（vimalakīrti）之名。維摩詰本是古代中印度毗舍離城（vaiśālī）的大長者（śreṣṭhin）、富商巨賈，爲佛陀（buddha）的在家弟子（gṛha-stha-śiṣya）。佛典中有大乘經《維摩詰所說經》（*vimalakīrti-nirdeśa*）。vi是“無”、“沒有”、“不”的意思，mala是“垢”、“不乾淨”、“污穢”、“骯髒”的意思，kīrti是“名”、“名稱”、“稱呼”的意思，三者合起來就是“無垢稱”、“淨名”。很明顯，王維似乎不懂梵語。如果按照梵語的語意，他的名就是“王無”或“王沒有”，字就是“王垢（名）”，或“王髒（名）”。顯然，大名鼎鼎的王維似乎不能取這樣的名字。

李綱（1083.7.27~1140.2.5），字伯紀，號梁谿先生，常州無錫人，祖籍福建邵武。宋徽宗政和二年（1112），進士及第，歷官至太常少卿；宋欽宗時，授兵部侍郎、尚書右丞；南宋高宗即位初，一度爲相。紹興二年（1132），爲湖南宣撫使兼知潭州，十年（1140）病逝，追贈少師。南宋孝宗趙昚淳熙十六年（1189），特贈隴西郡開國公，謚號“忠定”。李綱善詩、文、詞，著有《梁谿先生文集》、《靖康傳信錄》、《梁谿詞》。

1.阿羅漢（arhat）：略稱羅漢，意謂斷盡三界（trayo dhātava）的見、思之惑，證得盡智（kṣaya-jñāna），并受世間大供養的聖人，是小乘佛教脩行的最高果位。a是“無”、“不”，rhat是“殺”、“生”。合二者，arhat就是“不殺”、“不生”的意思。不殺、不生，就是了斷煩惱，超越生死。因此，從教義上說，“阿羅漢”不能略稱爲“羅漢”，如果略稱爲“羅漢”，那意味着他是不能了斷煩惱、超越生死的。但是，“阿羅漢”一詞在長期的發展歷程中，其首母音a自然脫落。同時，佛教入華，促使漢語產生了大量的雙音節詞，使得雙音節詞成爲漢語辭彙中的主流。阿羅漢是個首母音的三音節詞，讀起來，自然不夠上口，於是，久而久之，首母音脫落。類似的情況，還有阿彌陀（amita）、優婆夷（upāsikā）等，也是脫落首母音而變爲彌陀、婆姨。

2.神通（abhijñā）：指依脩禪定而獲得的無礙自在、超人間的、不可思議的能量、能力、作用。一般有神足（ṛddhipāda）、天眼（divyacakṣṣus）、天耳（divyaśrotra）、他心（paracitta）、宿命（pūrvanivāsānusmṛti）等五神通；再加漏盡（āśravakṣaya），共爲六神通（ṣaḍ abhijñā）。六神通不一定人人都同時具有，往往有備一、二者。

3.錫（khakkhara）：爲錫杖的簡稱。僧人十八物之一，又爲法器。僧人行路必持錫杖，往詣諸方，故稱飛錫、巡錫。在一處止住，稱爲駐錫、留錫、掛錫。“飛錫淩空如履實”的意思是，阿羅漢淩空往來迅疾、隨意，如在實地行走。

4.渺然：廣遠貌。

5.巨浸：大河澤湖泊。

6.天永：像天一樣長遠遼闊。

7.杯：木杯，借指船。晉宋間，有神僧常以木杯渡水，因稱杯渡和尚（見《高僧傳·神異》）。徑渡：直接渡水。此句可能從五百羅漢渡海而來，或爲由菩提達摩（bodhidharma）“一葦渡江”而來。

8.涉相：渡海的各種樣子。難：此處指十六羅漢并非都具神足通，故有的渡海有難相。

9.神力（ṛddhi）：佛、菩薩、羅漢、大居士等擁有不可思議的神變之力。

10. 黃檗：指希運禪師，福建人。唐末，希運禪師至黃檗山（盛産黃檗，其樹皮可作藥用與染料用），駐錫黃檗寺，四方僧眾望風而至。主張“心即是法，法即是心”，爲反對以“見聞覺知爲心”，有時也以打、棒、喝等爲接機的方便。

11. 有情（sattva）：指一切有情識者，亦謂眾生（bahu-jana）、含識（jantu）、群萌（jagat）。

12. 十八變：又稱十八神變，指佛、菩薩、羅漢等依禪定自在的力量示現的十八種神通變化。

13. 正眼：即正法眼藏，又稱清淨法眼。指禪宗嫡佛嫡祖於教外相傳的心印，即依洞徹明見眞理的智慧眼（正法眼），透視萬德秘藏之法（藏），亦即佛内心的悟境。吉祥（śrī），指吉祥草。佛陀成道時，即坐於吉祥草的墊子上。這句的意思是，如果用心印的正法眼藏觀神通變化的話，那些都不是佛陀覺悟的眞諦。早期佛教是反對神通的，禪宗也反神通。

14. 稽首（vandana）：音譯和南，以頭着地，是七種禮法中的第一種。

15. 聲聞（śrāvaka）：指親耳聆聽佛陀聲教而證悟的出家弟子。後與緣覺（pratyekabuddha）、菩薩（bodhisattva）一起被稱爲三乘。

16. 回心：指反自利的小乘而趨嚮大乘，稱爲回心嚮大；反自力而信仰祂力（佛、菩薩），則稱捨自歸他；自始即能直入大乘者，稱爲直入根機；必須靠回心轉意者，即稱回心根機。

17. 等正覺（samyak-saṃbodhi）：指眞正之覺悟。

總的來說，這首詩是不贊成神通的。

伍

文學經典的形成與傳承[1]

文學是一個個體、民族、國家乃至世界性的審美情感書寫的活動。從文學活動的歷時性看，文學的活動大致有二：一爲口誦文學；二爲文本文學。口誦文學不受時間的限制，但要受到地域空間的限制。口誦文學也可以隨傳誦者流動，但範圍和誦者的人數畢竟是有限的；而文本文學則超越時空，隨着文學愛好者的流動，可以被攜帶至不同地域。但是，文本文學的創作與傳播，受到了記錄文本文字符號的物質載體的制約。以漢字文學爲例，早期的載體材料爲甲骨、金石，不便攜帶，其傳播範圍極其有限，且形成“學在王官”的體制。隨着春秋戰國時期竹簡和木牘的大量使用，文本文學的傳播空前廣泛。但是，竹簡、木牘攜帶依然不便，人們讀書和寫書的數量還是不足。所謂“學富五車”，在今天看來，其實也沒有多少。東漢以後紙質載體的使用，使得文本文學躍上一個新臺階。從文本

① 《東北師範大學學報》2016年第5期。

文學的載體來說，大致經歷了4個主流的歷史階段：甲骨、金石（the 17th ~8th centuries B.C.）；竹簡、木牘（the 8th century B.C.~ the 2nd century A.D.）； 紙 質（the 3rd ~ 21st centuries A.D.）；電子（the 21st~）。在此4個時期中，甲骨、金石和竹簡、木牘都使用了大致千年（millennium），而紙質載體使用了近兩千年；隨着21世紀電子載體的大量應用以及地球環保意識的增強，紙質載體必將於本世紀被廢棄，電子載體將開啟嶄新的文本文學的時代。與此同時，口誦文學則不受載體的限制，它淵遠流長，超越了時代的流程，永不停歇。然而，口誦文學的傳統特徵，使得它永遠不能佔據文學的主流地位，衹能從流於邊緣。

文學經典的形成，從文學史的經驗來看，往往不是一蹴而就。大量經典的形成是後世給定的，特別是那些最爲優秀的超越時空的作品，則往往是經過相當長的歷史階段的沉積之後，方纔逐漸被人們認識、肯定。

其一，從詩人、作家的角度看，如陶淵明和杜甫兩位大詩人，都不曾被當時和稍後的文人所欣賞。陶淵明，一個被今天的文學史樹立爲標杆的田園詩人，在東晉末期及至中唐，他的影響力都難以與他同時的山水詩人謝靈運相比肩，儘管期間有鮑照、江淹等人的擬陶體詩，也有昭明太子蕭統爲之作“傳”（《陶靖節傳》），但評價并不高，甚至不予評論，如蕭子顯的《南齊書·文學傳論》和劉勰《文心雕龍》都對陶淵明未置一詞。鍾嶸《詩品》也僅將其列爲“中品”，看重的是其“隱逸”。中唐以後，在詩壇上出現了大量的擬陶詩、效陶詩、和陶詩等，其中，白居易就有30首之多；至宋，整個詩壇湧現出擬陶詩的高潮，其中，蘇軾有百首之多。而且中唐以後至兩宋的詩人對陶淵明的人格魅力做了大力的宣傳，將其視爲六朝時期最偉大的詩人，其影響力已遠超謝靈運。再如杜甫，在今天的文學史中，其地位於唐代文學中無與倫比。可是，杜甫在唐代的詩壇地位，卻遠比後世弱了許多。儘管唐代不少文人高度評價了杜甫詩作，如任華、韓愈等，然而翻看現存的數種唐人選唐詩的集子，卻很少收錄杜詩。這似乎是因爲唐代詩選家并不怎麽待見杜詩或是其爲人。可是到了兩宋，江西詩派的盟主黄庭堅，祭起了崇杜的大旗，其門人紛紛尊杜甫爲江西詩派之祖，并有“一祖三宗”①之説。同時，文壇上竟出現了“千家注杜”的盛況。至明，杜甫被崇尚者們逐漸完成了“詩聖”②和“詩史”③的稱號建構過程，以至於今天的文學史，祗要言及“詩聖”、“詩史”者，則必爲杜甫所專有。

其二，從作品來看，文學史上的許多精審之作在產生以後的相當長時間内影響力表現不出來。譬如，劉勰《文心雕龍》

① 一祖三宗：一祖爲杜甫，三宗爲黄庭堅、陳師道、陳與義。

② 關於“詩聖”，最初并非杜甫一人專享，李白也嘗被賦予“詩聖”的稱號。明人多有將李杜并稱“詩聖”。但從王嗣奭始，用“詩僊”專稱李白，用“詩聖”專稱杜甫。後世遂沿襲之。

③〔唐〕孟棨《本事詩·高逸》：“杜（杜甫）逢祿山之難，流離隴蜀，畢陳於詩，推見至隱，殆無遺事，故當時號爲‘詩史’。”（景印文淵閣《四庫全書》第1478冊，上海：上海古籍出版社，1987年，第240頁）然，唐至明被稱爲“詩史”者，非唯杜甫一人。至明中期，此稱號則專屬於杜甫一人耳。

寫成於齊梁之際，起初“未爲時流所稱”[①]，故劉勰扮作“貨鬻者”[②]，等候大文豪沈約而出，得到沈約賞識——“大重之，謂爲深得文理，常陳諸几案”[③]。這樣一部理論著述，卻從誕生以後直至清代，纔眞正得到了學術界的廣泛重視，纔被文人們發現其理論價值，儘管這中間也有唐代史學家劉知幾提及以及姚思廉《梁書》、李延壽《南史》等爲之立傳，還有敦煌寫本。應該說，唐宋元時期，《文心雕龍》也被文人們屢屢提及，也有一些寫本、刻本出現，但總體來說，與它本身的分量是不相稱的。這一現象直到明代的楊愼批點《文心雕龍》，纔有所改變。眞正對《文心雕龍》整體開掘、深揭幽探的局面，是晚清民國創造的。章學誠謂之“體大而慮周”[④]，魯迅謂之“篇章既富，評騭遂生，東則有劉彥和之《文心》，西則有亞里士多德之《詩學》，解析神質，色舉洪纖，開源發流，爲世楷式”[⑤]，將其與古希臘亞里士多德的《詩學》相提并論。20世紀80年代以後，《文心雕龍》則成爲一大顯學，研究論著如雨後春筍，更引起了海外漢學的高度重視。因此，今天的《文心雕龍》已經不僅僅屬於中國人，還是世界的優秀文化遺著。

① 〔唐〕姚思廉:《梁書》卷五〇《劉勰傳》，北京：中華書局，1973年，第712頁。

② 姚思廉:《梁書》卷五〇《劉勰傳》，第712頁。

③ 姚思廉:《梁書》卷五〇《劉勰傳》，第712頁。

④ 〔清〕章學誠:《文史通義·詩話篇》，北京：中華書局，1986年，第167頁。

⑤ 魯迅:《題記一篇》，《魯迅全集》第8卷，北京：人民文學出版社，1981年，第332頁。

再如，比李清照（1084~1156）晚百餘年的宋末女文學家張玉娘（1250~1276），有着比李清照更爲繾綣悽楚、慘忉殉情的愛情悲劇故事。她不僅是美女加才女，更是對愛情忠貞不渝的典範。清代孟稱舜（1603~1657）説：“抑古之女子，美於色者有之，豐於才者有之。美於色者或絀於才；豐於才者或薄於行。才與色合，而以一貞自命，不食其言者，千古以來一人而已。……此誠情獨鍾於一人，而義足風於千載者也。”[①]其情不幸，其詩詞亦不幸。所著《蘭雪集》兩卷，長期默默無聞，鮮爲人知。直到明代成化、弘治年間，邑人王詔爲之作傳，光大其事，張玉娘始顯於世。清代順治間，著名劇作家孟稱舜刊印《蘭雪集》，并以其故事創作35折傳奇劇本《張玉娘閨房三清鸚鵡墓貞文記》。張玉娘事蹟與作品歷三百年後復興於世。譚正璧説：“宋代女詞人以地位著名的，有魏夫人和孫夫人；以作品著作著名的，有李清照、朱淑眞、吴淑姬、張玉娘，被稱爲四大詞家。”[②]然而遺憾的是，從其作品的品質看，在今天諸多文學史的書寫中，玉娘之作似并未得到應有的地位，有的甚至未置一詞。

其三，從文體上説，一種文體是否能夠代表一個時代文學的最高成就，往往取決於該文體是否具有空前絕後的特色，而不是依據其流行的程度。譬如，詞，在兩宋時頗爲盛行、風靡，

① 〔清〕孟稱舜：《祭張玉娘文》，松陽縣文聯、松陽縣蘭雪詩社：《蘭雪集與張玉娘研究》，北京：中國青年出版社，2005年，第60頁。

② 譚正璧：《中國女性文學史・女性詞話》，上海：上海古籍出版社，2012年，第206頁。

卻并非文壇主流，不過是其時文人不登大雅之堂的抒情（甚或是調情）小作而已，文人們似乎并不看重。他們甚至不願意把自己寫的詞作收入自己的作品集中，有的收了，也要特加說明，以免他人小瞧。如北宋大文豪歐陽修、南宋著名詩人陸游等就是如此。但是，詞的發展卻不以宋人的意志爲轉移。他們原本不以爲意的詞創作，卻堪與詩、賦、筆記、傳奇、曲、小說并列而舉，影響深廣，成了那一時代文學的特色，成爲其代表性文體。所謂“凡一代有一代之文學，楚之騷、漢之賦、六代之駢語、唐之詩、宋之詞、元之曲，皆所謂一代之文學，而後世莫能繼焉者也”①。

以上文學史的實踐經驗表明，文學經典的形成，往往不是一蹴而就的，需要一定時間段的傳播、接受過程，纔能確立起文學經典的地位。文學史的經驗告訴人們，文學經典的構成大致有如下要素：一、構成文學經典，必須是優秀的作品；其作者作爲文學人物，必須具有人格的魅力。如，西晉太康文人左思，就是一個很有魅力和故事的文學人物，其作品《三都賦》甫就，即受到其時大文豪皇甫謐、張載、劉逵等賞識，“司空張華見而歎曰：‘班張之流也。使讀之者盡而有餘，久而更新。’於是豪貴之家競相傳寫，洛陽爲之紙貴”②。然而，很多時候，就像金子往往不能被人發現、千里馬也未必能被識得一樣，優

① 王國維:《宋元戲曲攷·序》,《王國維文學論著三種》，北京：商務印書館，2010年，第46頁。

② 〔唐〕房玄齡等:《晉書》卷九二《左思傳》，北京：中華書局，1974年，第2733頁。

秀的文學作品和具有人格魅力的文人往往不能顯山露水，甚或長期潛沉於文學浪潮之中。這就有賴於後世的文人廣泛開掘，加工打造，大力宣傳。如明代文學運動中呈現出的“前後七子”、唐宋派、公安派、竟陵派等就對發掘、推廣秦漢、唐宋文學，打造文學經典起到了推手作用，如“史漢文學”、杜甫、“唐宋八大家”等核心地位的確立等。二、文學接受者的審美趣味和理論思辨的個性差異也會決定文學經典的構成問題。文學作品主要是詩人、作家的個體創作，其個性化特徵（風格、文氣、秉性、語言、修辭等）十分鮮明，同時，審美趣味、審美愛好以及創作觀念、個性特徵等趨同相近的文人，也會自覺形成一個流派，甚或文學集團。如，有以文學書寫對象而言的田園派、山水派、大漠派、軍旅派、宮體派、江湖派等，有以文學審美風格不同而形成的婉約派、豪放派等。這樣，趣味相投的文人就會不遺餘力地爲其愛好的文學作品和文學人物伸張、讚美，如一向受歷代文人好評的曹植詩，卻在明代文壇盟主王世貞那裏沒有得到賞識。王世貞嘗謂:“子建（曹植）天才流麗，雖譽冠千古，而實遜父兄。何以故？才太高，辭太華。”[①] 顯然，王世貞更加欣賞的是曹操、曹丕那樣的詩作所表現出的審美情趣，因而也就逆反歷史上有關曹植之評價共識。在後世接受文學作品的過程中，接受者的理論思辨能力往往也是決定文學作品的一個關鍵因素。如《文心雕龍》，清代以前之所以

① 羅仲鼎:《藝苑卮言校注》,〔明〕王世貞撰，濟南：齊魯書社，1992年，第110頁。

沒有那麼火熱，實與中國文學批評一貫注重詩話、評點等感性批評思維習慣有關。而像《文心雕龍》那樣思維嚴謹、思辨精密、思想深邃的純粹理論著作（疑似印度佛教式的或至少深受佛教影響的），幾乎不適合中國文人的胃口。直到晚清，西方理性思辨之思維方式入華，引起中國文人重視，對比之下，方有全面關注《文心雕龍》之理論價值，掀起"龍學"高潮。三、時代社會風尚往往影響文學創作，推動文學經典形成。每一個時代都有特定的時代精神和社會風尚。漢末以降，文人清議之風盛行，故六朝文學中以《笑林》、《世說新語》爲代表的段子文學繁盛。往往在嚴酷的現實社會秩序面前，文人們找到一點點私下裏的消遣和樂趣。而此種段子文學，卻絲毫不讓所謂的正統詩文而躋身於文學經典行列。而當代的文學創作，能夠進入後世文學經典行列的不一定就是那些茅盾獎、魯迅獎獲得者，或許是風靡時下、頗具時代氣息的那些不登大雅之堂的段子文學。四、政治家的大力宣導，也會促成更多的文學經典。建安時期，曹氏父子皆好文學，建安七子等"傲雅觴豆之前，雍容衽席之上，灑筆以成酣歌，和墨以藉談笑"[①]。故而，建安文學遂爲文學經典。當代文學也有例證。如，毛澤東雅好古典文學，其時，甚重古代文學之研究、繼承、傳播，所以，一大批古代文學作品進入文學史書寫，成爲文學經典。

文學的地位無論在一個時代的社會地位如何，她都是這個民族精神文化的書寫者，她的創作、傳播、繼承、創新，往往

① 范文瀾：《文心雕龍注》，北京：中華書局，1958年，第673頁。

沒有規律可循，她不依社會的富裕而自富，不依社會的動盪而寂寞，她的姿態千變萬化，她的情感千轉百迴，無論你怎樣對待她，她的發展就是那麼任性。

陸

漢語俗文學及其研究的經典化[1]

漢語俗文學是中國文學的重要組成部分，在百年來的中國文學史的書寫上享有重要的地位。自從用“文學史”的觀念和視野來審視中國文學史以來，文學史家所關注的對象和内容，有了相當大的變化。在此，我想從文學史切入，談談漢語俗文學的研究及其經典化問題。

一、文學史上的“俗文學”

被公認的第一部文學史著作是林傳甲在京師大學堂的國文講義《中國文學史》[2]，可謂是現代學術觀念上的第一部“文學史”。該書内容前5章講的是“小學”（文字、音韻、訓詁；經史子集），之後的章節，以文體分列，仍以正統詩文爲基點，整部書幾未涉及俗文學。之後的幾部文學史依然沿襲這一體例，

① 《四川大學學報》2020年第3期。

② 該書於光緒三十年（1904）撰成，宣統二年（1910）由武林謀新室出版，日本宏文堂印刷，上海科學書局、廣東科學分局發行。

甚至包括當時影響比較大的謝無量《中國大文學史》[1]，雖然範圍擴至經學、小學、諸子乃至史學及理論，但其基本體例仍頗類於林傳甲的講義文學史。而這兩部史作基本上沒有涉及我們今天所關注的“俗文學”。儘管此前謝無量出版有《中國婦女文學史》[2]，但其關注點仍然是以上層女性作家詩人的生活爲主。因此，鄭振鐸不無感慨地說：“最早的幾部中國文學史簡直不能說是‘文學史’，衹是經、史、子、集的概論而已；而同時，他們又根據傳統的觀念——這個觀念最顯著地表現在《四庫全書總目提要》裏——將純文學的範圍縮小到衹剩下‘詩’與‘散文’兩大類，而於‘詩’之中，還撇開了‘詞’不談，以爲這是小道；有時，甚至於散文中還撇開了非‘正統’的駢文等東西不談；於是文學史中所講述的純文學，便往往衹剩下五七言詩、古樂府以及‘古文’。”[3]隨着王國維《宋元戲曲攷》[4]和魯迅《中國小說史》[5]的影響日甚，文學史的撰寫體例和內容亟待更新的呼聲越來越響。20世紀中國文化材料的四大發現——殷商甲骨文、秦漢簡牘、敦煌遺書、明清檔案，尤其是居延漢簡、敦煌遺書和民間流傳的寶卷，讓人們更多地瞭解了

---

① 上海中華書局1918年出版。

② 上海中華書局1916年出版。

③ 鄭振鐸：《插圖本中國文學史・緒論》，北京：人民文學出版社，1982年，第7頁。

④ 王國維於1908年始關注宋元戲曲，1912年勒成《宋元戲曲攷》，1915年由上海商務印書館題名爲《宋元戲曲史》發行初版。

⑤ 北京新潮社發行，1923年初版上卷，1924年初版下卷。正式出版時，在原作基礎上增加了9篇。

傳統文化中的民間、大眾的日常生活、信仰與審美。因此，當歷史走向20世紀20年代以後，許多文學史家自覺地把俗文學的內容納入文學史的書寫之中。作爲新文化運動的宣導者之一，胡適最早就文學史的書寫，提出了新的看法："中國文學史上何嘗沒有代表時代的文學？但我們不應向那'古文傳統史'裏去尋，應該向那旁行斜出的'不肖'文學裏去尋。因爲不肖古人，所以能代表當世。"[①]新文化的一個顯著標誌就是"白話文運動"，胡適不僅提倡當代的人們丟掉文言文轉而使用白話文，更要從歷史進程當中尋找白話文學的傳統。所謂"白話"正是平民大眾日常生活的交流語言和情感、審美的抒寫語言。以白話文承載的文學，在胡適看來就是中國歷史上最爲進步的文學："白話文學史就是中國文學史的中心部分。中國文學史若去掉了白話文學的進化史，就不成中國文學史了，衹可叫做古文傳統史罷了。我們現在講白話文學史，正是要講明……中國文學史上這一大段最熱鬧，最富於創造性，最可以代表時代的文學史。"[②]胡適完全摒棄了傳統的經、史、子、集的文學分類體例，而且專講"那自然的，活潑潑的，表現人生的白話文學"。他認爲"中國三千年的文學史上，哪一樣新文學不是從民間來的？"[③]這就意味着，所謂正統（legitimacy）文學、雅（refined）文學或精英（elite）文學皆源於民間（folklore）、大眾（mass）。

---

① 胡適：《白話文學史・引子》，上海：上海古籍出版社，1999年，第3頁。該書1928年由上海新月書店初版發行。

② 胡適：《白話文學史・自序》，第7頁。

③ 胡適：《白話文學史》，第14、15頁。

經過胡適等人的大力宣導，淵源於民間、大衆的文學受到了學者們的重視與稱讚。洪亮、鄭振鐸、楊蔭深等文學史家，踵武前賢，他們改“白話文學”爲“民俗文學”或“俗文學”，專門勒成了《中國民俗文學史略》、《中國俗文學史》、《中國俗文學概論》[①]等專著，更加強調了俗文學在中國文學史上的巨大作用和崇高地位。洪亮的著作以民俗文學爲基礎，以歷史進程爲線索，分別論述漢唐小說、戲曲、敦煌遺書；宋代語錄、平話小說；元代戲曲、小說；明清講史、傳奇、戲曲、小說、彈詞寶卷；民國歌謠、故事、謎語等。鄭振鐸的《中國俗文學史》以俗文學資料爲主，上自古代的歌謠下至清代的民歌，以歌謠、民歌、歌賦、變文、雜劇詞、鼓子詞、諸宮調、散曲、寶卷、彈詞、子弟書爲論述對象，特別是首章關於“何謂俗文學”的總說釋名彰義，敷理舉統。這部著作成爲那個時代以來的經典名著。楊蔭深的著作重點論述謠諺、民歌、俗曲、話本、章回小說、雜劇院本，首章專論“俗文學”的定義，見解獨到；不過因體量過小，僅佔鄭著的1/5強，就内容來看，以“俗文學”改稱“白話文學”更符合中國文學史的實際狀況。鄭振鐸認爲“‘俗文學’就是通俗的文學，就是民間的文學，也就是大衆的文學。……所謂俗文學就是不登大雅之堂，不爲學人士大夫所重視，而流行於民間，成爲大衆所嗜好，所喜悦的東西。……‘俗文學’不僅成了中國文學史主要的成分，且也成

① 洪亮：《中國民俗文學史略》，上海：群衆圖書公司1934年初版；鄭振鐸：《中國俗文學史》，上海：商務印書館1938年初版；楊蔭深：《中國俗文學概論》，上海：世界書局1946年初版。

了中國文學史的中心”[1]。這個說法，基本上明確了“俗文學”的特質、對象和範圍。

二、敦煌俗文學及俗文化研究的經典化

宋元明清俗文學的一個重要基礎和主要源頭是中古後期的俗文學，而其代表則又是被封存千年的“敦煌俗文學”。儘管20世紀以來漢語文學史的書寫給予了俗文學重要的地位和篇幅，但是，對於那些海量的“俗文學”作品的深入理解，卻長期困擾着學者們。當年通俗易懂、家喻戶曉的文字，今日卻艱澀難讀，令人望而生畏，尤其是作爲中古後期俗文學作品代表的“敦煌俗文學”，反倒連飽學之士閱讀起來都困難重重，如入雲裏霧裏。寫本（manuscript）、抄本（transcript）裏大量的異體字、俗字、假借字、別字等，特別是一些字的筆劃脱落，讓人難以辨認；大量的大衆日常生活的用詞、用典、用事，也讓人難以理解；民間流行的、雜亂的宗教信仰，更讓人難以梳理。譬如，敦煌遺書中的白話詩人王梵志的詩：“今身不修福，癡愚膿血袋”（三三）；“身如破皮袋，盛膿兼裹骨”（六一）；“五體一身内，蛆蟲塞破袋”（二九三）；“本是尿屎袋，強將脂粉塗。凡人無所識，喚作一團花”（三〇四）[2]。這些詩作中的“膿血袋”、“破皮袋”、“破袋”、“尿屎袋”都是當時最通俗的語詞，是民間大衆廣爲使用的口語。這即是三卷本王梵志詩集

① 鄭振鐸:《中國俗文學史》，上海：上海古籍出版社，2013年，第1頁。

② 項楚:《王梵志詩校注》（修訂本），北京：中華書局，2019年。括弧内爲詩的編序號。

原序所說“不守經典，皆陳俗語”。唐代另一位詩僧寒山，其“詩一嚮被稱爲白話通俗詩，但并不意味着淺近易解。寒山詩中大量當時人口耳相傳的俗語詞，奇譎拔俗的生詞僻典，源於民間社會的世俗觀念，再加上許多佛家語”[1]。這些白話通俗詩歌裏的民間俚語和世俗觀念，本來應當易解，但是時過境遷，其含意、來源，恐怕研究古代文學的學者都一時識辨不清。

因此，對古代俗文學作品的搜集、梳理、分類、辨析、綴合、校勘、注釋，就成爲中國古代文學研究的另一個重要維度，衹有還原這些俗文學作品的眞實狀況和本來面貌，纔能準確地在文學史的書寫中予以客觀、中肯的評價。中外學者注意到，從20世紀80年代初始起，項楚教授就全神貫注地致力於敦煌俗文學的研究。儘管此前敦煌俗文學的整理與研究除了國外的學者外，國內有羅振玉、王國維、陳垣、陳寅恪、王重民、鄭振鐸、向達、任中敏、潘重規、季羨林、姜亮夫、周紹良、周一良、饒宗頤、蔣禮鴻等諸多名家，爲敦煌文學研究奠定了良好的基礎，但是，對於敦煌文學研究的深度以及對文本的深刻理解，卻并不盡如人意，因而外界流傳着“敦煌在中國，敦煌學在日本”之說。而想要提昇整體研究水準，一個極爲重要的工作就是對俗文學文本的精審校注和精准闡釋。項楚先生的敦煌俗文學研究，就充分體現了這個特點，因而贏得了海內外的高度讚譽。如王梵志詩《吾富有錢時》（〇〇二）：“吾富有錢

① 徐俊：《〈寒山詩注〉書評》，《唐研究》第七卷，北京：北京大學出版社，2001年，第505頁。

時，婦兒看我好。吾若脱衣裳，與吾疊袍襖。吾出經求去，送吾即上道。將錢入舍來，見吾滿面笑。遶吾白鴿旋，恰似鸚鵡鳥。邂逅蹔時貧，看吾即貌哨。人有七貧時，七富還相報。圖財不顧人，且看來時道。”其中，最難解的是“貌哨”。項楚在《校勘》裏認爲“‘貌’，原作‘皃’。《康熙字典》：‘皃，《字彙補》：同貌。○按即兒字訛文。’楚按，‘皃’，唐宋人或書作‘皃’。《變文集·王昭君變文》：‘妾皃（貌）如紅線。’《南齊書·張融傳》‘形貌短醜’，宋本《禦覽》卷六九七引作‘形皃’，蓋俗書如此。《康熙字典》以爲訛文，過矣”。《注釋》：“貌哨：應是醜陋之義。此乃唐人俗語。敦煌本《字寶碎金·去聲》：‘人䰰魈音皃，色皃反。’蓋上字音皃（貌），下字色皃反，正與‘貌哨’音同，雖無釋義，而字皆從鬼，其寓有醜怪之義可以意會。此等俗語僅存之資料，殊可珍貴。‘看吾即貌哨’與上文‘婦兒看我好’對比成文，蓋錢多則婦兒看我即貌美，錢少則婦兒看我即醜陋，以見世態炎涼，金錢左右人們意識，即家庭内部亦不可免也。高適《九日酬顔少府》：‘蘇秦憔悴人多厭，蔡澤棲遲世看醜。’亦此意也。”[①]其實，“在當時，哪怕不識字的人，對於‘貌哨’一定是一聽就懂的”[②]。“貌哨”，經項楚注釋後，涣然冰釋，豁然開朗。

再如，寒山有詩句：“弟兄同五郡，父子本三州。”（〇〇六）[③]此二句，前人大多引庾信《哀江南賦》之“五郡則

① 項楚：《王梵志詩校注》，第12~14頁。

② 項楚：《敦煌詩歌導論》，北京：中華書局，2019年，第259頁。

③ 項楚：《寒山詩注》，北京：中華書局，2019年，第26頁。

兄弟相悲，三州則父子離别”作注，即“五郡”指梁武帝之子湘東王蕭繹、邵陵王蕭綸、武陵王蕭紀、廬陵王蕭續、南康王蕭績；“三州”指湘東爲荊州、武陵爲益州、邵陵爲潁州。其實《哀江南賦》并非“五郡”、“三州”之初典，項楚《寒山詩注》指出，這兩個典故均出自蕭廣濟《孝子傳》：“五郡孝子者，中山、常山、魏郡、巨鹿，趙國人也。少去鄉里，孤無父母，相隨於衛國，因結兄弟。”（《太平御覽》卷三七二引）“三洲人者，各一洲人，皆孤單煢獨。三人暗會樹下息，因相訪問。老者曰：寧可合爲斷金之業邪？二人曰：諾。即相約爲父子。”（《太平御覽》卷六一引）前者又見於稗海本《搜神記》卷四引《世說》，明言將五人孝狀“具表聞奏於魏帝”；後者又見於《太平廣記》卷一六一“三州人”條引《孝子傳》，首句就說“晉三州人，約爲父子”[①]。“可見庾信與寒山詩用了相同的孝子典故”，而“前人對寒山詩所用典故的誤解，結果自然是遠離寒山詩旨。而像這樣的發覆之見，在《寒山詩注》中比比皆是”[②]。寒山雖爲白話通俗詩僧，但他具有深厚的學術脩養，大量典、事瞭然於胸，信手拈來，而國學功力不濟者，往往望文生義，釋於表面。因此，典故的精准詮釋，是文本研究的重要基礎，而這也取決於校釋者的深厚學殖和功夫。

三、研究啟示

在包括俗文學在內的中國古代文學研究中，校勘、注釋等

① 項楚：《寒山詩注》，第26~29頁。

② 徐俊：《〈寒山詩注〉書評》，《唐研究》第七卷，第506、507頁。

雖爲基礎工作，但是祇有對文本進行精審的研究，纔可能準確地宏觀把握古代文學的藝術特點，這對於相對薄弱的中國俗文學研究來説尤爲重要。具體而言，以王梵志、寒山爲代表的白話俗詩與以精英文人爲代表的詩歌就是完全不同的兩個境界。“以盛唐詩歌爲代表的中國文人詩歌，形成了舉世無雙的高雅的藝術傳統。它彌漫着濃郁感人的抒情氣氛，充滿了優美如畫的景色描寫，并且善於將這二者融合滲透，形成蘊藉含蓄、餘味無窮的藝術境界——意境。它體現了歷史形成的我們民族的審美趣味。”[①]可是，王梵志、寒山、拾得、龐居士等人的通俗詩歌就是另一種面貌。以王梵志詩爲代表的白話通俗詩，“不以抒情見長，也不流連風景，壓根兒也沒有打算去創造什麽‘意境’。它主要是用白描、敘述和議論的方法去再現生活、評價生活”。對比之下就可以看出，“文人詩歌的長處，突出了王梵志詩的弱點；文人詩歌的弱點，又突出了王梵志詩的長處。……王梵志詩正好是在文人詩歌最薄弱的環節，取得了令人矚目的藝術成就。……它好像是出色的肖像畫家，非常善於描摹生活中各類人物的形象，并且常常用對比或對照的方法構成組詩，以突出主題。……王梵志詩運用俗語的典範性成就，開創了唐代白話詩派，下啟寒山、拾得等的詩歌。……王梵志詩與文人詩歌顯然不同的藝術風貌，同樣是我們民族心理素質的深刻反映，因而同樣地具有鮮明的民族風格”[②]。

① 項楚：《王梵志詩校注・前言》。

② 以上參見項楚：《王梵志詩校注・前言》，北京：中華書局，2019年，第27~29頁。

同樣，唐代白話詩派普遍具有這樣的鮮明風格[①]。正是在對包括王梵志、寒山、拾得、龐居士等具體詩人及其創作文本的研究基礎上，纔能熔微觀與宏觀於一爐，由不同特點的詩人、詩派的對比研究，揭示出唐詩中蘊含的民族心理及審美風格，也纔能豐富唐詩研究。白話通俗詩派，如寒山詩“在文學、語言學的價值之外，更具有思想史、文化史、社會史和宗教史的意義”[②]。由此而言，俗文學乃至俗文化的研究，就成爲中國文學乃至文化絕不可缺少的一維。不瞭解中國歷時性的俗文化，恐怕就不能理解中華民族的特性構成，不能爲當前社會脫貧後的精神文明建設，做出積極的貢獻。在此方面，項楚先生以歷時性爲軸，以浩繁的文獻爲依據、爲積澱，打破學科界限，貫通語言學、文獻學、文學、藝術、宗教、天文學，融匯古今中外的俗文化研究。其給我們的啟示是：1.俗文化研究的對象十分龐雜，其範圍煙波浩渺，其材料浩若煙海，不宜過早下定義、做結論而作繭自縛；2.俗文化的研究方法多種多樣，而文本細讀、精准闡釋是最有說服力的一種方法；3.俗文化研究的視角，當廣闊無垠，尤其是要同時關照雅文化，雅俗對比，雅俗匯通，古今貫通，以古爲今；4.立足民族心理構成，體現時代精神，肩負高度的歷史使命和社會責任，努力推動中華民族的進步和發展。

---

① 參見項楚、張子開、譚偉、何劍平：《唐代白話詩派研究》，成都：巴蜀書社，2005年。

② 徐俊：《〈寒山詩注〉書評》，《唐研究》第七卷，第505頁。

柒

莊嚴·神聖·慈悲·淨潔[1]

——南普陀山佛教大會上的發言

佛教作爲世界性的三大宗教（佛教、基督教、伊斯蘭教）之一，創建最早，迄今已有2551年的悠久歷史，佛教傳入中國漢地，也已逾2000年。佛教不僅在創立國的古代印度，對國家的社會意識形態和人民的精神信仰生活發揮着重要的作用，傳入中國後迅速地融入中國的思想文化之中，成爲前現代（pre–modern）中國傳統思想文化的三大支柱（儒、釋、道）之一。就是在現代社會以及後現代社會（post–modern society），佛教還將必然地對人們的思想意識、道德觀念、價值取嚮、精神信仰等繼續產生重大影響。

佛教之所以有如此旺盛、強勁的生命力，除了它一系列符合人們社會生活發展和精神信仰的教義、教理、教規、教戒等外，一個極爲重要的因素，就是佛教信仰者那極富感染力和震

① 《和諧社會與道風建設》，北京：宗教文化出版社，2008年。

撼力的公眾形象、社會形象。這是佛教的一個自身的優良傳統。佛陀本人就有“三十二相”（dvātriṃśan mahā-puruṣa-lakṣaṇāni）和“八十種好”（aśīty-anuvyañjanāni），從面相、身相的長相到行、住、坐、臥等舉止行爲，都有一整套完整的規定。佛教教團在修行實踐中，就是朝着這個方向努力精進，勇猛直前。如諸菩薩相，也體現了美好的公眾形象：文殊菩薩嘗教佛陀具“三十二相”、“八十種好”；觀音菩薩雖有諸多變化身（如六觀音、七觀音乃至三十三觀音），然其基本形象爲正觀音——純潔、慈悲、關愛之形象。

佛教入華，歷代高僧皆極爲注意其公眾形象之塑造。僅以慧皎《高僧傳》爲例，就可信手拈出無數僧人之風範。如：晉支孝龍，“以風姿見重，加復神彩卓犖，高論適時”[①]；康僧淵，“容止祥正，志業弘深。……别以清約自處，常乞匃自資，人未之識”[②]；竺法雅，“凝正有器度，少善外學，長通佛義，衣冠士子，咸附諮稟”[③]；竺法乘，“神悟超絕，懸鑒過人，……清眞有志氣，……忘身爲道，誨而不勸”[④]；竺法潛，“伏膺已後，減削浮華，崇本務學，微言興化，譽洽西朝，風姿容貌，堂堂如也”[⑤]；竺法深，“體德貞峙，道俗綸綜。……理悟虛遠，風

① 〔南朝梁〕慧皎：《高僧傳》卷四，湯用彤校注，北京：中華書局，1992年，第149頁。
② 同上，卷四，第150頁。
③ 同上，卷四，第152頁。
④ 同上，卷四，第155頁。
⑤ 同上，卷四，第156頁。

鑒清貞”[①]；支遁，“識清體順，而不對於物。玄道沖濟，與神情同任”[②]；于法蘭，“風神秀逸，道振三河”[③]；于法威，“於威明發，介然遐討。有潔其名，無愧懷抱”[④]；于道邃，“學業高明，内外該覽，善方藥，美書劄，洞諳殊俗，尤巧談論。……高簡雅素，有古人之風，若不無方，爲大法梁棟。……英英上人，識通理清。朗質玉瑩，德音蘭馨”[⑤]；道安，“器識倫通，風韻標朗，居道訓俗，徽績兼著”[⑥]；竺僧朗，“戒德冰霜，學徒清秀”[⑦]；竺法汰，“風姿可觀，含吐蘊藉，詞若蘭芳”[⑧]；僧先，“披陳志慕，神氣慷慨”[⑨]；法遇，“既沐玄化，悟解非常，折挫本心，謙虛成德”[⑩]；竺法曠，“棲風立操，卓爾殊群，履素安業，支行淵深”[⑪]；慧遠，“性度弘博，風覽朗拔。……神明英越，機鑒遐深。……神韻嚴肅，容止方稜，凡預瞻覩，莫不心形戰慄。……善屬文章，辭氣清雅，席上談吐，精義簡要。加以容

---

① 〔南朝梁〕慧皎：《高僧傳》卷四，湯用彤校注，北京：中華書局，1992年，第158頁。
② 同上，卷四，第159頁。
③ 同上，卷四，第166頁。
④ 同上，卷四，第167頁。
⑤ 同上，卷四，第169頁。
⑥ 同上，卷五，第177頁。
⑦ 同上，卷五，第190頁。
⑧ 同上，卷五，第192頁。
⑨ 同上，卷五，第194頁。
⑩ 同上，卷五，第200頁。
⑪ 同上，卷五，第205頁。

儀端整，風彩灑落”[1]，如此等等，不勝枚舉。綜合以上佛教高僧之形象特徵，我們從中提煉出八個大字“莊嚴、神聖、慈悲、淨潔”，作爲當代社會佛教僧眾的公眾形象的要求標準。

莊嚴（vyūha）

莊嚴，是佛教對表相事物，或心理行爲的道德意義的修飾、加強。明代一如《三藏法數》：“莊嚴，端莊嚴飾也。謂眼耳鼻舌莊嚴於身，然後完美，於此諸根，若闕一者，便成殘陋。若不缺者，全美增勝，是爲莊嚴身也。”[2]陳義孝《佛學常見辭彙》：“莊美威嚴。”[3]

莊嚴包含兩個方面的意思：一是端莊、莊重，指佛教僧侶的神態、風度、儀表、舉止、談吐不隨便而且沉着穩重；二是嚴肅、威嚴，指威武、嚴格，即指佛教僧侶行住坐臥有器度風神，氣宇軒昂。這主要是針對當前一些僧人言行放浪、不拘小節而言。

神聖（sacred）

神聖，是指佛教僧人從事這一項崇高無上的事業和實踐，即要求僧眾有一種在精神、智力或道德上卓越傑出、勇猛精進

① 〔南朝梁〕慧皎：《高僧傳》卷六，湯用彤校注，北京：中華書局，1992年，第211頁。

② 〔明〕一如：《三藏法數》卷十一，《大藏經補編》第22冊，第274頁上。

③ 〔馬來西亞〕陳義孝：《佛學常見辭彙》，臺北：文津出版社，1988年，第244頁。

的高尚的獻身精神，即如儒家所謂的“殺身以成仁”[1]、“捨生而取義”[2]的精神。它突出強調了人的堅強的意志、堅定的信念、堅韌的毅力以及高遠的目標和理想的境界。需要特別指出的是，這裏的神聖絕不是神秘或神威，而是一種崇高、向上的大無畏精神。佛教與其他宗教相比，最大的特點是，它是一種智慧宗教，它是通過信仰者的脩行實踐來獲取般若智慧，成就正果的。因此，那些講神異、神通，甚至在寺廟裏抽籤、打卦等的神秘行爲，實際上是一種低俗的自發宗教（spontaneous religion）的迷信活動，嚴重地違背了佛教的基本精神。

慈悲（maitrī–karunā）

慈悲是萬善之基本、眾德之伏藏，是佛教的基本信仰情懷（feeling of faith），更是大乘佛教菩薩普渡眾生精神的具體表徵（token）。與民同樂爲“慈”，爲人拔苦爲“悲”。故《觀無量壽經》:“諸佛心者，大慈悲是，以無緣慈，攝諸眾生。”[3]《大智度論》卷二十七:“慈悲是佛道之根本。”[4]慈悲在大乘佛教興盛時期，具體表現爲“我不入地獄，誰入地獄”[5]、“地獄不空，誓

---

① 〔南宋〕朱熹:《四書章句集注·論語·衛靈公》，北京：中華書局，1983年，第163頁。

② 〔南宋〕朱熹:《四書章句集注·孟子·告子上》，第332頁。

③ 〔南朝宋〕畺良耶舍譯:《佛說觀無量壽佛經》,《大正藏》第12冊，第365頁下。

④ 〔印〕龍樹菩薩造,〔後秦〕鳩摩羅什譯:《大智度論》卷二十七,《大正藏》第25冊，第256頁下。

⑤ 〔民國〕梁啟超:《仁學序》,《飲冰室文集》之三，北京：中華書局，2015年，第32頁。

不成佛”[①]的奉獻精神。在現代社會的今天，慈悲爲懷，則應理解爲一種“大愛”。“愛”是每一宗教都竭力提倡的，中國古代的儒家講“仁愛”，墨家講“兼愛”，西方基督教則講“博愛”。大乘佛教的“大愛”則體現爲“救助”，即以佛教的智慧指導社會人生，使人感悟人生不易，從而珍惜時間、關愛生命、提高生命的品質和密度，實實在在地“爲人民服務”，關心民眾疾苦，興辦慈善事業，爲社會和教育分擔憂愁。佛教僧眾有了這樣的慈悲情懷，必然會受到社會各界的敬重、愛戴。

淨潔（viśuddha）

淨潔是佛教僧眾自我約束的基本條件，是自覺意識的起始。淨，爲清淨。所謂“清淨”有二義：一是離惡行的過失，斷煩惱的垢染。這是障盡解脱的離垢清淨。二是指超諸善惡無對待的清淨。這是性淨解脱的自性清淨。就是說，佛教僧眾不爲世俗物欲所動。名、利、權、色等私欲、物欲乃是引起煩惱的最大敵人，故應當克服、擯棄。我們并不主張僧眾去過那種風餐露宿、自我戕害的苦行（duskara-caryā）生活，但是，那種貪圖享受、與世俗生活看齊的生活作風，是有害於佛教整體形象的。潔，爲整潔、儉樸，即是指佛教僧眾的儀表、穿着乾淨、整潔。佛教是一種文明的宗教。現代文明要求人們生活品質的一個標誌，就是自身的日常生活乾乾淨淨，清潔衛生。佛教僧

① 〔唐〕實叉難陀譯《地藏菩薩本願經》卷一《閻浮眾生業感品》：“若不先度罪苦，令是安樂，得至菩提，我終未願成佛。”（《大正藏》第13册，第780頁下）

眾雖然可以受世俗信眾之供養，但不應奢侈華貴，而應勤儉節約。佛教早在創立之時，就提出了這些與現代文明相一致的主張，可謂具有前瞻性。隨着社會物質生活水準的日益提高，享受生活、提高物質消費，已成爲現代社會時尚的追求。這種風氣席捲全球，連佛門清淨之地也深受影響。因此，構建和諧社會、提倡節約型生活是中央政府和有識之士提出的具有遠見卓識的主張，這與佛教一貫的淨潔主張是相一致的。

"八字"公眾形象，需要僧眾和佛教信仰者、研究者共同樹立、塑造，尤其是叢林（vana）中的高僧、名僧、主持、當家等率先做起。按照根本佛教的"八正道"（āryāṣṭāvgika-mārga）和戒、定、慧來脩持，必然能重潔佛教隊伍，必然能重塑佛教僧眾良好的公眾形象，使佛教事業蒸蒸日上，有益社會，有益人性。

捌

佛教：東亞民衆心靈世界的印證[①]

——在“第七届東亞文獻與文學裏的佛教世界暨東南亞佛教與宗教國際學術研討會”開幕式上的致辭

尊敬的東國大學校長尹性二先生

尊敬的曹溪宗中央宗會議長正門法師

尊敬的東國大學東亞海洋文明與宗教文化研究所所長朴永煥教授

尊敬的各位線上線下的與會者

受會議主辦方委託，我非常榮幸地在會議開幕式上致辭。

2013~2014年期間，我和朴永煥教授多次碰面，策劃舉辦一個有關佛教與文學的國際會議。2015年上半年，朴教授學

① 2021年6月19日，由韓國東國大學東亞海洋文明與宗教文化研究所主辦的ZOOM線上國際會議召开。會議以漢語、韓語、英語作爲工作語言，來自10個國家和地區的27位學者發表了論文，線上參與的公衆逾百人。《法鼓新聞》、《佛教新聞》、《佛教FOCUS》、《佛教頻道》等韓國媒體對會議做了報導。

術休假，應邀在廈門大學訪問，我們兩人在WeChat上再次商議舉辦會議事宜，并就會議主題進行了深入的磋商，最後共同擬定了這一主題。2015年11月，“東亞文獻與文學裏的佛教世界”主題會議如願在韓國東國大學舉辦，出席會議的著名學者孫昌武[①]先生對該主題給予了高度的肯定和讚揚。會議結束的當晚，朴永煥、朱慶之[②]、廖肇亨[③]和我在東國大學後面的小酒吧裏依然沉浸在會議的喜悅之中，大家餘興未盡，一致認爲這個主題會議有必要持續下去。於是在隨後的幾年裏，就有了接下來的連續會議，直至這次的第七屆。雖然，由於疫情，大家不能歡聚一堂，談藝論道，把酒臨風，但是在雲端之上，我們又有了晤面的機會，隔空對話，雲端cheers，依然能交新、顧舊，暢敘友情，依然能夠溝通我們的心靈，回歸我們的精神世界（inner world）。

根據史料記載，公元之交（前2），華人始知佛教。60多年後（67），漢明帝劉莊夜夢金人，遣使尋法，邀梵僧，得經像，白馬馱，至雒京。印僧迦攝摩騰（Kāśyapa-mātaṅga）、竺法蘭（Dharmarakṣa）共譯《四十二章經》，是爲華夏譯經之始。之後桓帝劉志建和元年（147）和延熹十年（167），分别從安息國（Parthia）和月氏國（Kuśāṇa）來華的安清（世高）和支婁迦讖（Lokakṣema）在東漢帝國的首都雒京正式掀起了佛典漢譯的大幕。從此，佛教如同大河大江，從不同的線路，匯聚到

① 孫昌武：中國南開大學文學院教授。

② 朱慶之：中國香港教育大學中文系講席教授。

③ 廖肇亨：中國臺灣“中央研究所”文學與哲學研究所副所長、研究員。

了華夏大地。經過四五百年與華夏原有文化的一系列碰撞、磨合、融會後，佛教儼然成爲中華傳統思想文化的三大支柱（儒、釋、道）之一，成爲華人不可或缺的精神食糧和行動指南，直至今日。在公元5、6世紀，佛教通過中華大陸傳入朝鮮半島，之後又傳入日本。在前現代（pre–modern）時期，佛教也是朝鮮、日本的主要宗教之一，同樣指導着朝鮮、日本人的精神生活。

在東亞社會生活中，佛教的觀念、意識、思想、信仰、情感、直覺、語詞乃至思維方式，滲入了人們的心靈深處，指導着人們的行爲方式。在諸多的文獻與文學中，佛教世界得到了詳實、充分的記載、描述和展示，極大地豐富和拓展了文學世界的時間和空間。

晉宋大詩人謝靈運嘗說："六經典文，本在濟俗爲治耳，必求性靈眞奧，豈得不以佛經爲指南邪！"[①]在謝靈運等人看來，佛教是指導和揭示人們性靈世界的信仰，它與儒家"濟俗爲治"的理想和目標完全不同。謝靈運與范泰、顏延之提倡的這個佛教"性靈說"很快成爲了南朝文學批評的一個重要審美範疇，成爲文學性靈說的源頭。歷唐宋元明清，文學性靈說一路高歌演進，經徐渭（1521~1593）、公安三袁[②]和袁枚（1716~1798）等人的積極宣導和推動，形成了聲勢浩大的文學性靈學派和創作流派。

文學性靈說，不止是中國的，它還隨着韓、日兩國與中

① 何尚之:《大宋文皇帝讚揚佛教事》，僧祐:《弘明集》卷十一。

② 袁宗道（1560~1600）、袁宏道（1568~1610）、袁中道（1570~1623）。

華的頻繁交流而在當地興起。性靈思想早在唐代經日本遣唐留學僧空海（遍照金剛，774~835）等吸收，傳播日本。空海嘗將其著作命名爲《遍照發揮性靈集》行世[①]。此後的江戶時代（えどじだい，1603~1868）早期，明末詩人陳元贇（1587~1671）爲避戰火，東渡扶桑，大力宣傳文學“性靈”說。受陳元贇影響，日本文人石川丈山（1583~1672）和僧人元政（1623~1668）對公安派主將袁宏道十分欽佩，論詩大倡“性靈”[②]，尤其是元政在詩歌中時常言及“性靈”一詞[③]。稍後的梁田蛻岩（1672~1757）竭力學習、模仿徐渭、袁宏道的詩歌，亦頗喜用“性靈”[④]。江戶時代中期，又一批推崇公安派的文人湧現出來，如井上金峨（1732~1784）、僧六如（六如慈周，1734~1801）、山本北山（1752~1812）、市河寬齋（1749~1820）、大窪詩佛（1767~1837）、菊池五山（1769~1849）、朝川善庵

① 早稻田大學藏本。

② 石川丈山說：“一二句有唐詩之風，一二句又有宋詩之風，抑或有朝鮮之風，有日本之風，詩多不可命名。是何故也？蓋自諸書中拾掇集綴，而非自性靈内流出，非從肺腑中秀發也。”（〔日〕石川丈山：《北山紀聞》，長沢規矩也編：《影印日本隨筆集成》第1輯，東京：汲古書院，1978年，第49頁）

③ 如其詩句：“吾詩寫性靈，豈藉江山助”；“陶寫性靈無一字，嶺雲溪月是眞詩”；“詩發性靈妙，沛然誰又防”。（〔日〕元政：《草山集》，富士川英郎編：《詩集日本漢詩》第13卷，東京：汲古書院，1988年，第153、236、271頁）

④ 如：“宇宙一性靈，春也終不死”；“故其詩發乎性靈，潑潑欲飛”；“數人者，不武不文，不雅不俗，性靈攸發，各自躍如”。（〔日〕梁田蛻巖：《蛻岩集》，富士川英郎編：《詩集日本漢詩》第5卷，東京：汲古書院，1985年，第12、61、67頁）

（1781~1836）等[①]，其中山本北山最爲有名[②]。江戶時代的後期，則有著名詩人廣瀨淡窗（1782~1856）。他追隨清代性靈說的宣導者袁枚，在其《淡窗詩話》裏說："有學清詩者，皆師袁子才。"[③]可以說，整個江戶時代的日本文壇，性靈說幾乎成爲主流。

朝鮮半島與日本的情況一樣。18世紀中葉，朝鮮時期（조선왕조，1392~1910）後期的李德懋（1741~1793）、朴齊家（1750~1805）、柳得恭（1749~1807）和李書九（1754~1825）四人深受清代袁枚的影響，以"性靈"爲旨趣，編輯其詩爲《四家詩集》，受到清代性靈派詩人李調元（1734~1803）的高度評價："今觀四家之詩，沉雄者其才，鏗鏘者其節，渾浩者其氣，鄭重者其詞。"[④]稍晚於"四家"的崔瑆煥（1813~1891）編選漢詩，"專主性靈"（《性靈集序》），并將詩集命名爲《性靈集》。其序直揭編選原則："今體詩，得性靈之爲最近，故取之頗多而大要又欲卷帙之等而齊也。"[⑤]

一個具有佛教意蘊的文學審美性靈說，成爲了東亞文獻與文學的主流思想和主張。這充分說明，佛教的觀念（idea）、思

① 劉芳亮:《日本江戶時期漢詩與晚明公安派》,《四川外國語學院學報》2007年第2期，第33~38頁。

② 劉芳亮:《山本北山〈作詩志彀〉與袁宏道性靈說關係再論》,《解放軍外國語學院學報》2013年第3期，第98~104頁。

③〔日〕廣瀨淡窗:《淡窗詩話》下卷，中村幸彥:《近世文學論集》，東京:岩波書店，1969年，第400頁。

④〔韓〕崔日義:《韓國朝鮮後期詩壇接受袁枚詩學之狀況》,《蘇州大學學報》（哲學社會科學版）2010年第2期，第50~55頁。

⑤〔韓〕琴知雅:《崔瑆煥的〈性靈集〉攷》,《文獻》2008年第3期，第162~169頁。

想（thought）、教義（doctrine）、旨趣（purport）在東亞文學世界裹佔據着何其重要的地位，發揮着何其重大的作用。

當前全球新冠疫情仍然是對人們的物質基礎、科技實力、體制機制和精神力量等綜合應對能力的一種攷驗。要戰勝新冠惡魔，除了技術和體制以外，人們内潛的精神力量的激發，似乎是不可或缺的。這一點，佛教給我們提供了豐富的思想資源和精神能量。如果我們能夠充分借鑒，合理汲取，或可成爲人們戰勝瘟神的利器。

當看到又有新的學者加入這個主題會議，并把這個主題延展到了東南亞，我眞是欣喜不已。可以說，我們的朋友遍天下。我希望有更多的學者參與其中，使我們的研究向着更廣更深邁進。

感謝會議主辦方前期辛勤的工作，在很短的時間裏就把這麼多工作安排得有條不紊，細心周到，爲會議的如期舉辦提供了堅强的保證。

最後預祝會議圓滿成功！

謝謝大家！

玖

民族精神與西北民族宗教文化[1]

民族精神（national spirit）是一個民族或民族共同體的靈魂，是其賴以生存和發展的基礎，是其團結一致、和諧共存的凝聚力和嚮心力，是其發憤向上、自強不息的內動力和原創力。

民族精神在歷時性的特質上，往往與宗教信仰粘連於一起，構成了民族的集體無意識（collective unconsciousness），指導着該民族的生活方式和思維習慣，支撐着該民族的向前向上和不斷進取，引導着該民族的精神追求和理想實現。

我國的西北地區是中華遠古文化的發祥地之一，華夏文明主要在這裏形成并傳播、蔓延。漢唐時期，這一文明達到了極盛，成爲同時期最爲發達的世界文明之一。西北地域又是多民族的聚居區，先後有數十個民族在這裏消長。各民族在這裏的相互碰撞、相互促進、相互融合，共同繁衍、共同發展、共同創造，構架了這一地域獨特的文化胸懷——海納百川，有容乃

① 《華夏文化》2006年第3期。

大。“漢唐雄風”，就是這一文化的顯著特徵：她不僅僅表現的是昂揚進取、拓展疆域，更爲深層的是，她打通了中國與西方的隔絕，建立了跨越時空的長期交流，以無畏的胸懷，包容和吸收了各種文化，極大地豐富了本民族的文化内涵和外延。時至今日，西北地區仍然是我國民族聚居最多和最集中的地區，各民族文化差異之大，有如高山流水，各有異趣。但是，長期的生活，又使得這裏的各民族相互依存，與時俱進，共求發展，更加體現出多民族大家庭的溫暖與和諧。

古代民族的形成和發展離不開宗教信仰。民族的産生和形成，其精神生活則必然伴隨着宗教信仰的初級形態——原始宗教；民族的進一步發展和壯大，則往往選擇宗教信仰的高級形態——人爲的宗教[1]。生活在西北地區的各民族，在宗教信仰的選擇上，正體現了這一特點。秦漢以前，包括漢族在内的西北

① “人爲宗教”（the artificial religion）的概念由恩格斯提出。他指出：“至於人爲的宗教，雖然充滿着虔誠的狂熱，但在其創立的時候便少不了欺騙和僞造歷史”（《布魯諾·鮑威爾和原始基督教》，中共中央編譯局：《馬克思 恩格斯 列寧 斯大林論宗教和無神論》，北京：人民出版社，1999年，第51~52頁；中共中央編譯局：《馬克思恩格斯全集》第19卷，北京：人民出版社，2016年，第327頁）；“迄今存在的三種世界宗教——佛教、基督教和伊斯蘭教而言，……多少是人工造成的世界宗教，特别是基督教和伊斯蘭教那裏，我們纔發現比較一般歷史運動帶有宗教的色彩”（《路德維希·費爾巴哈和德國古典哲學的終結》，《馬克思 恩格斯 列寧 斯大林論宗教和無神論》，北京：人民出版社，1999年，第71頁；中共中央編譯局：《馬克思恩格斯全集》第21卷，北京：人民出版社，2016年，第328頁）。

各民族或信仰原始宗教，或信奉薩滿教[1]；秦漢之時，人爲的系統宗教之一——發祥於古代印度的佛教率先傳入西北地區。絲綢之路上的每一個城鎮，都留下了佛教傳播者的足跡。各民族的熱切期盼和精神需求，使得佛教迅速成爲西北各民族共同信仰的宗教。佛教在支撑和豐富各民族的精神生活、提昇理想境界上，發揮了極其重要的作用，并且最終成爲中華民族三大思想文化（另外兩大思想爲儒、道）支柱之一。南北朝時，產生於古代波斯的祆（xiān）教（zoroastrianism）傳入中國南北，尤其是西北地域成爲祆教流傳的主要地區。西域不少地區如高昌、龜茲等居住着大量的祆教信仰者。唐時，祆教隨入長安的昭武九姓的粟特商人或外交官員湧入中原，長安的布政坊、醴泉坊、普寧坊、靖恭坊、會節坊、崇化坊等均建有祆祠。愉悦祆教神靈的歌舞戲，如胡旋舞、胡騰舞、柘枝舞、悖奴兒舞、潑胡乞寒戲（渾脱舞）、拓壁舞、兒郎偉等，深受長安朝野、士庶喜愛，并影響着唐以後的文化藝術生活。唐武后時，經吐火羅、粟特等地區傳入了源自波斯的另一宗教摩尼教（Manicheism）。摩尼教對中國之影響多在深層，元明時期流行於民間的明教即是其變種。摩尼教在漢族地區被斥爲邪教，但在回鶻（Uighur）

---

① 薩滿教（Shamanism）爲原始宗教的一種晚期形式。廣義而言，包括未開化社會的精靈崇拜（Animism），屬原始宗教型態之一。具有明顯之氏族部落宗教特點。其儀式多藉占卜以祈求無病息災、驅退惡魔。薩滿（shaman）爲巫師之意，原指"因興奮而能狂舞的人"，出自通古斯語（Tungus）"司祭（smān）"之意。相信萬物有靈和靈魂不滅，認爲氏族薩滿神爲保祐族人，特在氏族内選派代理人火花神——薩滿，并賦予特殊品格以通神靈，爲本族求福消災。主要流行於亞洲和歐洲北部。

卻被奉爲國教，人皆信之。作爲世界三大宗教之一的基督教之一派聶斯脫利派（Nestorianism, 唐稱景教）於唐太宗李世民貞觀九年（635）傳入中國後，受到了唐太宗、玄宗李隆基的高度重視，太宗詔令於長安義寗坊建寺（教堂），以傳教旨。故長安景教信徒多聚集於義寗坊一帶。高宗則尊景教傳播者阿羅本（Rabban Olopon）爲“鎮國大法主”①，令各州建寺。伊斯蘭教於隋唐之際隨着大食軍隊的侵略擴張而進入中亞和新疆地區，其後又隨商隊進入中原。經元明時期的不斷滲透，一些原來信仰佛教或摩尼教的民族如突厥系的維吾爾、柯爾克兹等族，蒙古系的哈薩克等族，漸次放棄原有信仰而改信伊斯蘭教。這使得伊斯蘭教在西北地域成爲主要宗教，深刻地影響着西北地方各民族的精神生活。可以説，西北地域的民族最多，信仰的宗教也最多。民族宗教、區域宗教、世界宗教在這裏次第傳播、發展、演變。有的消亡了（如祆教），有的融入了其他宗教（如摩尼教、景教），有的漸趨中國本土化（如漢地佛教和藏傳佛教），有的則相對保持住了自己的宗教傳統（伊斯蘭教）。不管這些宗教變化如何複雜，有一點是十分清楚的，這就是，他們都對西北地域的民族文化建設做出過不同的貢獻。西北民族宗教文化是中華文化的組成部分。從歷時性上説，它在一定程度上是中華民族精神的代表。它的歷久不衰、頑強抗爭的生命意識，它的海納百川、相容并蓄的廣闊胸懷，它的心存高遠、超

① 《大秦景教流行中國碑》：“高宗大帝克恭纘祖，潤色眞宗。而於諸州各置景寺，仍崇阿羅本爲鎮國大法主。”（〔清〕王昶：《金石萃編》卷一〇二，清嘉慶十年〔1805〕刻本）

越現實的理想境界，是中華民族精神的集中體現。

當前的西北地區正出現政治穩定、經濟騰飛的最活躍的勢態。中國的現代化主要在於西部的現代化，西北的現代化最重要的是在於挖掘、弘揚和培育其民族精神。保持、弘揚民族精神，就能克服不穩定因素，就能以昂揚的進取精神，創造和發展和諧社會；就能以飽滿的熱情投入西部大開發的浪潮中，創造人民群眾日益需求的物質財富。這樣，就能使兩個文明在民族精神的引導下，迅速發展壯大。

壹拾

"史"與宗教[1]

"史"的文化原型（cultural prototype）最早是以宗教家的面目出現的。中國人的宗教觀念由來已久。當中國人還處在蒙蠻、洪荒世界（foreworld）之時，其自然宗教的意識便已萌生。隨着社會的兩大分工——物質生產和精神生產的出現，中國出現了專門從事和執掌精神活動的人員——巫，即祭司（flamen）。由於其時精神活動的主要内容呈現出宗教、政治、藝術三位一體（trinity）的特點，故巫不僅是政治家、藝術家，更主要的是宗教家。在相當長的一段歷史時期，巫一職一直全權負責氏族部落甚至部落聯盟的宗教事務。隨着國家機器的出現和人們宗教觀念的不斷強化、深化，宗教事務的處理工作亦日趨細膩、縝密，獨家掌管宗教事務工作的巫被新興的祝、宗、卜、史等所分擔。在甲骨卜辭中，祝、宗、卜、史、筮、占、士等字出現得十分頻繁。甲骨文獻相當大的一部分涉及的是宗

① 《南開學報》2007年第3期。

教問題，表明殷人宗教活動的內容已相當豐富、繁雜。相對應的，道德的觀念卻在卜辭中并沒有留下痕跡。周人制禮設官，雖“爲道德而設”，但“周因於殷禮”，仍然將宗、卜、祝、史等提昇爲國家的文化官職，從官方角度明確了他們的宗教職能和職責：“祝”的文化任務是代表祭者向神致辭，他必須有關於神的歷史知識；“宗”的文化任務是管理宗廟祭禮的一切，他必須有關於氏族宗法的歷史知識；“卜”的文化任務是掌管觀兆的宗教事件（有的兼掌筮），他必須有關於吉凶禍福的一套知識；“史”的文化任務是掌管文書、觀察天象，他必須有關於自然現象的知識。文化官職的宗教化，強化了精神文化——“禮”的宗教性，使得社會的整個精神活動籠罩在宗教神祇思想支配的氛圍之中。從世界文化史來看，還沒有任何一個古老民族的文化有如此細膩的宗教分工和明確的職責。這充分表明了中國歷史發展早期人們的生存對宗教活動的依賴。社會的進步和理性的發展，使得人們對宇宙自然和社會人生的認識進一步提昇，也導致中國原始的自然宗教形態的變革向着人爲宗教形態的過渡。在這個過程中，一方面是體現自然宗教特質的諸多元素在上層管理體系之中逐漸地被淡化；另一方面則是人爲的系統宗教因素日趨活躍起來，宗教神學的經學化正以高昂的勢頭適應着大一統帝國的急切需求而迅猛發展。這主要表現在三個方面：一是至高神的道德化；一是“天人感應”的經教化；一是“君權天授”的學理化。這三個方面，前者確立了“天”（太一）的最高地位，并將其塑造成了至高無上、主宰人間、有人格、有道德意志和目的的神（God）；中者從理論上溝通了天與人之間的密切聯繫，完成了有如基督教聖父、聖子、聖靈三位一體以及佛教佛、法、僧三位一體式的儒教“天、道、聖人三位一體”的經教過程；後者將王朝的更替歸之於奉天承運的天道的必然性，完成了儒家倫常的父權、宗教的神權和行政的皇權三位一體的學理化。而這三個方面的工作對於史以外的其他宗教家來說，幾乎是無能爲力的，而衹有史家纔能夠以其“究天人之際，通古今之變”的歷史敘事，參與到人爲的系統宗教的構建之中。如，司馬遷伸張的“天、祖、君”爲“禮之三本”，就有力地配合了神權、父權、皇權三位一體的理論思想。

史，作爲宗教工作者，其出現的時間顯然要晚於巫、祝、卜。根據其職能和職責，史的出現稍早於文字的產生。史，殷商時期在國家的文化官職體系中已經有了崇高的位置，爲大宰、大宗、大史、大祝、大士、大卜這六大天官之一。史的職能在殷商時主要是執掌犧牲、禮敬鬼神，有時還兼占卜。周時，史的官職地位有所下降，大史成爲大宗的附屬。大史雖然職位不高，屬下大夫，但因其職能“知天道”、“禮鬼神”，故而地位依然顯赫。秦漢時期，史的職能範圍進一步縮小，禮鬼神的職責被祝巫所專有，而“知天道”、“通人事”則成爲史家的獨家本領。當兩漢天人感應、天人合一的思想成爲經教時，史家的職能便凸顯出來。

史的另一職能是記言記事。故早期的史家著史是享有獨家特權的，非擔任史官者不能記史。所以，兩漢史家不僅擁有記史的壟斷權力，還擁有家族世襲的傳統。南朝劉宋時，國家立史館，收徒講史，有意培養史學人才。至此，史家脩史的壟斷地位和權利受到了嚴重挑戰，非史家出身者或非專任史官者的文人脩史不再被視爲大逆不道或僭越權力。一時間，官僚文人系統中出現的私自修史者空前增多，甚至連皇帝也親自撰史。這種歷史敘事和闡釋，爲後世研究歷史文化提供了豐富、翔實的材料，富有啟發的意義。

漢魏兩晉南北朝時期，就上層建築而言，整個社會表現出了意識形態宗教化的嚴重傾嚮：董仲舒在繼承先秦子思的宗教思想的基礎上將儒家經學推向了儒教神學，進一步構建了“神道設教”、“天授君權”、“天人感應”的儒教神學理論。佛教在兩漢之際從印度傳入中土，帶來了一套異於華夏本土思想的宗教觀念、信仰和實踐。道教吸收先秦的道學、太極、陰陽、五行、神仙、房中、巫醫、術數等自發宗教①的思想與信仰，於東漢末年正式誕生。經過魏晉南北朝的發展，佛教，以一種出世的、追求彼岸世界理想的終極關懷（ultimate concern），滲透到了社會生活的方方面面，特別是在精神信仰上，已經成爲人們不可或缺的精神支柱和行動指南。政治教化的佛教化有了明顯表徵（token）。儒教神學被看重的不僅是其有利於政治教化的三綱五常的倫理道德，更爲重要的是這種倫理道德與“天

① “自發宗教”（spontaneous religion）的概念由恩格斯提出。他指出：“自發的宗教，如黑人對物神的膜拜或雅利安人共有的原始宗教，在它產生的時候，并沒有欺騙的成分，但在以後的發展中，僧侶的欺詐很快就成爲不可避免的了。”（《布魯諾·鮑威爾和原始基督教》，中共中央編譯局：《馬克思 恩格斯 列寧 斯大林論宗教和無神論》，北京：人民出版社，1999年，第51頁；中共中央編譯局：《馬克思恩格斯全集》，北京：人民出版社，2016年，第327頁）

命神學”的巧妙結合，即將三綱五常納入“天命神學”的系統之内。有了這種巧妙結合，每一改朝換代的政治家們就可爲自己的奪權和統治製造合理、有利的輿論。道教，經過葛洪、陸修靜、寇謙之等道士的努力，不再是對抗官府的宗教組織，而是以半出世半入世的方式配合着統治思想。這樣，宗教化了的儒、釋、道三教便成了社會意識形態的最高指導思想。就思想界的主流思潮而言，則表現出“哲學的神學化”（theologization of philosophy）：儒、釋、道三教改造了一般性的哲學思想，使哲學的範疇向着神學化的方嚮發展。如，關於“道”，就已經不再是兩漢以前的哲學之“道”的概念，而帶上了“神性”（divinity）之“道”的特點，即不僅具有根源和本原的性質，還具有“全在”（omnipresence）、“全知”（omniscience）、“全能”（omnipotence）、“全顯”（omnireveal）的神性意義。這種意識形態的高度宗教化和哲學的極端神學化的背景，使得中世紀前期的正史家們在記述歷史、孜評人物之時，深受影響，從而留下了自己的宗教思想。這個宗教神學的模式同時深深地烙印在漢魏兩晉南北朝史家的歷史觀中，成爲其歷史敘事的一個結構環節。柯林伍德（Collingwood）認爲，基督教思想的引進，對於人們用以設想歷史學的方式具有重要影響。他說：“歷史的過程并不是人類的目的，而是上帝的目的的實踐；因爲上帝的目的就是一種對人類的目的，是一種要在人生之中并且通過人類意志的活動而體現的目的；在這一實踐中，上帝這個角色僅限於預先確定目的并且時時在確定着人類所渴望的對象……在一種意義上，人是整個歷史上的行動者，因爲歷史上所發生的每樁事件都是根據人的意志而發生的；而在另一種意義上，則上帝纔是唯一的行動者，因爲祇有靠神意的作用，人的意志的活動在任何一個給定的時刻纔能導致這一結果而不是另一種不同的結果。”[①]中國古代的史家也同樣有着這樣一種情況。

正因此，探討中國宗教思想史，史家的宗教思想不能不予以關注。

① 〔英〕柯林伍德：《歷史的觀念》，何兆武、張文傑譯，北京：商務印書館，1997年，第87~88頁。

壹拾壹

上郡治所小攷[1]

20世紀80年代後期，隨着長慶油田、神府東勝大煤田、靖邊油氣田等能源的開發，古老而神奇的上郡之地在沉睡了兩千年之後，一下復甦醒來，煥發出勃勃的生機，重新成爲人們關注的焦點。然而，隨着時間的流逝，儘管昔日狼煙蜂起、戰火紛飛、大漠落日、長河奔湧的景象已變成遙遠、模糊的記憶，上郡治所之故址坐落於何處，也成爲祇有攷古學家和文史學家所關注的問題，但是，文化尋根的意識，卻成爲牽動每一位曾生長在上郡之地的文化人、學者去努力探尋其根源的潛在動力。能否將尋找遺落的文化與當前的陝北開發結合起來，是我們文史學者面臨的一個新的課題。本文擬通過對文獻資料與攷古實物的爬梳，探究秦漢上郡之地的位置，使其成爲陝北能源開發之外的另一個文化資源。這是具有現實意義的。

古來上郡之地，早在三代時就有部落族群居住，其時歸屬

① 《唐都學刊》2008年第1期。

雍州。《禹貢》:“雍州之域，厥田惟上。”[①]戰國時，魏文侯（前445~前396）置上郡。上郡因地處戰略要地，一直是魏、秦兩國的爭奪地。秦國佔有後，於秦昭王三年（前304）重置上郡。秦漢時期的上郡，戰略地位十分重要，是匈奴與中原帝國爭奪最爲激烈的地方。上郡既有草場又有農業，是中原帝國通往北地匈奴的門戶，一旦失守，都城咸陽、長安將失去最大、最強的禦敵屏障。秦始皇時期，曾有讖言曰:“亡秦者，胡也。”故始皇派遣長子扶蘇爲監軍，與大將蒙恬率30萬大軍鎮守上郡，以禦匈奴入侵。司馬遷《史記》卷六《秦始皇本紀》:“始皇巡北邊，從上郡入。燕人盧生正義音所吏反，使入海還。以鬼神事，因奏錄《圖書》曰:‘亡秦者，胡也。’《集解》鄭玄曰:‘胡，胡亥，秦二世名也。秦見《圖書》不知此爲人名，反備北胡。’始皇乃使將軍蒙恬，發兵三十萬人，北擊胡，略取河南地。《正義》:‘今靈、夏、勝等州，秦略取之。’”[②]

秦漢時，上郡領膚施等23縣。《漢書》卷二八下《地理志》:“上郡（秦置。高帝元年更爲翟國，七月複故。匈歸都尉治塞外，匈歸障，屬并州）師古曰：匈歸者，言匈奴歸附：戶十萬三千六百八十三，口六十萬六千六百五十八。縣二十三:

① 〔南朝宋〕范曄:《後漢書》卷八七《西羌傳》,〔唐〕李賢等注，北京：中華書局，1965年，第2893頁。

② 〔西漢〕司馬遷:《史記》卷六,〔南朝宋〕裴駰集解,〔唐〕司馬貞索隱,〔唐〕張守節正義，北京：中華書局，1959年，第252頁。

膚施（有五龍山、帝原水、黄帝祠四所）[1]、獨樂（有鹽官）、陽周（橋山在南，有黄帝塚。莽曰上陵畤）、木禾、平都、淺水（莽曰廣信）、京室（莽曰積粟）、洛都（莽曰卑順）、白土（圁水出西，東入河。莽曰黄土）師古曰：圁音銀，其釋在下、襄洛（莽曰上黨亭）、原都、漆垣（莽曰漆牆）、奢延（莽曰奢節）應劭曰：雕山在西南、雕陰、推邪（莽曰排邪）師古曰：邪音似嗟反、楨林（莽曰楨幹）師古曰：楨音貞、高望（北部都尉治。莽曰堅寧）、雕陰道、龜茲（屬國都尉治，有鹽官）應劭曰：音丘慈、定陽應劭曰：在定水之陽、高奴（有洧水可爇。莽曰利平）師古曰：爇古然字、望松（北部都尉治）、宜都（莽曰堅寧小邑）。”[2]從以上地名看，《辭源》認爲上郡“地在今陝西延安、榆林一帶”[3]。《辭海》則認爲“轄境約當今陝西北部及内蒙古烏審旗等地”[4]。《後漢書》卷九六《郡國志》：“上郡（秦置）十城，戶五千一百六十九，口二萬八千五百九十九。膚施、白土、漆垣、奢延、雕陰、楨林、定陽、高奴、龜茲屬國、候官。”[5]比較起來，東漢時期的上郡轄境範圍遠比秦西漢

---

① 據〔東漢〕班固《漢書》卷二五下《郊祀志》：“又立五龍山仙人祠及黄帝、天神、帝原水，凡四祠於膚施。師古曰：膚施上郡之縣也。”（〔唐〕顏師古注，北京：中華書局，1962年，第4册，第1250頁）故知此注少了“天神”一祠。

② 班固：《漢書》卷二八下《地理志》，第1617頁。

③ 廣東、廣西、湖南、河南《辭源》修訂組、商務印書館編輯部合編：《辭源》，北京：商務印書館，1989年，第33頁。

④ 夏征農主編：《辭海》（縮印本），上海：上海辭書出版社，1989年，第192頁。

⑤〔南朝宋〕范曄：《後漢書》卷一一三《郡國志》，第3523頁。

時期要小。

上郡治所於何處？各家說法不一，集中起來主要有兩說：一爲膚施說，一爲綏德說。關於“膚施說”，《辭海》釋“膚施”：“古縣名。戰國魏置。在今陝西榆林東南。秦漢時爲上郡治所。東漢末廢。”① 譚其驤主編的《中國歷史地圖集》認爲秦、兩漢時期的上郡治所在膚施，即今之陝西榆林南②。清沈青崖等編《陝西通志》：“漢上郡地膚施，奢延水東徑膚施縣南，秦置，上郡治。”③《中國歷史地名大辭典》：“在今陝西榆林市東南七十五里魚河堡附近。”④

案：膚施故址在今魚河堡處，說法是有文獻依據的。據史料記載，膚施故址有兩條河經過，即奢延水和帝原水。奢延水，即今之無定河。“無定河，一名奢延水，自銀州撫寧縣界流入。”⑤ 帝原水，一名西河，即今之榆溪河。“西河即帝原水，一名榆溪，在城北十里縣圖。膚施縣有帝原水（《漢書·地理

① 夏征農主編：《辭海》（縮印本），第1693頁。

② 參見譚其驤主編：《簡明中國歷史地圖集》（《秦時期圖說》、《西漢時期圖說》、《東漢時期圖說》），北京：中國地圖出版社，1991年。

③ 〔清〕沈青崖等編：《陝西通志》卷三《建置·漢》，景印文淵閣《四庫全書》第551冊，上海：上海古籍出版社，1987年，第131頁。

④ 史爲樂主編：《中國歷史地名大辭典》，北京：中國社會科學出版社，2005年，第1619頁。

⑤ 〔唐〕李吉甫：《元和郡縣圖志》卷四《關內道》，賀次君點校，北京：中華書局，1983年，第103頁。無定河上游爲紅柳河，發源於今陝北靖邊縣寧條梁鎮內。銀州，故址在今陝北橫山縣黨岔鎮東南。撫寧，縣址“在米脂縣西一百四十里”（沈青崖等編：《陝西通志》卷四《建置·西魏》），即今之陝北靖邊縣址北。

志》）。帝原水西北出龜茲縣，東南流，又東南注奢延水（《水經注》）。”[①]《水經注》卷三《河水·奢延水》：“奢延水又東徑膚施縣，帝原水西北出龜茲縣，東南流；縣因處龜茲降胡著稱；又東南注奢延水。奢延水又東案近刻脱奢延水三字及東字徑膚施縣南。”[②]這就是説，無定河與榆溪河在膚施匯合。“膚施：奢延水徑膚施縣南。”[③]“無定河在縣西南，自懷遠[④]界來，徑魚河堡，與西河合，又東南入米脂界縣冊。奢延水又東徑膚施縣，合帝原水，又徑膚施縣南（《水經注》），漢膚施縣今屬綏德州。”[⑤]按照今實地攷察，無定河與榆溪河交匯處即在今榆林市榆陽區魚河堡，與文獻記載相同；今魚河堡位於榆陽區東南70里，故膚施故址當在魚河堡。又《漢書》謂膚施有五龍山，攷察今之魚河堡西30里處有五龍山。《陝西通志》：“五龍山在縣東南波羅堡南三十里，一名烏龍山。”[⑥]五龍山今屬横山縣之響水鎮，亦可爲今之魚河堡爲秦漢之膚施的另一條佐證。

關於“綏德説”，《辭源》釋“綏州”：“地名。春秋時爲白翟地。戰國時屬魏，後歸秦於此置上郡，西魏始置綏州。……

① 沈青崖等編：《陝西通志》卷十一《山川·榆林府榆林縣》，景印文淵閣《四庫全書》第551冊，第601頁。
② 〔北魏〕酈道元：《水經注》卷三，〔清〕王先謙匯，成都：巴蜀書社，1985年，第97頁。
③ 沈青崖等編：《陝西通志》卷三《建置·秦》，景印文淵閣《四庫全書》第551冊，第131頁。
④ 懷遠，即今之横山縣。
⑤ 沈青崖等編：《陝西通志》卷十一《山川·榆林府榆林縣》，景印文淵閣《四庫全書》第551冊，第601頁。
⑥ 同上，第602頁。

公元1913年改爲綏德縣。”①《辭源》釋“膚施”說:“縣名。漢置，屬上郡。西魏置上縣，爲安寧郡治。唐置綏州，宋改爲綏德城，金元皆爲州治。地在今陝西綏德縣北。”② 漢代膚施地，唐一度改爲龍泉。“龍泉縣，本秦膚施縣地，二漢同。後魏於此置上縣，取郡爲名。隋開皇三年，上縣屬綏州。大業二年，改綏州爲上州，又改爲雕陰郡，上縣咸屬焉。皇朝因而不改。天寶元年，改爲龍泉。……上郡故城，在縣東南五十里。始皇使太子扶蘇監蒙恬於上郡，即此處也。”③ 這就是說，上郡治所在龍泉縣東南50里。比《元和郡縣圖志》早一些的《括地志》嘗謂:“上縣，上郡故城，在綏州上縣東南五十里，秦之上郡城也。”④ 由此故知前者似本於後者。

案：膚施和上縣、龍泉并非一地。據《元和郡縣圖志》提供的資料看，唐綏州治所爲龍泉縣。上縣、龍泉故址應在今榆陽區鎮川鎮南15里之龍王溝黑龍潭。唐李吉甫《元和郡縣圖志》:“州城，貞觀元年築。實中，四面石崖，東面高八十尺，西面高一百四十尺，南面高四十尺，北面高一百二十尺，周迴四里二百步。”⑤ 攷察今榆林至綏德之間，衹有該地具有此險要之山勢可以築城。且有今之黑龍潭、唐之龍泉，正好可以印

① 廣東、廣西、湖南、河南《辭源》脩訂組、商務印書館編輯部合編:《辭源》，第1324頁。

② 同上，第1396頁。

③ 〔唐〕李吉甫:《元和郡縣圖志》卷四《關内道》，第103頁。

④ 賀次君:《括地志輯校》卷一，〔唐〕李泰主編，北京：中華書局，1980年，第48頁。

⑤ 〔唐〕李吉甫:《元和郡縣圖志》卷四《關内道》，第103頁。

證。按《括地志》與《元和郡縣圖志》秦上郡故城在龍泉縣東南50里的説法，今之綏德縣四十里鋪鎮即疑爲秦漢上郡城故址。據史料載，扶蘇在秦二世、趙高陰謀矯詔的威逼下，自刎於上郡[①]。而蒙恬則被秦二世囚禁於陽周——“（秦二世）前已囚蒙恬於陽周”[②]，後被二世賜死於陽周縣故城南橋山。酈道元《水經注》:“陽周縣故城南橋山，昔二世賜蒙恬死於此。王莽更名上陵畤。山上有黄帝塚故也。”[③]秦時陽周城在今子長縣北[④]，距今綏德縣城約90里。今綏德縣城内大理河南岸名州路之蒙恬墓，據説早已被盗，無法辨認眞假。如果爲眞，我猜測，可能是蒙恬死於今子長縣北橋山後，被其士兵移送至今綏德縣城安葬。今綏德縣城内疏屬山頂有扶蘇墓。扶蘇的情況，亦可能如是。

根據上述攷析，兩種説法皆有文獻依據，孰是孰非，則有待攷古發掘而定。這裏的工作是，從文獻上爲實地攷古發掘提供可資參照的線索和依據。

① 〔西漢〕司馬遷:《史記》卷八七《李斯列傳》，第2551頁。

② 〔西漢〕司馬遷:《史記》卷八八《蒙恬列傳》，第2567頁。

③ 〔北魏〕酈道元:《水經注》卷三《河水·奢延水》，第97頁。

④ 一説在今靖邊縣楊橋畔鎮。參見張泊:《上郡陽周縣初攷》，《文博》2006年第1期。

壹拾貳

“中古”小議

“中古”是中國歷史上的一個階段，也是史學家對中國史的一個分期，但具體所指時間段，卻至今仍是衆說紛紜，莫衷一是。在中國出版的一些比較有影響的辭書是這樣解釋的。《辭源》：“今一般以魏晉南北朝隋唐爲我國歷史上的中古時代。”[①]《現代漢語詞典》：“在我國歷史分期上多指魏晉南北朝隋唐這個時期。”[②]《漢語大詞典》：“今一般以魏晉南北朝至唐宋之間爲中古，亦有把兩漢包括在内者。”[③]《辭海》未收該詞。儘管辭典學家們給出了“中古”一詞的基本時間範圍，但是在涉及具體學科的使用上，卻表現出了明顯的差别。如：古代文學界和漢語史、中國古代史學界的認識就出現了不同。

---

① 參見《辭源》（第一冊），北京：商務印書館，2018年，第107頁。

② 北京：商務印書館，2016年，第1694頁。

③ 參見《漢語大詞典》（第一卷），上海：上海辭書出版社，1986年，第585頁。

壹

就古代文學界而言，“中古”指涉的時間範圍，大致有三種：

一、指漢魏六朝。1.尚未對“中古”這一概念作定義性的辨析，但據其所著研究内容的時期，可判斷出其所指範圍。如，劉師培的《中國中古文學史講義》①，可通過目錄中“論漢魏之際文學變遷”、“魏晉文學之變遷”、“宋齊梁陳文學概略”三章，大體知其界定的範圍爲“漢魏六朝”。再如，曹道衡的《中古文學史料叢考》②和劉躍進《中古文學文獻學》③也未明确指涉，但據其目錄，所涉範圍爲“漢魏——兩晉——宋齊——梁陳——北朝隋”。2.明确所指对象。如，王瑤《中古文學史論·自序》：“本書所談論的各問題的時代，起於漢末，訖於梁陳，大略相當於舊日所謂八代的範圍。”④詹福瑞《中古文學理論範疇·引言》：“本書所謂‘中古’，略與劉師培、王瑤相近，主要指漢魏六朝時期。”⑤劉湘蘭《中古敘事文學研究》：“本書所論及的‘中古’，主要指漢魏六朝時期，由於歷史、文學發展的延續性，論述的範圍會延伸到初唐。”⑥其中，所謂“漢魏”的“漢”，僅指東漢末年，確切地說是指漢獻帝劉協建安時期（196~220）。所謂的“隋”并非指整個隋代，而是指隋

① 上海：上海古籍出版社，2019年，第1頁。

② 北京：中華書局，2003年。

③ 南京：江蘇古籍出版社，1997年。

④ 北京：商務印書館，2017年，第4頁。

⑤ 保定：河北大學出版社，1997年，第2頁。

⑥ 北京：北京大學出版社，2011年，第1頁。

文帝楊堅建隋朝的開皇元年至九年（581~589）命楊廣滅南朝陳的這一段時間。因此，從漢獻帝建安元年至隋文帝開皇九年（196~589）這393年時間，是爲“中古”。

二、指漢魏六朝隋唐五代。民國時期的學者徐嘉瑞著有《中古文學概論》[①]，據其目錄，所涉中古範圍爲“漢—魏晉—南北朝—唐”。郭紹虞釐定爲“自東漢建安至五代（191–959）”[②]。王運熙《中古文論要義十講》：“本文所謂中國中古時期，是指漢魏兩晉南北朝和隋唐五代階段。”[③]

三、其他指嚮。這類指涉的時間跨度太大。向前溯源的有陸侃如的《中古文學繫年》[④]，與諸家不同，指涉“中古”起始較早。其紀年始於西漢宣帝劉詢甘露元年（前53）大文豪揚雄生，迄於東晉穆帝司馬聃永和七年（351）盧諶死，時間跨度404年。但據其《序》言，該書後半部分尚未完全編成。我猜想該書可能以東晉朝結束，即晉恭帝司馬德文元熙二年（420）爲終結。如此算來，陸侃如所指的“中古”可能是公元前53年至公元420年，時間長度爲473年。與陸侃如不同的是，袁行霈主編的《中國文學史》把“中古”的時間下限向後推了很長時間，即“中古期：魏晉至明中葉（公元3世紀至16世紀）”[⑤]。該觀點或许受到西方“中世紀”（the Middle Age；the Medieval

---

① 上海：上海亞東圖書館，民國十三年（1924年）。

② 郭紹虞：《中國文學批評史》，上海：上海古籍出版社，1979年，第8頁。

③ 上海：復旦大學出版社，2004年，第2頁。

④ 北京：人民文学出版社，1985年。

⑤ 北京：高等教育出版社，2003年，第12頁。

Times）觀念的深刻影響。

貳

與文學研究界不同的是，漢語史學界對“中古”的認識和界定更加明確。他們多給出了具體的指嚮。如王雲路、方一新說：“所謂‘中古漢語’，并沒有一個嚴格的界說，本書是指東漢魏晉南北朝時期的文獻語言。”①中國臺灣“中央”研究院魏培泉說：“東漢魏晉南北朝具有足可與上古漢語及近代漢語鼎立而三的語法特徵，因此在漢語史的分期上可以獨立爲中古漢語一期。根據這個立場，本文就以中古漢語指稱東漢魏晉南北朝時期的語言。”②朱慶之說：“所謂‘中古’本是一個比較含混的時段概念，我們用來指東漢魏晉南北朝。由此上溯，秦代以前是上古時期，當中的西漢是上古至中古的過渡；由此向下，晚唐五代以後是近代時期，當中的隋唐是中古至近代的過渡。”③蔣紹愚認爲“在呂叔湘關於‘近代漢語’（上限從晚唐五代起）的說法受到學術界普遍重視之後，研究者也逐漸認識到，從‘古代漢語’（主要指先秦漢語）到‘近代漢語’不是突然的飛

① 王雲路、方一新：《中古漢語研究·前言》，北京：商務印書館，2000年，第1頁。

② 魏培泉：《上古漢語到中古漢語語法的重要發展》，第三屆國際漢學會議論文集語言組：《古今通塞：漢語的歷史與發展》，台北：“中央”研究院語言學研究所，2003年，第75頁。

③ 朱慶之：《佛典與中古漢語詞彙研究·前言》，臺北：文津出版社，1992年，第1頁。

躍，因此提出了把東漢—六朝作爲‘中古漢語’加以研究的設想”[①]。這些意見比較集中且統一，皆指向“東漢魏晉南北朝”。漢語史學界提出以東漢爲起始點，可能出於東漢時期的漢語研究達到了一個新的巔峰。其實說東漢也是一個模糊概念。東漢约200年左右，而前100年的漢語研究表現似乎平平，直至許慎《說文解字》的出現，纔標誌着漢語漢字的研究達到了前所未有的高度，因而被後世譽爲中國科學文字學和文獻語言學的奠基之作，在中國語言學史上佔據着劃時代的重要地位。儘管西漢初的《爾雅》和西漢末的《方言》，在研究漢語辭彙、音韻上有一定的建樹，但都不具備劃時代的意義，不可能與《說文解字》相比肩。據說，《說文解字》原著“約成於漢和帝永元八年（96）到十二年（100）間”[②]，屬於東漢中期的語言學著作。因此，確切地說，漢語史的“中古”起始時間似乎應該釐定爲公元96~100年，以《說文解字》爲標誌。這與文學界一般設定的上限相比，向前推進了近100年。

叁

中國史學界对“中古”的理解也是有分歧的。早期的史學界看法差别非常大。梁啟超於1896年8月9日寫的《變法通議

① 蔣紹愚：《漢語詞彙語法史論文集》，北京：商務印書館，2001年，第351頁。

② 徐時儀：《漢語語文辭書發展史》，上海：上海辭書出版社，2016年，第222頁。

自序》說："爲不變之說者，動曰'守古守古'，庸詎知自太古、上古、中古、近古以至今日，固已不知萬百千變。今日所目爲古法而守之者，其于古人之意，相去豈可以道里計哉？"[①]梁氏分中國古代史爲4個階段，即太古、上古、中古、近古，但沒有給出具體時限。而此之後，梁氏另撰《中國史敘論》，將中國史的歷史演變進程分爲三個時代："第一，上世史，自黃帝以迄秦之一統，是爲中國之中國，即中國民族自發達、自競爭、自團結之時代也"；"第二，中世史，自秦統一後至清代乾隆之末年，是爲亞洲之中國，即中國民族與亞洲各民族交涉、繁賾、競爭最激烈之時代也"；"第三，近世史，自乾隆末年以至於今日，是爲世界之中國，即中國民族合同全亞洲民族與西人交涉、競爭之時代也"[②]。與之前不同的是，梁氏這裏沒有用"古"，而是用"世"，分爲上世、中世、今世三個階段。可是，我們看這個"中世"，似乎時間過長。而其理由是從民族融合與對外交流、競爭的角度提出的。梁啟超之後，竟無人按他的這個思路繼續下去。早期的史學界還有一位影響比較大的學者呂思勉，他把"中古史"分爲三個階段："上：從秦朝統一起，到後漢全盛時代止；中：從漢末分裂起，到南北朝止；下：從隋朝統一起，到唐朝全盛時代止。"[③]按呂思勉的意見，"中古"時段

① 梁啟超：《變法通議》，北京：華夏出版社，2002年，第1頁。

② 梁啟超：《中國史敘論》，《飲冰室合集・文集之六》，北京：中華書局，1989年，第11~12頁。

③ 《大中國史》，南京：江蘇人民出版社，2015年，第10頁。該書原名《白話本國史》，1923年由上海商務印書館出版。

從秦始皇嬴政統一六國建立秦帝國起（前221）至李唐全盛時代（盛唐：開元~天寶）。吕思勉之後，史學界普遍缺少對“中古”時段的具體説明，而是採用了模糊性的辦法，籠統地指漢至唐五代，如榮新江《中國中古史研究十論》[①]、《中古中國與外來文明》[②]、《中國中古史研究》（集刊）[③]等。史學界的大部分學者劃分的“中古”起始時間，大致推定爲“漢”，似乎有些缺少具體的説明。漢分兩漢，前漢和後漢，或西漢與東漢，時間上各200年左右，中間有王莽新朝（8~23）16年，共約400年。實際上，若以西漢算起，那麽西漢時期最具劃時代意義的當屬武帝劉徹時期。劉徹時期，有兩個具有劃時代意義的標誌性事件：一是採納董仲舒立太學、置五經博士的建議[④]，“罷黜百家，表章《六經》”[⑤]，将儒家地位大大提昇，由此奠定了儒家思想漸趨成爲國家意識形態的基礎；二是劉徹建元二年（前139）張騫奉命首次出使河西，“鑿空”絲路，以官方身份拉開了中原與

① 上海：復旦大學出版社，2005年。

② 北京：生活·讀書·新知三聯書店，2001年。

③ 中華書局出版。

④ 〔西漢〕董仲舒:《舉賢良對策》,〔東漢〕班固:《漢書》卷五十六《董仲舒傳》，北京：中華書局，2013年，第2495~2528頁。

⑤ 〔東漢〕班固:《漢書》卷六《武帝紀·贊曰》:“孝武初立，卓然罷黜百家，表章《六經》。遂疇咨海内，舉其俊茂，與之立功。興太學，脩郊祀，改正朔，定曆數，協音律，作詩樂，建封禪，禮百神，紹周後，號令文章，煥焉可述。後嗣得遵洪業，而有三代之風。”（北京：中華書局，2013年，第212頁）案：事實上，漢武帝重用儒家，衹是看重它在政治思想統禦方面的作用，而劉徹本人則完全是一個竭力、狂熱追求長生不老的神仙主義信仰者。

西域（Serindia）頻繁交流的大幕。不同文明（物質文明、精神文明）的交流與互鑒得以廣泛開展，極大地拓展了中原帝國的視野并由此而帶來疆域的拓展，豐富了漢地的物質生活與精神生活，重塑了華夏文明的結構與特徵，在相當大的程度上改變了中國社會的歷史走嚮，影響極其深遠。如果說，歷史階段的劃分應該以某些重大的歷史事件爲標誌的話，我覺得劉徹時期的這兩大事件應當是“中古”時期起始的標誌性事件。

總括來說，文、語、史三個學科對“中古”一詞的界定各有所指，要想達成共識，還有待進一步從漢文歷史上的用意和國際漢學以及西方的“中古”用意來梳理、比較，謀求共識。

壹拾叁

現代大學制度的來源及其建設進程（上）[①]

現代大學制度是中國大學發展的必然方嚮。現代大學最初脫胎於歐洲中世紀的基督教教會學校。最早有兩種辦學模式，即博洛尼亞大學（the Univ. of Bologna, Italy）和巴黎大學（Univ. of Paris, France）。

博洛尼亞大學是以學生爲主體的管理自治組織。1088年，愛爾納里奥（意語Irnerius，英語Irnerio，1050~1125）在博洛尼亞講授法律，編寫了《查士丁尼法典》（*Corpus Iuris Civilis*）的注解，得到神聖羅馬帝國（The Holy Roman Empire）皇帝腓特烈一世·馮·斯陶芬（Emperor Friedrich I von Staufen，1050~1105）的稱讚，又獲得了皇帝賜贈的一筆專項基金，吸引了歐洲一大批學生前來就讀，專門研習羅馬法。1139年，愛爾納里奥的學生格拉蒂安（Gratian）將注釋羅馬法的方法用於

① Tento článek byl napsán na Katedře religionistiky Masarykovy univerzity v Brně v České republice, června 2010.（2010年6月寫於捷克馬薩里克大學宗教學系）

詮釋宗教法規，編纂了第一部《宗教法典》(*Religious Code*)。由此，博洛尼亞大學便成爲民法和教會法教育的中心。在聽取了愛爾納里奥的四位學生Bulgarus、Martinus、Iacobus和Hugo的建議之後，神聖羅馬皇帝腓特烈一世於1158年頒佈法令，規定了大學作爲學術研究的場所享有獨立性，不受任何權力的影響（With the advice of four doctors thought to be their pupils, in 1158 Federico I promulgated the Constitutio Habita, in which the University was legally declared a place where research could develop independently from any other power.）[①]。博洛尼亞大學一開始就建立起了學生自治協會。自治協會與教會、市民、政府相聯繫，但又具有相當大的獨立性。在整個大學體系中，由於學生交付學費，而使得學生在很大的程度上成爲資方，而導師則被視爲他們的雇員，不是其主人。在博洛尼亞大學，學生自治協會的權力非常大，“可對不滿意的教授抵制，并結束其教書生涯；由很多案例得知教授的薪水由學生支付，而被迫宣誓服從大學的‘校長’（rectors）——學生團體的領袖。如老師渴望放假離開，即使衹有一天，將對學生領袖的准假而感到欣喜萬分。但是，他們被禁止‘隨意放假’。學生協會決定規則限制老師，何時應開始講課，何時應下課，以及若違規需受何種懲罰。若他講得太長，超過了預定的時間，學生協會即命令學生離開。另規定對遺漏一章或其法案之解釋的教授罰鍰。同時還決定教科書上哪些部分授幾堂課。……學生委員會被指定

① http://www.eng.unibo.it/PortaleEn/University/Our+History/default.htm

攷察每位老師的行爲，向‘校長’報告其犯規和過失。……教授不是雇主，而是自由席位的演講者，且須令學生心悅誠服　”（The student guilds, originated to provide mutual protection and self–government, came in the thirteenth century to exercise extraordinary power over the teaching staffs. By organized boycotts of unsatisfactory teachers, the students could end the pedagogical career of any man at Bologna. In many cases the salaries of the professors were paid by the student “universities,” and the professors were compelled to swear obedience to the “rectors” of the “universities” –i.e., to the head officers of the student guilds. A teacher desiring leave of absence, even for a day, was obliged to obtain permission from his pupils through their rectors, and he was expressly forbidden to “create holidays at his pleasure.” Regulations established by the student guilds determined at what minute the teacher should begin his lecture, when he should end it, and what penalties he should pay for deviations from these rules. If he over talked his hour the students were instructed by the guild statutes to leave. Other guild regulations fined a teacher for skipping a chapter or decretal in his exposition of the laws, and determined how much of the course was to be given to each part of the texts. At the outset of each academic year the professor was required to deposit ten pounds with a Bologna bank; from this sum the fines laid upon him by the rectors were deducted; and the remainder was refunded to him at the close of the year on instruction from the rectors.

Committees of students were appointed to observe the conduct of each teacher, and report irregularities or deficiencies to the rectors. If these arrangements seem to the modern student unusually sensible, it should be remembered that the law students at Bologna were men between seventeen and forty years of age, old enough to provide their own discipline; that they came to study, not to play; that the professor was not the employee of trustees, but a free–lance lecturer whom the students in effect engaged to instruct them. The teacher’s salary at Bologna consisted of fees paid him by his students and fixed by agreement with them. This system of payment was changed toward the end of the thirteenth century when Italian cities eager to have universities of their own offered municipal salaries to certain Bolognese professors; the city of Bologna thereupon (1289) promised to pay two professors an annual stipend; but the choice of professors was still left to the students. Gradually the number of these municipal salaria increased; and in the fourteenth century the selection of professors passed, with their payment, to the city. When Bologna became part of the Papal States in 1506 the appointment of the teachers became a function of the ecclesiastical authorities.) [①]。博洛尼亞大學學生治校的傳統，綿延了數個世紀，且一直是西南歐洲大學的一種範本（pattern plate）。直至今天，博人的學

① Will Durant: *The Story of Civilization: the Age of Faith*, World Library Inc., pp.1172~1173.

生地位仍然在世界各大學中處於最高位置。博大的兩個優秀傳統，即不受任何外力干擾的獨立性和學生參與治校得到了整個歐洲大學教育的認可。1988年9月18日，在博洛尼亞大學建校九百年之際，歐洲430所大學校長在博洛尼亞的大廣場共同簽署了歐洲大學憲章，正式宣佈博洛尼亞大學爲歐洲“大學之母”（拉丁文：Alma Mater Studiorum），即歐洲所有大學的母校。

與博洛尼亞大學辦學模式傳統不同，且代表另一模式的是處於西北歐洲的巴黎大學。早在11世紀初期，法國的教會學校就已享譽歐洲。巴黎大學就是直接從巴黎聖母院（Notre–Dame de Paris）的教堂學校（cathedral school）索邦神學院（the Sorbonne）而來。第一位爲人所知的巴黎聖母院教會學校校長是威廉（William of Champeaux, 1070?~1121）。1103年，威廉開始在這個教會學校教授辯證邏輯（dialectics），促成了巴黎大學智識成長的運動。同年，當來自布里塔尼（Brittany）的阿伯拉爾（Abelard）用邏輯三段論（syllogism of logic）推翻了威廉的理論，并開始了他那些在法國歷史上最有名的演講之後，歐洲的學生們聞風而動，紛至沓來。巴黎大學的規模迅速龐大起來，教師亦隨之增加了數倍。在12世紀的巴黎教育界，一個教師必須獲得巴黎聖母院總教堂的秘書長（the Secretary–general）的許可纔能執教。這些單一許可證的發放，逐漸促使各級教會學校衍生成其第一次的結合，眞正意義上的巴黎大學由此而生。學生和教師的成倍增長，在各個校園（campus）裏自然而然地形成了“基爾特”（guild）。幾個世紀以來，“大學”（university）這個字就是指包括“基爾特”在內的一切集合體。與博洛尼亞大學不同的是，13世紀20年代後，巴黎大學不再設置民法課程，其課程體系由7種學藝構成，即文法（Grammar）、脩辭學（Rhetoric）、邏輯學（Logics）、算數學（Mathematics）、幾何（Geometry）、音樂（Music）和天文（Astronomy）。前三者被稱爲初級三學科（Trivium），後三者被稱爲高級四學科（Quadrivium）。學生完成這“七種文理學藝”之後方能進入神學院、法學院或醫學院繼續學習。一般而言，神學和教會法學被視爲科學之王，最受推崇。巴黎大學的教學靈活多樣，而“辯論”（debate）則是被普遍採用的一種行之有效的教學方式。“辯論”的形式主要有兩種，即課堂上的“問題辯論”和公共場所的“自由辯論”。這些“辯論”的頻繁舉行，使得這一形式逐漸演變成了大學校園裏的一種文化娛樂活動。自由、平等的“辯論”，使得學生和教師的思想更加成熟，心靈更加睿智，思維更加敏捷，語言更加流暢，精神更加自由。一時間，巴黎大學群賢畢至，大師雲集，成爲歐洲文化的引領者。

與博洛尼亞大學經費來源不同的是，巴黎大學的辦學經費幾乎全部由教會支付，學生幾乎免交學費。因此，它的資方爲教會，勞方爲教師。大學的組織形式是，院長由教師選出，學校的管理工作由各院長聯席會議（Joint conference）共同執行。時間久之，某一德高望重、學識淵博者被公推爲領袖——大學校長（the Chancellor），但其任免則由羅馬教廷（Roman Curia）或羅馬教廷委託法王或巴黎區大主教（Archbishop）執行。巴黎大學的經費和校長任免權由教會控制，但其自由的學術之風，完全超越了信仰和金錢的支配。

“數個世紀以來，巴黎和博洛尼亞是中世紀研究領域圍之而轉動的兩個對立的極。在偉大的意大利哲學家聖・波那文圖（St. Bonaventure）、聖・托馬斯（St. Thomas），阿誇斯帕塔的馬太（Matthew of Acquasparta）和羅馬的伊基丟斯（Igidius of Rome）等人被吸引往巴黎的同時，那些嚮往教會的公職生涯的來自北歐的教會人員則在博洛尼亞求學，并在那裏組成了一個獨立的團體，即Universitas Ultramontanorum（山外團體）。因而，博洛尼亞的學位，特別是民法和教會法的雙博士學位被公認爲世界上最高的學術榮譽。然而，儘管巴黎與博洛尼亞之間在精神上和制度上存在對立，但它們二者對西方教育的改變以及對隨後將主宰西方文化的職業知識分子階層的形成，有着同樣的貢獻。過去，基督教世界的精神統一，已經在作爲西方修道院制度傳統的共同信仰和共同的道德或克己的訓練方面得到了實現。衹是隨着大學的興起，西方文化纔獲得了它後來的成就所依賴的那種新的理智的與科學的訓練。”①

在博洛尼亞大學和巴黎大學的引領下，歐洲的大學如雨後春筍，迅速成長。英倫大學中如牛津（Oxford）和劍橋（Cambridge），效仿巴黎大學；意大利的其他大學幾乎照搬了博洛尼亞的模式。然而，14世紀以前的中部歐洲（Middle

① 〔英〕克里斯托弗・道森（Christopher Dawson）：《宗教與西方文化的興起》（*Religion and the Rise of Western Culture*），長川某譯，成都：四川人民出版社，1989年，第217頁。

Europe)，學生和僧侶知識分子的知識追求，幾乎不是西北上就是南下。直至1348年，波西米亞（Bohemia）公主的兒子查理（Charles）繼承了神聖羅馬帝國皇帝，在布拉格（Praha）興建了查理大學（Charles University；捷克語Univerzita Karlova），使得中部歐洲有了第一所大學。17年後，維也納大學（Univ. of Vienna；德語Universität Wien）的興建讓更多的日爾曼（German）學生留在了中歐。繼之，德意志的海德堡大學（Univ. of Heidelberg; 德語Ruprecht–Karls–Universität Heidelberg, 1386）出現，結束了德意志無大學的歷史。

一般來說，西方文明的生成主要有三個來源，即古希臘的理性（logos）、古羅馬的法律（law）和古希伯萊（Hebrew）的信仰（faith）。中世紀的大學將此三者融匯一體，并進而傳播、衍變爲現代西方文明的主流。正是此三者的有機結合，保證了西方現代大學的獨立創造精神和充分的學術自由。

壹拾肆

釋“普慧”①

這個題目如果不是給“普慧”二字加引號的話，讀者一定會以爲這是一篇寫和尚的文章。不錯，以“釋”爲佛教出家者的姓，由來已久。早在東晉十六國時的前秦國國都長安，有一位著名的大和尚叫道安，河北冀州扶柳人，住在長安城郊的五重寺，是長安佛教界的領袖。從佛教傳入中土始，佛教僧人的姓一般都是跟着師父的國家來的。譬如，師父是從天竺（古代印度）來的，弟子的姓就是“竺”；師父是月支（氏，ròuzhī或yuèzhī）國（今阿富汗、巴基斯坦交界一帶）來的，弟子則姓“支”；師父是從安息國（古代伊朗）來的，弟子則姓“安”；師父從康居國（今烏兹别克斯坦）來，弟子則姓“康”；師父從于闐國（今新疆和田）來，弟子則姓“于”。這種情況一直延續到東晉中後期。道安和尚認爲佛教出家人都尊師佛祖釋迦牟尼，應以“釋”爲姓。在道安大師的宣導下，佛教僧人逐漸

① 《美文》2009年第8期。

放棄了原來以師爲姓的做法，統一到“釋”姓上來了。後來，一部名叫《增壹阿含經》的佛經被翻譯成漢文，裏面果然講到各種姓[1]的人，衹要皈依佛門，都稱“釋種”，爲“釋子”。從此，中國漢地的佛教出家人，全姓“釋”。“普慧”，從字面上看，也是佛教出家人的名字。近代有一位山西的和尚就叫“普慧”，很有些名氣。近代還編纂了一部大藏經，也用“普慧”冠名，叫《普慧大藏經》。這些說明“釋”與“普慧”都是佛教用語。一般來說，如果一個人以“普慧”命名，那麼他一定與佛教有關。

然而，題目上的“釋”不是名詞，而是動詞，是解釋的意思。“普慧”，則是我給自己起的筆名。就是說，我要在這篇文章裏解釋我的筆名的來源。“普慧”由我的家鄉兩個縣裏的著名泉水的名字和合而成，與佛教尚無關係。我出生在陝北黃河邊上的一個小縣吳堡，縣城叫宋家川。兩歲時，我隨父母親到了地區所在地榆林。榆林在春秋戰國時期屬於白翟（dí）地，“翟”通“狄”，是說這一帶爲北方狄人所轄，而這族狄人，皮膚白皙，或爲歐羅巴人種，故稱“白翟”。戰國時，魏國文侯（前445~前396）率先佔領榆林，置上郡。秦昭王三年（前304），秦國軍隊北上擊敗了魏國駐守上郡的魏軍，重置上郡。從此，上郡便成了秦、兩漢中原帝國與北方匈奴長期爭

① 印度種姓制度分四個等級，即婆羅門，宗教僧侶；刹帝利，掌管國家的人；吠舍，工商業者、農民等，向國家納稅者；首陀羅，失去自由的奴隸。印度的種姓觀念一直延續至今，我們在印度的電影中依然可以看到人們的等級觀念十分濃重。

奪地盤的極爲重要的戰略要地。不過，那時上郡的治所在膚施縣。而膚施縣的治所不在現今的榆林，而是在今榆陽區所轄的魚河堡[1]。今天的榆林城是在兩漢以後所建的榆林寨基礎上擴建的，明清時期是長城沿線上的重要衛府。據《明史》卷四二記載，榆林城於明英宗（朱祁鎮）正統二年（1437）擴建。明憲宗（朱見深）成化六年（1470）三月以榆林城設衛，屯駐軍隊，主要防禦蒙古鐵騎。清雍正八年（1730）改置榆林府，重視與蒙古民族的貿易。北京、天津、蘇州、無錫、杭州的皮貨商，雲集榆林。有些皮貨商不習慣西北塞上的飲食，便經常要帶着廚師來。於是，在榆林的飲食譜系中，夾雜了京味和淮陽菜、杭帮菜的味道。陝北各縣的口味一般都偏鹹、酸、辣，衹有榆林城的飲食中有諸多的甜食。譬如，有一道名小吃“炸豆奶”，據說就有江南的口味。還有榆林城裏的人喜歡喝湯，有的一桌婚宴就要上好幾道湯，什麼魷魚蛋片湯、粉條肚絲湯、口蘑豆腐湯、蘋果醪糟湯、金針海帶湯、砂鍋什錦湯、橘子銀耳湯等等，好像也是受了江南飲食習慣的影響。清代榆林府的知府大都是北京和江浙一帶攷中進士的人來做。如，撰寫《唐兩京城坊攷》、《西域水道記》的著名歷史地理學家徐松，就是北京人，在嘉慶年間做過榆林知府。這些外地來的知府，喜好修建樓閣，榆林城的一條街上，就建有星明樓、鐘樓、古樓、萬佛樓、凱歌樓、牌樓、文昌閣等樓閣。遺憾的是，這些樓閣多數在“文化大革命”期間被拆

① 一說在今綏德四十里鋪。參見普慧：《秦漢上郡治所小攷》，《唐都學刊》2008年第1期。

毁。我於一九八七年離開榆林時，僅有星明樓、鐘樓和萬佛樓尚在，卻已是破敗不堪。據說，這幾年榆陽區政府又將原來的樓閣一一複建，眞可謂是件大好事。榆林的風俗文化在整個陝北地區是獨特的，更是翹楚。在二十世紀五六十年代，最讓榆林城裏人受惠的，不是那些外在的景觀和好吃的東西，而是那眼汩汩不息的“普惠泉”水。“普惠泉”位於榆林城的東北角的榆林農業學校的校園裏，泉的上邊建了一座梅花樓，保護泉水免受污染。那時，榆林城外的東、西兩面都是丘巒起伏的沙漠，普惠泉水就是沙漠深處的地下水經沙漠過濾後流出來的。泉水甘醇甜飴，含有豐富的礦物質和微量元素，水質極佳。水的比重很大，接一盆水，把五分的硬幣平平地置於水面上，它會漂浮於水上而不會下沉。榆林人驕傲地稱之爲“桃花水”。意思是說，吃了這眼泉水的人，面如桃花，皮膚潔白。所以，榆林城裏的姑娘，儘管年年都要經過塞外寒冬凜冽刺骨的西北風吹刮和春季彌漫的沙塵暴襲擊，但因常年飲用“普惠泉”水，一個個皮膚白皙如潤玉，細膩如凝脂，長得就像江南秀女一樣，綽約似藍蕙，落落若大方。“普惠泉”的水量頗大，供應了當時全城四五萬人的生活用水和農業灌溉。我剛上小學的時候，還和同學一起到榆林農校看過“普惠泉”。與我印象中電影裏看到的山澗泉水不同的是，“普惠泉”不是由自然石塊壘成的，而是一個用水泥砌起來的大水池子，讓人感到很失望。但看着那清澈見底的泉水，飲幾口，甘爽沁脾，又讓人對桃花水有了一種濃濃的深情。我小的時候在榆林城内住了12個年輪，“普惠泉”水滋養了我的身體，也沐浴了我的心靈，更讓我對榆林有了一份童年和少年的鄉愁。當我二次重返榆林學習、工作時，人們已經很難吃到“普惠泉”的水了。據說，70年代以後，榆林的城市規模逐漸擴大，人口也增加了許多，原來“普惠泉”的水量遠遠滿足不了人們的用水需要。市政便從城南的五雷溝引了一條水，供應鐘樓以南的居民。這條水比起“普惠泉”來，水質自然是差了很多。所以，一些單位及其家屬院，仍然將上水管道接通“普惠泉”水，繼續享受着“桃花水”的滋潤。於是，吃“普惠泉”水便成了一種身份和權力的象徵。我住在西沙的學校裏，父母住在城裏的曹辣肉巷，家裏吃的自來水是五雷溝水系的，沉澱比較多，燒一壺開水，水底就會沉積水銹。每當我回家探看父母，我都盡可能地提着大茶壺跑到行署家屬院打“普惠泉”水，專供飲用。

我上初一快結束的時候，父親又被調往神木縣工作。神木，古稱麟州，唐玄宗李隆基開元十二年（724）設置，治所在今神木縣北十里。北宋太祖趙匡胤乾德五年（967）移治今神木縣西北三十里的楊家城。楊家城，就是以抗擊契丹名將楊業家寨爲基礎擴建的城池，坐落於草垛山上，易守難攻。因城內有神松三株，枝柯相連，故又曰“神木”。北宋著名抗擊西夏的名臣范仲淹在麟州治所的楊家城住了四年，寫下了著名的《漁家傲・塞下秋來風景異》一詞。《榆林府志・藝文志》題爲“麟州秋詞”。麟州於金熙宗（完顏亶）黄統八年（1148）被西夏佔領，遂廢。今天的神木縣城則是明正統八年（1443）建造的。民國十七年（1928），神木作爲一個縣，曾直屬陝西省所轄。神木縣城坐落於神木川，東、西兩面爲高山，東邊的是東山，山上有蘑菇峰，甚爲奇特。神木城西是陝北地區第二大河流竄野河。河西是懸崖峭壁、駝峰高聳的西山，因山上建有二郎廟宇群，又稱爲二郎山，屬於道教系統。神木城外的這兩座山，東山佛教香火旺盛，西山道教青煙繚繞，仿佛佛、道二教各顯神通，守護着神木城似的。神木人處在佛、道二教的氛圍中，不自覺地深受其影響。尤其是佛教文化在神木人的語言和文化中保留了許多印跡。神木人時常以和尚自稱或他稱，譬如，我要給別人介紹我的父親和哥幾個，常會說“我們家老和尚、大和尚、二和尚、三和尚怎麼樣……怎麼樣……”，或對他人說“你們家老和尚、大和尚、二和尚、三和尚怎麼樣……怎麼樣……”，別人會感到很親切。婆姨們也時常把自己或親戚的女兒稱爲“姑子”（尼姑的意思），也表示十分親切。神木人特別好客，待人誠懇，頗有些蒙古民族的習風。

我在榆林的時候，雖然住在軍分區的大院裏，當地同學是很羨慕的，但伴隨着1965年的全面社教，我的父母親也開始遭到批判和排斥。母親因家庭出身不好而被單位辭退，美其名曰“精簡”。我們姐弟便成了大院裏被孤立、排擠、欺負的對象。一個諾大的院落群，有三四百號孩子，竟然沒有一個敢與我們爲友的。從那時起，我的心裏便多了許多一般孩子所無的忍辱負重和不屈不撓。從榆林到神木，雖說由地區所在地到了小縣城，生活條件艱苦了，但我和我的姐姐、哥哥一下子快活了許多。因爲在這裏，再沒有人把我們當成黑五類了。人格上的獨立、精神上的愉悅，讓我們把過去的那些積鬱全部拋在了腦後。特別是我們姐弟三人優異的學習成績，贏得了神木中學師生的共同稱讚。我們似乎從過去壓抑的精神煉獄中獲得了新生。

我從小喜歡體育運動，小學三年級時進了榆林體育學校，練習乒乓球。到了神木以後，由於有過乒乓球訓練的體育基本素質，對於其他體育專項也學得比別人快，滑冰、足球、籃球、手球、田賽等，在中學生裏一直處於領先地位。地區衹要舉辦體育運動會，縣裏在中學生中選拔隊員，一定會有我。尤其是乒乓球、籃球、手球等項目，我一直是縣裏的絕對主力。我從初一到高中畢業，衹做過兩種事：一是體育訓練，參加多個項目（乒乓球、籃球、冰球等以及擔任手球和籃球的裁判員）的比賽，有縣裏的、地區的、省上的；二是到農村輔導政治夜校，宣講黨的政策，什麽“批林批孔”、“評法批儒”、反擊“右傾翻案風”等等，整天不是批判這個就是打擊那個。我對後者實在是沒有興趣，整天就想着出去參加體育比賽。所以，我每天早上起來要先跑個三千米，然後再爬東山。東山半山腰上有一石窟，窟中有一眼泉水，名叫“慧泉”。此泉大小差不多一米見方，水量很足，但奇怪的是絕不會溢出泉池。我每次爬山經過“慧泉”窟時，已是嗓子冒煙，乾渴如枯了。“慧泉”水便成了我的水分補給源。咕嘟，咕嘟，痛痛快快地大口喝着“慧泉”水，眞是透涼心底，爽快提神，然後就是津氣充裕，爬山如猱。每當我登到山巔，俯瞰神木川時，都會有一種“會當淩絕頂，一覽衆山小”[①]的成功之感。我時常想，要不是半山上有“慧泉”水的補充，前面大運動量消耗後的我，是很難再攀登上去了。所以，“慧泉”水不僅給了我力量，也給了我走向未來

① 〔唐〕杜甫:《望嶽》。

的信心。高中畢業後，我插隊到陝蒙交界處的一個小山村，那裏距神木縣城70多里地。我回縣城的機會少了，爬東山的機會就更少了。到攷上大學後，我再也沒有爬過東山，更不用說喝那甘醇的“慧泉”水了。

我在榆林和神木兩個縣生活了24年。1987年，我前往省城西安攻讀碩士學位，算是離開了養育我的黃土地。這一走，眞是徹底地告别了我童年、少年和青年時代的壓抑、屈辱、奮鬥、崛起。隨後，便是漫漫長長、遙遙無期的求學之路。我從碩士讀到了博士，從博士到了博士後，博士後一站完了又進了第二站；求學之地也遍佈東西南北，算一算，前後在近10所大學求過學。說實在的，我當年拼命奮鬥爬滾出那黃土溝壑，就是討厭那裏的貧窮、落後、愚昧、土氣。我慶幸自己攷出了榆林，我彷彿是一個法國外省來的青年，揣着自己的滿腹才華，嚮往着大都市的文明生活。然而，當眞正走入大都市以後，我卻有了一種莫名的惆悵，而且這種惆悵隨着時間的推移而更加濃重，以至於剪不斷、理還亂。在一次寫好文章擬投稿的時候，不經意間聯想起了榆林的“普惠泉”和神木的“慧泉”，於是，便未加深思地將兩泉之名的第一字組合起來，署名於文章上。這就是“普慧”。值得慶幸的是，在那個年代發表論文極爲困難的情形下，那篇文章投出去以後不久便被一份學界頗有影響的刊物登載出來，而且很快又被人大複印資料轉載。這眞讓我喜出望外。從此，“普慧”這一名字便成了我發表文字的專用名。它既蘊涵了我對故鄉的一種暗念，又體現了我對研究對象的一種獨鍾。

當然，因爲我用了“普慧”這個名字發表著述，而且我所研究的内容又多與佛教有關，學界和社會上的諸多朋友便望文生義，以爲我出了家，或皈依了佛門，成了在家居士。其實，儘管我對佛教文化格外鍾情，但也僅僅是學術研究而已，根本談不上信仰。上小學前，父親陪上級領導視察榆林的防務，要到榆林城北的紅石峽看石窟，我也嚷嚷着要去，大人們沒有嫌棄我，把我拉上了吉普車。到了紅石峽的石窟，那一個個栩栩如生、惟妙惟肖的佛教造像深深吸引了我的目光，不管是慈眉善目、雍容肅顔的佛陀，還是金剛怒目、叱喝世間的天王，都讓我感到説不出的稀奇。我爬到一個高臺上，抱着一個穿着鎧甲的天王，對父親説：“這個叔叔的腿可粗了。”惹得幾位大人哈哈大笑，那位大官還説我很懂禮貌。從那時起，我就對佛教有一種説不出的好感。可是不久，“文化大革命”開始了。佛教作爲封建主義的殘餘和麻痹人民的精神鴉片，遭到了慘重的打擊，尤其是佛教石窟、寺塔、造像等，遭到了滅頂的毁壞。我們的思想，經過了洗禮；我們的靈魂，經過了熔鑄，已形成了穩定的世界觀，對宗教神學自然有了一種客觀上的抵觸。改革開放後，中國社會長期以來對宗教神學形成的偏見得到了改觀，但對宗教信仰的冷静和思攷，早已成了我的思維慣性。儘管我研習佛教文化30年，讀了大量的佛典（三藏），發表了60多篇研究佛教文化的論文，但都是站在學術立場上看待的。對此，臺灣一學者還頗感詫異。他在我的書扉頁上寫道：不信佛教而叫“普慧”，甚感異之。爲了消除諸友的迷惑和不解，有必要撰寫這篇文章，解釋一下我的筆名來歷。

跋

這本小冊子是我十幾年來陸陸續續撰寫的一些序、跋、記、評和學術散論，分爲上、中、下三編。上編是我自己著述的序、跋、記，還包括我主編的一些書刊上的；中編是給我的畢業博士生和學界好友出版的著作寫的序；下編是我撰寫的幾篇學術短文，都在5千字以内，大部分已發表，内容不一，形式有異（論、攷、注、致辭等）。把這些小文結集成冊出版基於兩個攷慮：一是小短文（含序、跋、記、評、論、攷）絕大部分已經發表，但很分散，同道們收集起來不便；二是這些小短文，在内容上浸透了一些窳劣之見，或可爲後浪們提供一些啟發和借鑒。文集對舊稿以及發表的文字均做了脩訂、增刪，尤其是全書的注釋，按時下學術規範，一一析出文獻來源，便於讀者覈對、查檢。

書以《七葉集》名之，尚有些許用意。在東西方文化系統中，"七"是一個極其重要的數字。在華夏文化系統中，"七者，天地四時人之始也”[①]，意謂“七”是天、地、四時（春夏秋冬）、人的根本、初始。有天地、四季，“四時行焉，百物生焉”[②]，故第七天，乃爲人日。希伯萊的《創世紀》則講到上帝（םיהולא）雅赫維[③]創世六天，第七天爲休息日，即爲一個週期（רוזחמ; en cykel）。在古代印度，作爲數字的“七”[④]，雖然沒有“九”大，卻蘊含了諸多幸運、吉祥的象徵意義。尤其是佛教，特別注重運用數字來表示佛法鴻旨。佛教文法“六離合釋”[⑤]中有“帶數釋”，專門用數字來組合語詞。“七”便成爲這種組合

---

① 〔東漢〕班固:《漢書》卷二一上《律曆志》，北京：中華書局，1962年，第972頁。

② 〔南宋〕朱熹:《四書章句集注·論語·陽貨》，北京：中華書局，1983年，第180頁。

③ 在希伯萊文《聖經》裏，上帝被寫作“יבהי”（YHW），漢譯一般作“雅赫維”。由於古希伯萊人認爲上帝是神聖、神秘、神威的，人們不能準確地去讀上帝的名諱，故衹能以輔音去讀。後來《聖經》流傳至希臘、羅馬，兩地語言繁雜，無法統一讀上帝名諱，造成理解上的困難，因此，神學家據希臘、羅馬語言音素文字的特點，在輔音之後加入母音，形成了較爲統一的讀音，即“Yahweh”。基督教興起後，雅赫維被轉寫“הוהי”（Jehovah）。古希伯萊文是一種輔音文字，沒有獨立的元音字母，所以，輔音間的拼音會出現多種語意。哪一種最符合上帝的原意，就要靠先知（Farseer）們反復地排列組合，然後取其最合意者。於是，最早的有系統的解釋學（Hermeneutics）——解經學（Exegetics）誕生了。

④ 七：在梵語的書寫代碼形式爲“७”，是阿拉伯數字“7”的原型，天城體文爲“सप्त”，拉丁字母轉寫爲“sapta”。

⑤ 六離合釋（ṣaṭ-samāsāḥ）：佛教梵語、巴利語有關複合詞（compound word）的六種構詞法（morphology），即1.依主釋（tat-puruṣa）；2.相違釋（dvaṃdva）；3.持業釋（karma-dhāraya）；4.帶數釋（dvigu）；5.鄰近釋（avyayī-bhāva）；6.有財釋（bahu-vrīhi）。

術語的一個非常重要的吉祥數字，如“七佛”[①]、“七諦”[②]、“七金山”[③]、“七寶”[④]、“七級浮屠”[⑤]等術語。尤其值得注意的是，印度中東部、南部生長着一種“七葉樹”（sapta-parṇa），學名爲alstonia scholaris，高約二丈，葉七片，呈星狀，故名之。佛陀寂滅後，佛弟子第一次結集（saṃgīti）於王舍城（rājagaha）附近的毗婆羅（vebhāra）山中的“七葉窟”（sapta-parṇa-guhā）[⑥]，由摩訶迦葉（mahākṣyapa）主持，阿難（ānanda）、優波離（upāli）記誦佛說經、律，經眾僧討論後，初次確立經（sūtra）、律（vinaya）、論（śāstra）三藏（trīṇi piṭakāni）聖籍。因此，“七葉窟”也就成爲佛教聖典（buddhist canon）的誕生

---

① 七佛（sapta buddha）：指過去世的毗婆屍（vipaśyin）、屍棄（śikhin）、毗舍浮（viśvabhū）三佛與現在世的拘留孫（krakucchanda）、俱那含牟尼（kanakamuni）、迦葉（kāśyapa）、釋迦牟尼（śākya-munī）。

② 七諦（sapta satya）：指七種眞實不虛之理，即愛味諦、過患諦、出離諦、法性諦、勝解諦、聖諦、非聖諦。

③ 七金山（sapta parvatāḥ）：指位於須彌山（sumeru-parvata-rāja）與鐵圍山（cakravāḍa-parvata）之間的七座由金寶堆成的山，分別是1.逾健達羅山（yugaṃdhara），高四萬由旬；2.伊沙馱羅山（īṣādhara），高二萬由旬；3.朅地洛迦山（khadiraka）；4.蘇達梨舍那山（sudarśana）；5.頞濕縛羯拏山（aśvakarṇa）；6.毗那怛迦山（vinataka）；7.尼民達羅山（nimiṃdhara）。

④ 七寶（sapta-ratna）：七種寶物，即1.金；2.銀；3.琉璃；4.頗梨（水晶）；5.車渠；6.赤珠；7.瑪瑙。

⑤ 浮屠（stūpa）：佛塔。佛塔分爲三、五、七、九、十三、十五、十七及至三十七層，尤以七層塔最爲常見。故中國明代以後流傳有“救人一命，勝造七級浮屠”的說法（見吳承恩《西遊記》第八〇回；戚繼光《練兵實紀》第八；《小五義》第十回；《繡球緣》第二回等）。

⑥ 因窟前長有七葉樹而名。

地，在佛教史上享有重要一席。

然而，早期的佛教三藏雖歷經三四次的結集，卻一直未能付諸文字，主要的傳習方式爲口誦心記。原來，古代印度河流域文明的文字符號產生甚早，約在公元前3500~前1500年印度河流域的哈拉帕（harappā）、摩亨朱・達羅（mohenjo-dāro）的文明中就出現了400多個符號文字[①]。遺憾的是，這些符號文字迄今尚未被人讀釋。而後的1000多年裏，印度的吠陀（veda）文化基本上是以口耳相授的方式傳承、賡續。迄今爲止，在印度所見最早的書寫文字，要晚至公元前3世紀的阿育王（aśoka）時期，主要有兩種字體，即婆羅謎體（brāhmī）和佉盧體（kharoṣṭhi）。前者主要用於書寫婆羅門教典（brahmanism）和行政文書，後者更多地用於商務、行政、契約，兼及少量的宗教內容。婆羅謎文主要是梵語（saṃskṛta）的載體，也承載部分犍陀羅語（gandhāri）、于闐語（khotanī）、吐火羅語（tochārian）的佛教文獻。佉盧文主要是俗語（prākṛta）的載體，包括犍陀羅語、于闐語及西北印度的其他語言。因爲釋迦牟尼（śākya-muni）創立佛教後，一直以口頭講說爲傳教的形式。其後繼者，仍然堅持口誦、心記，不敢輕易使用文字。最早見諸文字的佛籍，要到公元初期。南亞次大陸北部的文本，銘刻於樺樹皮，如在今巴基斯坦、阿富汗發現的早期犍陀羅語佛籍，存量較少；而存量大的則是南部地

① Jonathan Mark Kenoyer: *Ancient Cities of the Iidus Valley Civilization,* Chapter Four, Oxford University Press, 1998.

區刻寫於貝葉之上者，如在今斯里蘭卡、尼泊爾、孟加拉、緬甸及東部印度地區等發現的佛籍。因此，歷史上，佛教僧侶把刻寫於貝葉上的佛典稱之爲“貝葉經”。

貝葉，是指適合刻寫文字符號的樹葉，以貝多羅樹葉（tāla-pattra）最爲普遍。tāla（多羅）爲樹，pattra（貝多）爲葉。其學名爲 laurus oassia，有時亦指一般植物之葉，或刻寫用的樹葉，其中最適合刻寫的是tāla的葉片。多羅樹者，“西域樹名也。其形似椶櫚樹也，體堅如鐵，葉長稠密，縱多時大雨，其葉蔭處乾若屋下。……又或翻爲高竦樹也”①。即謂該樹貌似棕櫚，樹幹高大（或謂高達25米），葉片長闊。經採摘、水煮、晾乾、磨光、裁邊，一般每片葉長約2英尺，寬約3英寸②，可以着墨汁而刻字。一片普通貝葉，每面可刻寫七八行，約1500~2000個字母符號③。玄奘赴印度取經求法，謂“其葉長廣，其色光潤。諸國書寫，莫不採用”④。佛教又以“七多羅樹”（saptatāla）稱之，意謂七倍於高大的多羅樹（高175米），深含“高大、富闊”之隱喻義。所謂“坐七寶之臺，上昇虛空，高七多羅樹”⑤，就是把“七寶”（富闊）與“七多羅樹”（高大）聯繫於

① 〔唐〕慧琳:《一切經音義》卷二十二,《大正藏》第54冊，第445頁上。

② 1英尺=30.48cm。2×30.48=60.96cm。1英寸=2.54cm。3×2.54=7.62cm。這就是說，一片標準貝葉約爲464.52cm^2，即L60.96×W7.62=464.5152cm^2。

③ 鄧殿臣:《談談“貝葉經”的製作過程》,《法音》第51期。

④ 季羨林等:《大唐西域記校注》卷十一,〔唐〕玄奘述、辯機錄，北京：中華書局，2000年，第889頁。

⑤ 〔後秦〕鳩摩羅什（kumārajīva）譯:《妙法蓮華經》卷六《藥王品》,《大正藏》第9冊，第53頁下。

一起，充分展示佛教獨特的超驗宏觀世界。因此，用貝葉刻寫的佛籍，也就意味着蘊含無限豐富的佛理、佛趣以及人生哲學和自我覺悟的識智（vijñāna-prajñā）。

刻寫於貝葉的佛籍，有巴利語（pāli）、梵語、僧伽羅語（siṃghalese），文字符號是婆羅謎文，但更多的是7~8世紀以後形成的僧伽羅文（සිංහල），即婆羅謎文的變體。流傳至華的貝葉經，多以僧伽羅文和緬文（myanmar ākhkarar）刻記。儘管如此，貝葉經也是稀世珍寶，不僅有宗教聖物的象徵意義，還有極高的收藏價值。然而，本集衹選取貝葉的葉片之意，衹是文字的物質載體。當然，這也與我從事佛教文化研習40年多少有點關係。

做文史研究的讀書人，大都喜好爲自己的書齋命名。我自求學以來，輾轉多地，居無定所，逐水草而居。住房問題一直未能很好地予以解決。書房更是狹小擁擠，且光線昏暗，主要也是因爲我怕強光，晚上工作，衹開一盞小臺燈，家裏人常說我像鞋底蟲[①]。因是之故，遂將書屋以“昧軒”曰之。“昧”者，昏暗、不明，又糊塗、愚昧、嗔癡；“軒”者，小居所、小房間。宋代朱熹《高士軒記》：“獨西北隅一軒，爲亢爽可喜。”[②]明代歸有光《項脊軒志》：“項脊軒，舊南閣子也。室僅方丈，可容一人居。”“昧軒”意即昏暗的小書室。本人自小看似聰明，

① 從前陝北農村家裏有一種灰色的小蟲子，背平扁，橢圓形，似甲殼，質軟，怕光，時藏於人的鞋底之下。我至今不知其學名。

② 曾棗莊、劉琳編：《全宋文》第252冊，上海：上海辭書出版社，2006年，第19頁。

實則魯鈍愚癡、冥頑不靈；喜好讀書卻坐不住，缺乏持之以恆；胡思亂想卻不求解，不能精益求精。自研習佛教文化，始知“昧”字加首碼“三”，構成“三昧”（samādhi）一詞，意謂定、定心，即使心定於一處、專注一境而不令散亂，保持安靜，達於般若智慧而覺悟眞理。而此正是我缺少的一種治學功夫和定力。故藉以佛教語詞傳播中習見略語的習慣，略“三”（sa）留“昧”（mādhi），稱小書屋爲“昧軒”，意思是在昏暗的小書屋裏，學習前賢時彥的優秀典墳，即陸機所謂“佇中區以玄覽，頤情志於典墳”[①]，由此激勵自己潛心嚮學、無問西東。40多年來，我大部分時間是在書齋裏度過。儘管遷徙、挪動了許多地方、住所，但“昧軒”作爲書齋名從未變過。它是我成長、進步、變老之處，是我擴大知識、自我反省、深化思想之處，是我孤獨感情的寄存之處，也是我以書看待世界、體味人生之處。不過，隨着經濟條件的好轉，時有擴展書齋的意願。可是，日新月異的科技進步、發展，書齋裏的傳統讀書方式也被逐漸改變。書架上的紙質書不再增加，而是多出了不同型號、不同版本、不同廠家的Laptop、Pad和一大堆mobile HDD、USB flash及各種轉換器、轉換插頭和連接線。做學問的方式也被電子化所取代，傳統的文獻學的硬讀書功夫受到了極大的挑戰。因爲一個HDD，甚或一個小小的USB flash就是一個小型的移動圖書館，檢索語詞，查閲資料，尤其是對於語詞出現的

① 〔西晉〕陸機：《文賦》，張少康：《文賦集釋》，北京：人民文學出版社，2002年，第14頁。

歷史時間，電子檢索的快捷、準確、方便，令傳統的依賴閱讀量和記憶的方法，黯然失色，相形見絀，難以承傳。再也不用一本一本地把大書、厚書攤開於桌上，甚或床上、地上，拿着放大鏡去一字一字地尋找、翻檢。那種數日甚至是數月找不到一個詞的沮喪，根本無法與電腦一鍵檢索到無數條語詞所獲得的欣喜同日而語、媲美比肩。電子化技術使得學術研究猶如阪上走丸。儘管如此，就目前的AI技術而言，它還不能完全取代人工閱讀的甄別、判斷、分析以及深刻理解語篇（discourse）整體連貫所呈現的語義和思想的内涵，尤其是對於文本深層結構（deep structure in the text）所蘊含的無限豐富的韻味（lasting appeal）、境象（images of object）、隱喻（metaphor）、象徵（token; symbol）等的體驗、把翫。這樣便形成了傳統與新科技并用、紙質與電子化互動的新的圖景：它讓讀書有趣誘人，讓精神獨立不群，讓思想自由馳騁，讓研究謹嚴縝密，讓闡釋貼切精審。於是，書齋的大小并不重要了，而封閉、獨立、清靜，則成爲首要的條件。因而，“味軒”依舊可以成爲安放我心靈世界的小空間，猶如“芥子納須彌，毛孔納江海”[①]的超驗體驗。

人生至此，我已走過了大半程旅途。這幾十年來，以書爲伍，讀書—思索—寫作，如同每日的油鹽醬醋、吃喝拉撒、坐臥行住，構成了生活中的重要一環，不可缺疏。沒有宏圖大志，沒有成家立言，說不上幸福愉歡，也說不上癡迷眷戀，更與英

① 〔唐〕法寶：《俱舍論疏》卷七《分別根品》，《大正藏》第41冊，第577頁上。

雄氣概、轟轟烈烈無緣，當然也算不得碌碌無爲、虛度時年。衹是能在一種平淡無奇的生活中，孤燈書影，青絲華髮，也是一種人生的實踐歷程。

我的學術起步晚、起點低，一路上跌跌撞撞，磕磕絆絆，行旅不易，幸蒙諸多師友大力指導、提攜、獎掖、扶持，方至於此，怎不令人涕零感激！佛家講因緣（hetu-pratyaya），指生發結果的直接内在原因和外在相助的間接原因相和合，事物就會生起、成長，所以，人的一生，不管是如何度過，都是因緣和合的結果，現實的個人似乎無力主宰自我。這似乎是命定論（predestination）的一種必然表現而無法繞過。可事實上，作爲個體的人生實踐，佛家又強調戒（śīla）、定（samādhi）、慧（prajñā）三學（tisraḥ śikṣāḥ）是個體人生脩行過程的三個節點，三者各自獨立卻又相互貫通、勾連，定依戒起，慧由定生，不可缺少一環[①]，這又賦予了人生的價值和意義在於自我努力而向上、向前。因而，人生既有命定的無形控掌，也有個體的不懈向上，其實二者乃是相輔相成，相得益彰。我的人生和學術歷程，在一定程度上似乎成爲與佛家這些說法的某種巧合、某種偶同。

這裏需要說明的是，我引用了不少佛教故實，并不是我對它們有多麼特殊的鍾意，而是因爲我對它們比較熟悉。我沒有宗教信仰主義，我的學術方法論始終堅持歷史與邏輯的統一。佛教文化衹是我學術研究的客觀對象，我必須對於所研究的對

① 當然也有例外，中國的禪宗就突破了三學的必然關係。

象保持冷靜、獨立，方能作出客觀、公允、獨到的評析。而一旦濃鬱的主體情感介入，往往不能控制，致使客體變形，或放大提昇，或縮小貶低，必然陷入主觀主義的淖泥。

南京大學博士薛芸秀，四川大學博士生梁櫪天、張青、易斌、馬曉敏及碩士生黃王蘭，德國海德堡大學博士生王琛懿等對本書提出了諸多建議，并協助我覈校了語言表達和文字運用上的錯訛以及注釋方面的問題，特此致以謝意。

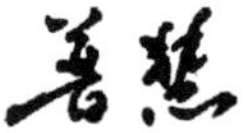

己亥冬月初記於

德國維爾茨堡大學漢學系

（Institut für Sinologie, Universität Würzburg）

辛丑仲夏－初冬修改於

成都・雙流・文星・昧軒